誓約

薬丸 岳

幻冬舎文庫

誓約

氷で満たされたミキシンググラスの中に、ドライベルモットとタンカレージンを注ぎ入れ、手早くステアする。ピンに刺したオリーブをカクテルグラスに入れるとコースターの上に置いた。ストレーナーをはめてミキシンググラスの中の酒をカクテルグラスに注ぐ。最後にレモンピールで香りづけをすると、コースターごとグラスを目の前の山寺《やまでら》に差し出した。

「お待たせしました。マティーニです」

山寺はカクテルグラスに口をつけると、ゆっくりと飲んだ。

「おいしい。この歳《とし》になるまでショートカクテルは飲んだことなかったけど、これだったらいけるよ。どうも、こういうのは甘いっていう印象があったから」

「山寺さんはウイスキー党ですからね」私は微笑《ほほえ》みかけながら言った。

山寺は店にやってくると、一杯目に何かショートカクテルを作ってくれと頼んできた。この店に通い始めてもう五年以上になるが、ロングも含めてカクテルを頼むのは初めてのことだ。いつもはスコッチウイスキーを飲んでいる。

突然の心境の変化に理由を訊《き》くと、今日は六十歳の誕生日なのだと山寺は答えた。

山寺は自分の価値観や好みに確固たるこだわりを持っているが、還暦を迎えた今日からは、今まで関心がなかったことや知らなかったことに積極的に触れてみるのもいいのではないかと思ったそうだ。

私はしばらく考えを巡らせて、山寺の記念すべき最初の一杯に、カクテルの王様といわれるマティーニを選んだ。

「たしかに甘いカクテルも多いですが、そうでないものもたくさんありますので、またいろいろとお作りしますよ」

「よろしく頼むよ」

「それにしても、誕生日なのにまっすぐ帰らなくて大丈夫なんですか?」

「夕食の準備に時間がかかるから、どこかで時間をつぶしてきてくれとメールがあった」

山寺には一回り歳下の妻と大学生の娘がいる。何度かこの店にも連れてきたことがあった。

「いいご家庭ですね。羨《うらや》ましいです」

「きみのところだっていい家庭じゃないか。奥さんも美人で、娘さんもずいぶん可愛《かわい》かったなあ」

いつだったか、香《かおる》と帆花《ほのか》と一緒にデパートにいたところを見かけられたことがある。

「それにしても盛況だね」山寺が店内を見回した。

フロアにある四つのテーブル席はすべて埋まっており、十二人掛けのカウンターも常連客でほぼ満席だ。

「新年会の時期ですからね」

「うちもここでさせてもらおうかな」

山寺はこの近くで弁護士事務所を開いている。自身はその事務所の所長で、他にも何人かの弁護士を雇っていた。

「よろしくお願いします」

私は山寺に会釈して、気になっているフロアに視線を向けた。

案の定、アルバイトの佐藤公平《さとうこうへい》がフロアであたふたしている。

「マスター、ジントニックと、スクリュードライバーと、あと……あの客が面倒くさいこと言って、ジンベースですっきりとしていてコクがあるショートカクテルを作ってくれって……すっきりしていてコクって、いったい何だっていうんだよ」公平が苛立《いらだ》ったように言って、小さく舌打ちをした。

「中に入ってジントニックとスクリュードライバーを作ってくれ」

私は公平を手招きしてカウンターの中に入れると、さりげなく近づいた。

「何度も言ってるが、お客様の前で舌打ちはするな」公平の耳もとで囁《ささや》いた。

「だって、何か偉そうな客なんっすよ。いきなりわけのわかんないカクテルの名前を出してきて、おれがこの店のメニューにはありませんって言ったら、ここのバーテンはそんなのも知らねえのかって馬鹿にするように言いやがったんです」

この忙しさにうんざりしているのか、公平はいつも以上に苛立っていた。

「お客様は偉そうじゃなくて、偉いんだ」

公平がジントニックとスクリュードライバーを作っている間に、私は客の注文に近そうなオリジナルカクテルを作った。

時計を見ると十時を過ぎている。六時の開店からずっと忙しい。今夜は閉店までこんな状態が続くかもしれない。

「公平、今のうちにまかないと休憩に行ってこいよ。そろそろヤニ切れだろう」

私はカウンターの奥にある厨房《ちゅうぼう》に指を向けると、グラスを載せたトレイを持ってフロアに出た。

客にカクテルを出してカウンターに戻るのと入れ違いに、厨房からパスタを持った宇都《うと》めぐみがフロアに向かう。

厨房も今日は大忙しで、客にパスタを出しためぐみの表情も疲れている。いや、疲れている以上に、どこか沈んでいるように思えた。

めぐみがフロアから厨房に戻ると、落合《おちあい》の声が響いた。

客の喧騒《けんそう》で満たされた店内には届いていないようだが、カウンターの中にいると落合の厳しい叱責《しっせき》が続いているのがわかる。

しばらくすると公平が顔を歪《ゆが》めながらカウンターに戻ってきた。

「もういいのか？」

休憩に入ってからまだ十五分も経《た》っていない。

「あんなのを聞かされながら落ち着いて飯なんか食えないっすよ」公平が不満げに厨房を振り返った。

「どうしたんだ」

「ベシャメルソースの味つけが悪いってオーナーが宇都さんのことを怒鳴りつけてるんです。オーナーは厳しすぎますよ。宇都さんも、おれも、入ってまだ三ヶ月ほどっすよ。そんなにできるわけないっしょ。しかもバイトなんだし」

公平もめぐみも、ほぼ同時期にアルバイトとしてこの店に入ってきた。

以前、厨房にはチーフシェフである落合の下にもうひとり手伝いがいたが、独立するということで辞めてしまった。カウンターはもともと私ひとりでやっていたが、バーテンダーがもうひとりいたら何かと助かるのではないかという落合の提案で、厨房とカウンターでひとりずつ人を雇うことにした。半年ほどアルバイトとして仕事ぶりを見せてもらってから、正社員として採用するかどうか判断させてもらいたいという話をしている。

　公平とちがってめぐみは、早く正社員になって安定した給与を得たいと願っているようで熱心に仕事をしている印象がある。だが、それは厨房の仕事をよく知らない私の考えであって、落合にとってはいろいろと不満があるのだろう。


　深夜零時を過ぎると、客足が落ち着いてきた。テーブル席に残っているのは一見《いちげん》のカップル客が一組で、カウンターに座っているのもこの時間帯から出没する常連客が四人だ。

　スタッフルームのドアが開いて、ダウンジャケットを着ためぐみが出てきた。

　フードメニューのラストオーダーは零時だ。落合はその後も厨房に残って片づけや仕込みをしなければならないが、アルバイトであるめぐみはその時間に仕事を上げるようにしている。

「お先に失礼します」

　めぐみがうつむきがちにこちらに向かって頭を下げて、店から出ていった。

　その落ち込んだ表情が気になり、私はカウンターから出た。店を出てめぐみを追いかける。

「宇都さん――」

呼びかけると、めぐみが店の前で立ち止まってゆっくりと振り返った。

声をかけてみたものの、どういう風に言えばいいのかわからない。

大丈夫ですか――と訊くのも変だと思っている。

落合はたしかに仕事に対して厳しい人間だ。だが、言っていることが間違っているとは思わない。ここで、彼女の肩を持つような優しい言葉を私がかけるのは、共同オーナーとして一緒に店をやっている落合に対して失礼なことでもある。

「今度の日曜日、何か予定はありますか？」私は訊いた。

「いえ……特には」

「うちで新年会のようなものをやろうと思ってるんです。鍋かなんかつつきながら」

日曜日は定休だ。

今、ふと思いついたことだが、落合や公平を誘って親睦を深めるのもいいだろう。

「オーナーと公平を誘ってみようと思ってるんです。もちろん、俊《しゅん》くんと一緒に来てください。そうしてくれれば帆花も喜ぶし」

めぐみには俊という九歳になる息子がいる。

「オーナーもいらっしゃるんですか？」めぐみが訊いた。

「誘ってみますが、ああいうやつなんで来るかどうかは……」

落合は付き合いが悪く、特に私の家族とはあまり接触を持ちたがらない。

「あいつが一緒だとアレですか」私は気になって訊《たず》ねた。

「いえっ……もしかしたら、わたしがオーナーのことを苦手に思ってるのではないかと感じられているかもしれませんが、そんなことはぜんぜんないです。叱られるのはわたしが至らないせいですし。わたしのことを思って厳しくしてくださってるのはよくわかっています」

三十八歳のめぐみは三年前に離婚したという。ひとり息子である俊を引き取って実家のあるこの川越に戻ってきた。離婚に至った具体的な事情は聞いていないが、前夫からは慰謝料はおろか養育費も期待できないそうだ。実家があるといっても、これから子供のことでいろいろとお金がかかるので、早く手に職をつけたいと面接のときに語っていた。

めぐみは調理師免許を持っていた。結婚してからは働いていないが、以前は都内のイタリアンレストランで働いていたという。ふたたび料理人として安定した職を得たいと、この街でイタリアンの味が評判だった落合のもとで修業することを望み、それまで勤めていたスーパーのアルバイトを辞めてこの店で働くことになった。

「ええ。あいつは仕事に関しては厳しいけど、人間としてはあったかいです」

十五年の付き合いでつくづくそう感じている。

「そうですね。本当に温かいかただと思っています。すごく尊敬しています。あっ、変な意味じゃなくて……料理人として……」めぐみが動揺したように言い繕《つくろ》った。

その挙動を見て、私は、もしかしたら、と感じた。

「お邪魔じゃなければ、俊と一緒に伺わせていただきます」

「ぜひ、いらしてください。時間なんかが決まったらメールで知らせます」

私が言うと、めぐみが嬉《うれ》しそうに顔をほころばせた。


二時半になる前にすべての客が帰っていった。

閉店時間は二時だが、その時間になったからといってすぐに客を帰すわけにもいかない。ときには朝方まで客の愚痴を聞き続けることもある。

「今日は疲れただろう。もう上がっていいぞ」私は流しでグラスを洗っている公平に声をかけた。

いつもは店の後片づけが終わる三時半まで残ってもらっている。

「でも……」公平が言い淀《よど》んだ。

「三時半までのバイト代はつけておくから」

「どうも」公平が頷《うなず》いてカウンターから出た。

「日曜日は何か用事はあるか？」

私が声をかけると、公平が足を止めてこちらに顔を向けた。

「うちで鍋でもやろうと思ってるんだ。宇都さんや俊くんも来る」

「子守り要員っすか」公平が言った。

ふたりの歓迎会を兼ねて、公平と宇都親子と私たちの家族でバーベキューをやったことがあった。そのとき、公平は帆花や俊から遊んでくれと追いかけ回されていた。

「だめか？」

私が訊くと、公平はかすかに笑ってスタッフルームのドアに向かった。

さして嫌ではないようだ。

公平が店を出ていってしばらくすると、カウンターの奥の厨房から落合幸弘《ゆきひろ》が現れた。

落合はからだを斜めにしながらこちらに向かってくる。カウンターの中は狭い。九十キロ近くある大柄な落合にはさぞや窮屈だろう。

「ビールか？」

フロアのドアから出てくればいいのにと思いながら、私は冷蔵庫から生ビール用のグラスを取り出した。

私たちバーテンダーは勤務中でも酒を飲むことがある。客から振る舞われることが少なくないのだ。だが、厨房にいる落合は、客からどんなに勧められたとしても自分の仕事が完全に終わるまで酒を飲まない。代わりに仕事が終わると、ビールや私たちに作らせたカクテルを飲んでから店を出ていく。

「いや、今日はこれだ」

落合が冷蔵庫を開けて瓶を取り出すとこちらに掲げた。モエ・エ・シャンドン。シャンパンだ。

「ふざけるなよ。そんな高い酒」私は抗議した。

「今日が何の日か覚えてるか」

「さあ……」

「おれたちが出会った記念日だ」落合が真面目な表情でカウンターから出た。

そうだっただろうか。高い酒を飲みたいがための口実ではないかと少し訝《いぶか》りながら、しかたなくシャンパングラスをふたつ持ってカウンターから出た。

落合の前にグラスを置き、シャンパンの封を開けた。ぽんという破裂音とともに中に入っている液体がさざめくように発泡する。ふたつのグラスにシャンパンを注ぐと、私は落合の向かいに座った。

「本当に今日がおれたちの出会った記念日なのか？」私はグラスを合わせる前に訊いた。

「そうだよ。一月十四日だ。何があったか忘れちまったのか？」

「ああ……よく覚えてたな」私は思わず笑った。

「忘れるわけがねえ。運命の日だからな」

「おれにとってもそうだよ。オーナーと出会えたおかげでこうやってまっとうに暮らしていけてるんだからさ」

「じゃあ、おれたちの友情に、乾杯――」

落合とグラスを合わせてシャンパンを飲んだ。

少しだけ昔のことを思い出してしまったせいか、口に含ませたシャンパンはいつもより苦みが増しているように思えた。

落合と出会ったのは今から十五年前のことだ。私が働いていた池袋のバーに落合が客としてやってきたことがきっかけだった。

その頃の私は、今の公平と同じように、アルバイトとして雇われている見習いのバーテンダーだった。何度か通ってくるうちに、自然と落合と話をするようになっていた。そのとき落合は二十九歳だった。私のほうがひとつ年上だったが、話し始めた当初からため口で、ざっくばらんな物言いだったのを覚えている。

落合は店にやってくるとマスターではなく、見習いである私によくカクテルを頼んだ。

最初はジンフィズを作らせた。落合は私が緊張しながら作ったジンフィズを飲んで、満足したように頷いた。

落合は初めての店やバーテンダーにはまずジンフィズを頼むのだそうだ。ジンとレモンジュースとシュガーをシェイクして、それをソーダで割る。一見、簡単そうに思えるカクテルだが、それを作る過程にバーテンダーとして必要なさまざまな要素が含まれていて、おいしく作るのは意外と難しいのだという。シェフの腕前を知るにはオムレツを作らせるのがわかりやすいとよく言われるように、バーにおいては、ジンフィズの味でその店やバーテンダーの力量がだいたいわかるのだと落合は語った。

もちろん、その人の好みもあるが、と付け加えたが。

ジンフィズの味に納得すると、今度はマティーニやギムレットなどのショートカクテルを私に作らせた。落合はいろいろと注文をつけながら、おいしいカクテルを作らせようと私にアドバイスをくれた。

なかなかシェーカーを振らせてもらえず、下働きばかりさせられていて仕事に嫌気がさし始めていたその頃の私にとって、落合と過ごす時間は貴重な経験になった。

ある日、閉店間際まで店にいた落合から飲みに誘われた。その場で落合は一緒に店をやらないかと私に持ちかけてきた。

落合は高校卒業と同時に勤めたイタリアンレストランで八年間働いていたそうだが、そろそろ独立したいと職場を辞め、開業資金を作るために今はトラックの運転手をしていると語った。

落合の理想の店は、料理だけではなく酒もきちんと楽しめるレストランバーだった。

だが料理の腕には自信があるが、酒になるとそういうわけにはいかないと落合は思っていたそうだ。しかも料理を作りながら酒の用意もするとなると中途半端になってしまうと懸念を抱いていた。かといって、店の顔であるカウンターをアルバイトに任せることにも抵抗がある。

落合は酒のことを任せられるパートナーを探すために、あちこちのバーを飲み歩いていたという。素人の自分の注文に文句も言わず必死に応えようとする私の向上心に惹《ひ》かれたと、さらに自分と相性もよさそうだから一緒に店をやっていけそうだと、落合は熱心に口説いてきた。

私は落合の話を聞きながら迷った。ようやくつかんだ新しい生活だったが、胸を覆い尽くす閉塞感《へいそく》は一年前とたいして変わっていない。このまま下働きを続けていても、自分の未来にどれほどの光が差し込んでくるのかという焦りと苛立ちがあった。

だからといってすぐに首を縦には振れなかった。その頃の私には金がなかった。共同オーナーになるということは、私もそれなりに店に出資しなければならないということだろう。そもそもその日を暮らしていくのがやっとという生活だ。しかも私には借金の保証人になってくれるような身内はひとりもいない。それにその話に乗ってしまえば、落合という人間と深く関わることになるという怯《おび》えがあった。

私みたいな人間は根無し草のように、孤独に、ふらふらと、その場かぎりの生きかたをしていたほうがいいと、そのほうが自分のためであると、もうひとりの私が必死に訴えかけてきた。

私はその申し出を断ったが、落合は簡単にはあきらめなかった。毎日のように店にやってきては、マスターに聞きとがめられないように私のことを説得した。

徐々に私の心がぐらつき始めた。人生の中でこれほど人から必要とされたことなどなかった。今働いている店でさえ、私が辞めたいと言えば、すぐにでもどうぞとマスターはドアを指さすだろう。

私は落合にいくつかの条件を出してその話を受けることにした。

貯金がないので開店資金に関しては協力できないこと、保証人になってくれる身内がひとりもいないので、金が必要になっても融資を受けるのは難しいと正直に自分の状況を説明した。

落合は開店資金に関して私に頼ることはしないと言った。その代わり、店の売り上げから諸経費や銀行への借金返済分を差し引いた自分たちの取り分は、とうぜん落合のほうを多くしてもらうことにした。

そこまで話が決まると、今度はふたりで物件探しに奔走した。

いろいろな街を訪ね歩いた中で川越という土地が気に入った。都心から三つの路線が通っていて、埼玉県内でもかなり大きな街だった。しかも、江戸時代には城下町として栄えていたので、ところどころに風情のある光景が残っている。

定住するにはいい場所だと思えた。何よりも、まったく馴染《なじ》みのない街で、かつての知り合いなどと遭遇することはないだろうということが、私の心を落ち着かせた。

本川越駅からそう遠くない路地裏にいい物件を見つけて、そこに店を出すことにしたのだ。

「店を出してからもう十四年か……」

その声に、私はグラスから落合に視線を移した。

感慨深そうな顔で落合がシャンパンを飲んでいる。

「あっという間だったな。いろいろとしんどいこともあったけど……オーナーのおかげだ」

店を始めて三年ぐらいはほとんど儲《もう》けが出なかった。落合が金策に走り回ってくれたおかげで店を畳まずに済んだ。名義上は私も経営者だが、実質的なオーナーは落合だ。呼び名も、私はマスターで、落合はオーナーと区別している。

「ひとりだったらあきらめて店を閉めちまってたかも。おまえがいたからここまで頑張れたんだ」

いつもは口の悪い落合の労《ねぎら》いの言葉に、少し照れくさくなって後ろを振り向いた。

カウンターをぼんやりと見つめた。さまざまな酒が並んだ棚の上に『ＨＥＡＴＨ』というプレートが掲げられている。

「店名もよかったな」落合が私の視線に気づいたように言った。

ヒースという店名は私がつけた。

店の内装が出来上がり、落合が何かいい店名はないだろうかと訊いてきたときに、何気なくその言葉を口にした。

ヒースとは、英国スコットランド地方における荒地や、そこに群生している背の低い植物のことを言う。厳しい気候であるにもかかわらず、八月の下旬から九月にかけて、荒涼とした大地の一面にヒースやアザミの花々が咲くのだそうだ。実際に行って見たわけではないが、前の店でスコットランドに行ってきたという客から写真を見せてもらったことがあった。

どうしてあのとき、そんなことを口にしたのかはよく覚えている。

荒涼とした大地――

それまでの自分の人生と、心の荒廃に思いを巡らせていたのだ。いつかその荒地を美しいもので満たしたい。そんな願いをこの店に託した。

「ところで……日曜日にうちで鍋でもやろうかと思ってるんだ。店の新年会がてら公平や宇都さん親子も誘ってる。オーナーも来てくれよ」

「かんべんしてくれよ。そういうことが苦手なのは知ってるだろう」落合が手を振りながら顔をしかめた。

「宇都さんのこと、どう思う？」

私が訊くと、落合がきょとんとした顔で見つめてきた。

「どう思うって……料理の腕はまだまだだけど、なかなか頑張ってくれてる。そろそろ正社員として雇ってもいいんじゃねえかな」

「そうじゃなくてさ」

落合は四十四歳になる今まで独身を通している。十五年の付き合いの中で、誰か女性と交際しているという話も聞いたことがない。もしかしたら、そちらの趣味ではないかと私を店に誘った理由を勘繰ったこともあったが、幸い今まで口説《くど》かれたことはない。

「女性としてどうかって話か？」落合が苦笑した。

先ほどのめぐみの反応で、もしかしたら落合に好意を抱いているのではないかと感じている。

めぐみは年齢よりも五歳以上は若く見え、容姿もなかなか魅力的な女性だ。性格も温厚で優しい。

「そういう目で見たことはないよ。ただ、ガキのために早く一人前にしてやらなきゃなってだけさ」落合がそう言って立ち上がった。

「家族はいいぞ。何か嫌なことがあっても家族の顔を見ているだけで幸せになれる」

私が言うと、店を出ようとしていた落合が振り返った。

「おまえを見てるとそう思うよ」

落合は答えると、「おつかれさん――あとはよろしく」と手を振って店を出ていった。


郵便受けから朝刊を引き抜くと、オートロックのボタンを押して自動ドアをくぐった。階段で二階に上がり、鍵を開けて部屋に入った。

両隣の部屋でそれぞれ寝ている香と帆花を起こさないように、足音を忍ばせながら廊下を進んでリビングに入った。タイマーをかけてくれているおかげで室内は温かい。

私は冷蔵庫から缶ビールを取り出すとソファに座ってテレビをつけた。朝の情報番組を観ながらちびちびと缶ビールを飲んだ。

「おはよう――」

うとうとし始めていた頃に、香がリビングに入ってきた。

私は顔を向けて、「おはよう」と返した。

「聡《さとし》さん、大丈夫？　すごく疲れた顔してるけど……」香が私の顔を覗《のぞ》き込んで言った。

「新年会なんかでちょっと忙しくてな」

「別に無理しないですぐに寝ちゃってもいいのよ。帆花だって父親の仕事のことはわかってるだろうから」

帆花は小学校三年生だ。たしかに父親の仕事を理解し始める年頃だろう。日曜日はできるかぎり家族と過ごすことにしていたが、それでも一日に一回は顔を合わせて話がしたいと帆花が起きてくるのを待っている。

「日曜日に店のみんなを呼んで鍋でもやろうと思ってるんだけど、いいかな？」私は訊いた。

「別にかまわないわよ。わたしも帆花も特に予定はないし。落合さんもいらっしゃるの？」

「いや……」

香はやっぱりねというように軽く溜《た》め息《いき》をつき、台所に行って朝食の準備を始めた。

「おはよう」

七時になると帆花が起きてきた。

「帆花。おじいちゃんとおばあちゃんにお水あげてくれる？」

香に言われて、帆花がチェストの上に置いた写真立ての前の水入れを手に取った。台所で水を入れ替えると老夫婦の写真の前に新しい水を置く。

「お父さん、おじいちゃんとおばあちゃんのお墓ってどこにあるの？」

ふいに訊かれて、一瞬言葉に詰まった。

「新潟だよ」私は答えた。

「今度お墓参りに行ってみたいな」

「そのうちな」私はソファからダイニングテーブルに移動した。

朝食は焼き魚と納豆とご飯と味噌汁《みそしる》だ。三十分ほどの短い団らんだが、三人で卓を囲んで朝食をとった。

帆花は朝から食欲が旺盛だった。ご飯を二杯もおかわりしている。

「よく食べるな。そんなに食べたら授業中に眠くならないか」私はいそいそとご飯を口に運んでいる帆花に言った。

「席替えになってから朝いっぱい食べる癖がついちゃった」

帆花の言葉に、私は首をひねった。

「今日はお休みだけど、いつも給食が食べられないから」

「給食が食べられないって……どういうことだ？」

私は意味がわからず、香に目を向けた。

香は事情がわかっているようだが、何も言わなかった。

「モンスターのせいでね」帆花が口をとがらせて言った。

「モンスター？」

帆花の話によると、給食のときに前に座る伏見《ふしみ》という同級生の顔の右半分があざで覆われているのだという。その顔が不気味に思えて、食事が喉を通らなくなるのだと言った。

私は衝撃を受けた。たとえ娘の言葉であっても、不快な思いが胸の底からこみ上げてくる。

「だけど、モンスターなんて言いかたはひどいだろう」私はたしなめた。

「みんなそう言ってるもん」

「みんなが言うから帆花も言うのか？　そんなこと言われて伏見くんがかわいそうだと思わないのか」

「自業自得だよ。いつも乱暴ばかりするからみんなに嫌われるんだよ。ああ、早く席替えになってくれないかな。せめて給食のときぐらい一日交替で席を替わってほしい」

口をとがらせて言う帆花に、私は黙っていられなくなった。

店に向かう途中で、私はふと足を止めた。

今朝のことが気にかかっている。言いすぎただろうかと、少し反省していた。

あの後、帆花を激しく叱責した。

人の外見をあげてそんなひどいことを言う人間は最低だと。そんなひどい人間は自分の子供ではないと激昂《げきこう》すると、帆花は泣きながら自分の部屋に入っていった。

香は、私が言ったことに反論したり、咎《とが》めたりすることはしなかった。ただ、今まで見せたことがなかった私の激しい怒りに触れ、驚いているようだった。

どうしてそこまで怒るのかと問われていたら、私は何も答えられなかっただろう。

私には伏見という少年の苦しみや内なる怒りが手に取るようにわかる。

私もかつてはそうだったからだ。子供の頃から顔のことを言われ続けてまわりから疎外されてきた。

目の前のウインドーに自分の姿が映っている。

私は、自分の顔に手を添えた。手のひらで頬や鼻や口もとを撫《な》でまわしてみる。以前の感触はすっかり思い出せない。

あの頃の記憶をよみがえらせる前に、私は歩きだした。

店に着くと鍵を開ける前に郵便受けを覗いた。ダイレクトメールや電気料金の請求書が入っている。それらに混ざっていた一通の封筒を手に取った。ここの住所が記され、『向井《むかい》聡様』と宛名が書かれている。

私は封筒を裏返して差出人を見た。住所は書かれておらず、『坂本伸子《さかもとのぶこ》』とだけあった。

すぐにはその人物が誰だかわからなかった。やがてその名前の主に思い至ると、鼓動がせわしなくなり、封筒を持った手が小刻みに震えだした。

封筒の口を破って中に入っている便箋を引き抜いた。

『あの男たちは刑務所から出ています』

便箋にはそれだけ書かれていた。


「おつかれさま――」

厨房のドアから私服に着替えた落合が出てきた。そのままカウンターに座る。

「公平――ジンフィズ」

落合が言うと、洗い物をしていた公平が顔を歪ませた。

「聞こえただろう」

さらに落合に言われ、公平がしかたなさそうにジンフィズを作り始めた。

落合が目の前に置かれたジンフィズに口をつけた。仏頂面の公平がその様子を見ている。

落合がグラスを置いて公平に目を向けた。

「まだまだ客に出せるレベルじゃねえな」

そう切り捨てられると、公平が悔しそうに唇を嚙《か》んだのがわかった。

落合は店が終わるとよく公平にカクテルを作らせている。だが、だいたいの場合、さんざんケチをつけて帰っていく。

「おまえ、ここに入ってもう三ヶ月だろう。こんなんじゃ、いつまで経っても見習いのままだぞ。家でちゃんと練習してんのか？　シェーカーだってミキシンググラスだって買い揃《そろ》えてやっただろう。やる気がないんだったら代わりを入れたいからさっさと辞めてくれ」

落合はそう言って立ち上がると、一口だけ飲んだジンフィズを残して店から出ていった。

「マスター、聞いてんっすかッ！」

肩を揺すられて、私は隣の公平に目を向けた。かなり出来上がっているようで公平の目がすわっている。

「オーナーだから偉いのはわかるんっすけど、何か言いかたがむかつくんすよね。おれだって一生懸命やってんじゃないっすか。しかもマスターから言われるならまだしも、酒のプロでもないオーナーに何であそこまで言われなきゃならないんだか……すげえ、むかつく」公平がまくしたててグラスの酒を一気にあおった。

仕事を終えて店から出ると公平が飲みに誘ってきた。とてもそんな気分ではなかったので断ったが、今夜の公平はしつこかった。それにこの気持ちを引きずったまま家に帰りたくないという思いもあり、しかたなく付き合うことにした。

「オーナーはおまえに期待してるから厳しいことを言うんだよ」私はとりあえずそう言ってなだめた。

「本当にそうなんっすかね。ただ単におれのことが気に食わないだけでしょう。オーナーはおれのことを雇いたくなかったんじゃないっすか？」

「そんなことはない。おれとオーナーで相談して決めたんだ」

「他にもよさそうなやつが面接に来てたって、当てつけるように言われたことがありますよ」

たしかに三ヶ月前にバーテンダーの募集をしたときに、公平の他に四人が面接に来た。その中には、接客業に向いていそうな人当たりのいい人物もいたし、バーテンダーの経験があって即戦力になりそうな人物もいた。

正直なところ、公平はそのどちらでもなかった。

二十五歳の公平は高校を中退してからいろいろな仕事を転々としていたそうだ。履歴書に書かれた職歴の中でも半年以上続いた職場はなかった。ここに書かれているのがそういう状態なら、それ以外にも数日で辞めたところが数多くあるのだろうと察した。面接のときにも敬語など使わない物言いで、態度もよくなかった。

落合の反対を押し切って、私がそんな公平を採用した理由はふたつあった。

ひとつは正直なところだ。どうして高校を中退したのかと訊いた私に、公平は暴力事件を起こして警察に逮捕されたのだと話した。喧嘩《けんか》の相手は全治二ヶ月の重傷を負い、公平はしばらく少年院に入れられたのだと、ためらいもなく言った。

もうひとつの理由は、若い頃の私に似ていたことだ。心のどこかで、この若者にも、自分の努力次第で今の環境を変えられるのだということを教えてやりたいと思った。

「若いうちの苦労は買ってでもしろって言うだろう。今はいろいろしんどいこともあるかもしれないが、頑張っていれば誰かは見ているし、花が開くときがくる」

「そうなんっすかね。こんな生活をしてても死ぬまで苦労ばかりしそうな気がしちゃいますけどね。ほんと、お先真っ暗って感じで……」

「そんなことはない。自分の頑張りようでいくらでも光は見えてくるさ」

「本当に光なんか見えるんですかね」

昨日までの私なら本心でそう思えていただろうが、今は強く頷き返すことができない。

公平がグラスを持ち上げたときに、後ろを通った男の手がぶつかって、酒がこぼれた。若い男たちは気に留めることもなくそのまま出口に向かっていく。

「おいッ、待て、ぶつかっておいてシカトかよ」公平が憤然と立ち上がって男たちに向かっていった。

まずい――

私はすぐに立ち上がって公平の後を追った。

公平がぶつかった男の頭を軽く叩《たた》いた。それを機に男たちの頭に血が上ったようだ。四人の男たちが公平をつかんで店の外に連れ出した。

「ごめんなさい。ちょっと酔っぱらってるもので」

私は公平を小突き回している男たちの中に割って入った。

男たちはそうとう酔っていて、私の言葉が耳に入らないようだ。加勢に入ってきたと思われたらしく、男のひとりから顔面に拳を叩きつけられた。

かっと頭に血が上ったが、すぐに我に返り、その場を収めようと男たちに謝った。

こんなところで警察沙汰《ざた》になるわけにはいかない。もし、警察に捕まって指紋でも採られることになってしまえば、この生活は終わってしまう。

私はもみくちゃにされながら、地面に倒れて男たちから蹴りを入れられている公平のからだをかばった。

ひたすら謝り続けると、男たちが捨て台詞《ぜりふ》を吐いてその場から去っていった。起き上がった公平は怒りが収まらないようで「あいつら殺してやる」と追いかけていこうとする。それを必死に抑えた。

「どうしてだよッ！　あいつらが悪いんだろう」

店の中から従業員が様子を見に出てきた。

「警察呼びますか」

従業員の言葉に、私は「大丈夫です」と首を横に振った。


目のまわりがあざになっている。

洗面所を出て台所に行くと、ビニール袋に氷を入れて目のまわりを冷やした。しばらくソファに座って冷やしていたが、寝ることにして立ち上がった。

こんな顔を香と帆花にさらすわけにはいかない。

今日は家で鍋をやることになっているから、どのみち顔を合わさないわけにはいかないが、夕方までに顔の腫《は》れが少しでも引くことを願った。

寝室に入りスエットに着替えると布団の中に入った。

「気まずい？」

突然、香の声が聞こえた。

「何が？」私は訊き返した。

「帆花は昨日のことはそれほど気にしてないわよ。あの後、たしかに自分も悪かったって言ってた」

朝食を一緒に食べないで布団に入ったことを、娘に対する気まずさだと思っているようだ。

「そうじゃない。今日はみんなで鍋をやるから早めに寝ておいたほうがいいと思っただけだ」

「そう。昼前に帆花を連れて買い物に行ってくるわね。何時頃、起こせばいい？」

「三時でいいかな」

「わかった。ゆっくり休んで」

私は目を閉じた。だが、まったく眠ることができない。

香が寝室を出ていったのがわかった。帆花のはしゃぎ声が聞こえる。洗濯機が回る音が響いていた。玄関口から香と帆花の声が聞こえ、ドアが閉まる音がした。どうやらふたりで買い物に出かけたようだ。

私は眠ることをあきらめてベッドから起き上がった。クローゼットを開けて中に積まれた段ボール箱をひとつずつ出していく。

あんなものはとっくに捨ててしまったかもしれないが、過去を手探るように段ボール箱の中を漁《あさ》っていく。見覚えのあるファイルが目に入った。赤いＡ４のファイルだ。

おぞましさに胸を鷲《わし》づかみにされながら私はファイルを手に取った。

ファイルには新聞の切り抜きが貼りつけてあった。最初のページに貼りつけられているのは三十年以上前の記事なのでずいぶんとくすんでいる。

一九八〇年六月七日の記事で、スーツケースに詰め込まれていた女子高生のばらばら遺体が発見されたというものだ。

こちらに微笑みかけている被害者の写真が目に入った。

私は記事を斜め読みしながらページをめくっていった。何枚目かのページに貼られた記事に『女子高生ばらばら殺人事件　犯人逮捕』という大文字が躍っている。

ふたりの男の顔写真に、門倉利光《かどくらとしみつ》、飯山賢治《いいやまけんじ》と名前が出ていた。

私はベッドの脇に脱ぎ捨てた上着に近づいていった。ポケットから封筒を取り出すと便箋をつまみ出した。

『あの男たちは刑務所から出ています』

その文面を見ながら、あのときの坂本伸子の顔が脳裏にちらついてくる。

まさか、あのときした約束を果たせというのか――？

冗談じゃない。あんな約束を守れるはずがないだろう。

私は便箋と封筒をぐちゃぐちゃにして破った。


チャイムが鳴って、私はインターフォンに目を向けた。

「聡さん――悪いけど出てくれる？」

台所で料理の準備をしている香に言われ、私はソファから立ち上がった。

「宇都です」

インターフォンに出ると、めぐみの控えめな声が聞こえた。

「どうぞ、お入りください」

オートロックを解除して玄関に向かった。ドアを開けてしばらく待つとめぐみと俊がやってきた。

「いらっしゃい」

目のまわりのあざが見えないように、私は少し顔をそむけながらふたりを迎えた。

「すみません。六時にお伺いするということだったんですけど、この子が早く行こうとせがむもので……よろしかったでしょうか」めぐみが俊に目を向けて弁解するように言った。

正直、そのほうがありがたかった。昨日の朝の一件で、父親と顔を合わせるのが気まずいのか、私が起き出してから帆花はずっと自分の部屋に閉じこもったままだ。

「いえいえ、気になさらないでください。帆花も退屈しているみたいなのでかえって助かります」

私はふたりにスリッパを用意すると、玄関脇にある帆花の部屋のドアをノックした。

「帆花、宇都さんと俊くんがいらっしゃったぞ」

しばらくするとドアが開いて帆花が顔を出した。帆花は俊と顔を合わせると、嬉しさと恥ずかしさが入り交じったような表情になった。

「ポケパーク2を買ってもらったんだ。一緒にやろう」

俊が笑顔で言って、ポケットからゲーム機を取り出した。

「うん」

帆花も笑顔になって俊を自分の部屋に招き入れた。

「あの、これ……ケーキを買ってきたので、後でみなさんで食べてください」めぐみがケーキの箱を差し出した。

「お気遣いいただいてすみません」

顔を向けて礼を言うと、めぐみが目を見開いた。

「マスター、どうされたんですか。その顔……」めぐみが自分の目のあたりを指さして訊いた。

「いや、昨晩かなり酔っていたみたいで……ちょっと転んでしまったんです」

先ほど香にした言い訳をめぐみにもした。

「まあ……」

「たいした傷じゃないので、明日店に出る頃には腫れも引いてるでしょう」私は頭をかいて言いながら、めぐみを部屋の中に案内した。

めぐみはリビングに入ると台所にいた香に挨拶をして、すぐに上着を脱ぐと手伝いを買って出た。

香が作った料理や鍋に必要な皿などをめぐみが手際よくリビングに運んでいく。

三ヶ月前にバーベキューをしたその一日で、ふたりはすっかり打ち解けたようだ。

一通りの準備が調《ととの》ってそろそろ子供たちを呼ぼうとしたときに、チャイムが鳴った。

公平だ。オートロックを解除して玄関に向かった。外に出てしばらく待っていると公平がやってきた。公平の目のまわりにもあざができている。

「昨晩のことは覚えているか？」

私が訊くと、公平は「当たり前っすよ」と忌々しそうに吐き捨てた。

「おれは家族に心配をかけたくないから酔っぱらって転んだことにしてる。あのことは内緒にしておいてくれ」

「わかりましたよ。おれもアパートの階段で転んだことにしておきます。それにしても、マスターも弱腰っすよね。あんな酔っぱらい、ふたりがかりでやれば反撃できたのに」公平が私を小馬鹿にするように言った。

その気になれば、公平がいなくてもあんな連中を叩きのめすことぐらい訳はない。

「おまえとちがって、この街を歩けなくなると困るんでな」

ふたり揃ってリビングに入っていくと、案の定、公平の顔を見た香とめぐみが驚いたように「その顔どうしたの？」と訊いた。

「ちょっと酔っぱらってたみたいで、アパートの階段から足を踏み外して……」公平が痛そうに顔を歪めた。

「まったく飲んだくれっていうのは……ねえ？」

香が呆《あき》れたように同意を求めると、めぐみが笑いながら頷いた。

その後、子供たちを呼んで、六人で鍋を囲んだ。

帆花と俊は学校で流行《はや》っているゲームやアニメの話に夢中だ。大人たちの話題は自然と店のことになった。

「オーナーとはお付き合いが長いんですか？」めぐみが訊いてきた。

「知り合ったのは十五年前です。オーナーに言われたんですが、ちょうど昨日がふたりの出会った記念日らしいです」

「出会った日を覚えているなんてまるで恋人みたいですね」めぐみが微笑んだ。

「本当かどうかわかりませんよ。ただ単に記念日と称して、高いシャンパンを飲みたかっただけなのかも」

「そうかもしれないわね」

そう言った香に、私は目を向けた。

「昔、落合さんと初めて会ったときの話を聡さんから聞いたことがあったけど、Tシャツから出た二の腕がすごく太くて存在感があったみたいなことを言ってなかったかしら。さすがに今の時期にTシャツ一枚で出歩く人はいないでしょう」

言われてみればそうだった。初めて私が働いているバーにやってきたとき、落合は赤いTシャツにジーンズ姿だった。上着など着ていなかったように覚えているから、少なくとも真冬ではなかっただろう。

「あいつにしてやられたな」私は苦笑した。

「ところでオーナーって結婚してるんっすか?」

ふいに訊いてきた公平に目を向けた。

「独身ですよね」

めぐみの言葉に、私は頷いた。

「結婚されないんでしょうかね」めぐみが少し身を乗り出してきた。

「どうですかね」

「結婚生活にこりごりしているとか?」めぐみがさらに訊いた。

「あいつの口から結婚していたことがあるという話は聞いたことがないです。もっとも、どんなに仲がよくても自分のことをすべて話しているかどうかはわかりませんけどね」

私にも落合にしていない話はたくさんある。

「どうでもいいじゃないっすか。オーナーのことなんか」公平がそう言って鍋に箸を伸ばした。

「おまえが振ってきたんだろう」

「あんな口やかましい人と結婚したいと思う女性がいるのか興味があっただけっすよ」公平が鼻で笑うように言った。

「また近いうちにこういう会をやりたいわね。今度はぜひ落合さんもご一緒に」

「そうだな」

私はぼんやりと天井を見上げながら答えた。

鍋を囲んでいるときも、公平や子供たちとトランプで遊んでいるときも、あの手紙のことが頭にこびりついて離れなかった。

「めぐみさん……もしかしたら落合さんに気があるんじゃないかな。そんな気がした」

私もそう感じている。

「今日は疲れたでしょう。おやすみなさい」

香が寝室の電気を消した。

「なあ……さっき、宇都さんとどんな話をしてたんだ？」

私たちがトランプで遊んでいる間、香とめぐみはリビングでワインを飲みながら何やら話し込んでいた。

別にどうしても聞きたかったわけではないが、このままひとりきりの世界に放り込まれるのが嫌で話をつないだ。

「内緒よ」

香のいたずらっぽい声が聞こえた。

「何だよ。亭主に言えないような悪巧みでもしていたのか？」

私は自分が抱えている不安を悟られないように、軽口を叩いた。

「わたしのことが羨ましいですって」香が呟《つぶや》いた。

「香のことが、か？」

「そう……聡さんみたいな優しい旦那さんで本当に羨ましいって。めぐみさん……前の旦那さんのことでかなり苦労したみたい」

「俊くんの養育費も払わないみたいだな」

「そればかりか、別れた後もたびたびお金の無心をしてくるそうなの」

「そうなのか？」

「前の旦那さんはもともと店舗なんかの内装をデザインする会社をやっていたんですって。結婚した頃は事業も順調だったそうなんだけど、五年ぐらい前に倒産してしまって……」

五年前ということは、めぐみが離婚する二年前か。

「お金の苦労だったら夫婦で協力すれば何とかなるとめぐみさんも働き始めたそうなんだけど、倒産を機に旦那さんは人が変わってしまったんだって。なけなしのお金をギャンブルにつぎ込むようになったり、毎日浴びるように酒を飲んだり。それを注意すると、めぐみさんに暴力を振るうようになって……」

香は暴力という言葉に人一倍敏感だった。

「俊くんがいるからできれば離婚したくないとしばらく我慢していたけど……そのうち俊くんにまで手を出すようになって別れたんですって」

「そうだったのか」

「めぐみさんが言うように……わたしは聡さんと出会えて本当によかった。聡さんみたいな優しい人と一緒にいられて」

「そんなに優しくはない」

「優しいわよ。聡さんから手を上げられたことなんか一度もないもの」

忘れているようだが、過去に一度だけ香の頰を叩いたことがある。だが、その頃のことを思い出させたくなかったので、口には出さなかった。

香と初めて出会ったのは、開店して一年ほど経った頃のことだった。一晩飲んでいっただけで、何やら訳ありの女性だと感じた。

そのときの私は香に対してあまりいい印象を持っていなかった。だが、私のそんな苦手意識をよそに、香は毎晩のように店にやってきた。いつもバーボンのストレートをあおり、カウンターに突っ伏して酔いつぶれていたかと思えば、急に起き上がって私やまわりの客にヒステリックに食ってかかる厄介な客だ。

落合は香を出入り禁止にしろと言ったが、私はそうできなかった。そのとき、香は三十歳だった。私のふたつ下ということになっているが、本当は同い年だ。自分と同い年の女性がどうしてこれほどまでに荒れた飲みかたをするのか。その理由を知るまでは突き放すことができないと思った。

彼女は店が閉店しても帰るそぶりを見せない。ひたすら酒を飲み続けている。いつの間にか、明け方までそんな彼女に付き合い、酔いつぶれた彼女をタクシーで家に送り届けるのが私の日課になっていた。

香はその日も店のカウンターで酩酊《めいてい》していた。いつも以上にひどく酔っていたので、酒が欲しいという香の要求を断って、早く家に帰るようにと諭した。

「酒を出すのがあんたの仕事でしょう。言われたとおりにすればいいのよ！」香が激しい口調で食ってかかってきた。

私は少し腹立たしく思いながら、香の言葉をやりすごした。

「わたしなんて生きてたってしょうがない。死にたい。死にたい……」

香はそう言いながら袖をまくって自分の手首を私のほうに向けた。香の手首には刃物で切ったようないくつもの傷跡があった。

「死にたい……毎日死にたいと願っているけどいつも死にきれない……だからこうやって酒

を飲んでるのよ！　酒を出さないんだったらそこにあるナイフを貸してッ！　そしたら、今度こそ――」

そう叫びながら身を乗り出してペティナイフをつかもうとしたのを見て、私は思わず香の頬を叩いてしまった。

どんな暴言を吐かれようが、どれだけ迷惑をかけられようが、客に手を出したことはなかった。いや、客ではなく、私の中で香がそれ以上の存在になっていたから、そんなことをしてしまったのだろう。

私に叩かれて我に返った香はその場で泣きじゃくった。そして三年前に自分の身に降りかかったおぞましい災いを、訥々《とつとつ》と私に話した。

香はその年まで都内に住んでいて、アパレルメーカーに勤めていたそうだ。結婚を約束した恋人もいて幸せな日々を送っていたという。

ある晩、香は仕事の話があるからと上司に誘われて飲みに行ったという。上司に勧められるまま酒を飲んでいた香は意識もはっきりしないほど酔いつぶれてしまったそうだ。そして気がついたときにはホテルのベッドに寝かされていた。香はふらふらになりながらも帰ろうとしたが、上司に阻まれてベッドに押し倒された。そして無理やり関係を持たされたという。

ようやく意識がはっきりしてくると、香は泣きながら上司を責めた。だが上司は「合意の上だっただろう」と開き直って部屋から出ていった。

合意の上なんかではない――

心では激しく抵抗したつもりだったが、酩酊していてからだが言うことを聞いてくれなかった。

上司から強姦《ごうかん》されたと警察に訴えようとも思ったが、けっきょくできなかったという。そんなことを家族や恋人に知られたくなかったからだ。

香はその後すぐに会社を辞めた。だが、それで心の傷が癒されることはなかった。何に対しても無気力になり、それからは家に引きこもるような生活になってしまったという。

悪いのは無理やり自分を手込《てご》めにした上司であるはずなのに、香は自責の念に苦しめられた。家族にも恋人にもその苦しみを訴えることができず、あのときの自分の無防備さをひたすら責め続けた。やがて、激しい情緒不安に苛《さいな》まれるようになり、家族や恋人との関係もぎくしゃくしていった。

その後、香は恋人と別れ、自分のことを理解できない家族とも離れたいと、実家を飛び出したという。

香の話を聞いて、私はどうしようもなく胸が苦しくなった。そして、何としても目の前の女性を救いたいという思いに駆られた。

香に対して女性としての好意を抱き始めていた以上に、そうすることを、私がそれまでにしてきたさまざまな悪事への償いにしたいと考えたのだ。

心の中でそうすることへの迷いがなかったわけではない。私の過去は偽りのものだ。香が私にとってかけがえのない存在になったとき、自分の過去を知られるようなことになってしまったらと考えると心がすくんだ。

だが、そんな恐れよりも、香を救いたいという気持ちが勝った。

「聡さんは……わたしと結婚して後悔してない？」

香の言葉に、我に返って隣に目を向けた。

「当たり前だ」

「本当？」

「ああ」

そのおかげで、私はかけがえのない大切なものを手にすることができた。香というすばらしい妻と、帆花という可愛い子供に囲まれた温かい家庭を。

そんなかけがえのない大切なものを失うわけにはいかない。

あの男たちは刑務所から出ています――

今の私にあんな約束を果たせるはずがない。

いや、そもそも果たす必要などない忌まわしい要求でしかないのだ。

店に入ると、テーブル席に落合がいた。テーブルの上に領収書を広げて帳簿をつけているようだ。

「おはよう」

私が声をかけると、落合がこちらを向いて「おう」と返した。私はカウンターの中に入って開店の準備を始めた。

「なあ……ちょっと相談があるんだけど」落合が声をかけてきた。

「何だ？」

私は手を動かしながら、視線だけ落合に向けた。

「あのふたりをそろそろ正社員にしようと思うんだけど……」

めぐみと公平のことを言っているのだろう。

「ああ、宇都さんに関しては問題ないと思う。だけど、公平はまだ早いんじゃないかな。オーナーだっていつもやる気がないって文句を言ってるじゃないか」

「そうなんだけどなあ。どうやらあいつはアルバイトっていう自分の立場に甘えているような気がするんだ。だから、正社員としてそれなりの給料と社会保険なんかの待遇をしっかりしてやれば、少しは仕事に対する姿勢も変わってくるんじゃないかと思ってさ」

公平はただの口うるさいオヤジぐらいにしか思っていないようだが、落合は店の責任者として彼のことをしっかりと考えている。

「だけど、正社員にするとなったら今以上に責任が伴うぞ。使えないからといって簡単にクビにするというわけにもいかない」

「そうだけどさあ……あいつには早くカウンターを任せられるようになってもらわなきゃ困る」

「おれがいるんだし、そんなに焦る必要もないだろう」

私が言うと、落合が肩をすくめるようなしぐさをした。

「帆花ちゃんだってどんどん大きくなってるんだ。向井だってもっと休みが欲しいだろう。それでなくても会社員とは働く時間帯がちがうから一緒にいられることも少ない。週一の定休日だけじゃ泊まりでどこかに出かけることだって難しいだろう」

「そうだな」

私は落合の気遣いに感謝しながら頷いた。

「オーナーがそういう考えなら、おれはまったく異論はないよ」

「じゃあ、あいつにその話をしておいてくれよ。どうやらおれは煙たがられているみたいだからさ」落合が自虐的な笑みを向けた。

「わかった。公平にその気があるか訊いておくよ」私はそう答えると、着替えをしようとカウンターから出た。

「そういえば向井に手紙が来てた」

落合の言葉に、私は立ち止まった。

差し出された封筒の差出人を見て愕然《がくぜん》とした。

坂本伸子——

「店に届くってことはお客さんか？」

「ああ……」

落合に訊かれたが、すぐに言葉を発することができなかった。

私はかろうじて頷くと、からだの震えを抑えつけながらスタッフルームに向かった。

部屋に入ってドアを閉めると、抑えきれなくなって震えだした手で封筒の口を破り、中に入っていた便箋を取り出した。

『この一週間、あなたのことを見てきましたが、本当に約束を果たす気があるのでしょうか？　今のあなたの幸せがあるのはあの約束を交わしたおかげではないのですか？　もし、あなたがこのまま約束を果たさないのなら、あなたのまわりにも、私と同じような災いが降りかかるかもしれません』
あなたのまわりにも、私と同じような災いが降りかかるかもしれません――
私はその文字に視線を据えながら、それがどういうことを意味するのかを噛み締めていた。

「マスター！」

肩を揺すられて、私は目を向けた。

「マスター、前原《まえはら》さんがホワイトレディーを頼んでますッ！」

公平がカウンターに座った前原に目を向けながら苛立ったように言った。

どうやら前原から注文を受けて、何度も私のことを呼んだらしい。

「ああ……すみません。すぐに作ります」私は前原に目配せするとカクテルの準備を始めた。

「体調がよくないんですか？」

ホワイトレディーを作って出すと、前原が訊いてきた。

「いや、そんなことはないですよ」

「そうかなあ……さっきからぼうっとしているみたいだけど」前原がそう言ってホワイトレディーに口をつけた。

「稽古の帰りですか？」

私が訊くと、前原は首を振りながら「今日はバイトです」と答えた。

二十八歳の前原はアマチュア劇団に所属する役者だ。その年になるまでさまざまなアルバイトを渡り歩きながらプロの役者になる日を夢見ている。

今はたしか近くのスーパーで働いているとのことだが、それまではビルの清掃や、建設現場の作業員、冷凍倉庫での荷卸しなど、経験した仕事は五十を超えるという。変わったところでは葬儀社や興信所の手伝いもやっていたということで、店に飲みに来てはよくそれらの仕事の内情をおもしろおかしく聞かせてくれた。

「いらっしゃいませ――」

公平の声に、私はドアに目を向けた。山寺が店に入ってきてカウンターの一番端の席に座った。

「ちょっと失礼します」

私は前原との話をいったん切り上げて山寺のもとに向かった。

「いらっしゃいませ。何にしましょうか」

コースターを出しながら訊くと、山寺はマティーニを頼んだ。

弁護士である山寺に訊いてみたいことがあったが、マティーニを出して世間話を始めてからも、どう切り出せばいいのかわからないでいる。

「そういえば……この前、長野のほうでストーカー殺人がありましたよね」

私はここしばらくニュースで報じられていた事件を思い出しながら、その質問をしやすそうなものを選び出した。

「たしか付きまとわれていた女の子のお母さんが殺された事件だね」山寺が痛ましいというように表情を歪めた。

元交際相手の女性に付きまとっていた二十代の男が、行方がわからなくなった女性の居場所を訊くために実家に行き、応対に出た母親を監禁して殺害した事件だ。

「あの犯人はどれぐらいの刑になりそうですかね」

「マスターからそんな話をするなんて珍しいねえ」山寺が意外だという顔で私を見た。

束《つか》の間《ま》の安らぎを与えるのが自分の職務だと自覚しているから、事件や裁判など仕事がらみの話を私のほうから振ることはなかった。

「ええ、悲惨な事件だったので少し気になってしまって」私は言い訳した。

「どうだろうねえ。私が担当している事件じゃないから何とも言いようがないけど、裁判員制度が導入されて厳罰化の流れになりつつあるから」

「死刑や無期懲役になることはありますか」

「被害者がひとりだから死刑はおそらくないだろうけど、無期懲役の可能性はじゅうぶんにあるね。犯人はお母さんを部屋に監禁して娘さんの居場所を聞き出すためにずいぶんひどいことをしたんだろう。なかなか口を割らない母親の指を一本ずつ包丁で切り落としたりして、犯行が悪質だよね。それに捕まっても反省を述べるどころか被害者や娘さんが悪いと開き直っているそうじゃないか。裁判官や裁判員への印象が悪いよね」

「無期懲役というと、だいたいどれぐらいで社会に出てこられるものなんですか」

「統計を見ると十年ぐらい前まではだいたい平均で二十年ぐらいだったかなあ。だけどそれ以降は二十五年、三十年と長くなっていって、今はだいたい三十五年ぐらいじゃないかな。もっとも受刑者によってもかなりちがうだろうけどね」

「だけど、犯人が生きているかぎり、いずれは刑務所から出てくるわけですよね。被害者の娘さんや家族からしてみたらとても納得がいかないでしょう。それに社会に出てきたらふたたび自分たちの前に現れるんじゃないかと思うと怖いですよね。犯人が刑務所から出てきたことは被害者のご家族なんかに知らされるんでしょうか」

「今は被害者等通知制度というものがあるから希望すれば知らせてもらえるよ」

「被害者と家族以外には？」

「親族に準ずる人と、被害者や家族の代理人である弁護士だね」

「どういったことを教えてもらえるんですか」

さすがにここまでしつこく訊いたせいか、山寺の表情が少し訝しげになっていった。

「いつ刑務所から出所する予定かということや、保護観察中の処遇状況などだね」

「犯人がどこに住んでいるかということは」

「それは教えてもらえないだろうね。そんなことをすれば被害者遺族による新たな事件を誘発しかねないから」

山寺のにべもない答えに、そのことがせめてもの救いのように思えた。

たとえあのふたりが刑務所から出たことを知らされても、私にはあの男たちが今どこにいるのか知る術《すべ》はない。

もっとも、たとえそれを知ったとしても坂本伸子との約束を果たそうなどとは思わないが。


目覚まし時計のベルが鳴ると、私はすぐにベッドから起き上がった。

いつもは昼の一時頃に起きるが、今日は午前十時半に目覚ましをかけた。香は十時まで家にいるからそれ以前にセットすると不審に思われてしまう。

リビングに行くとパートに出かけたようで香の姿はなかった。帆花が小学校に入ってから、香は川越駅近くにある古着屋で夕方まで働いている。

ダイニングテーブルの上に昼飯のサンドイッチが用意してあった。私は身支度を整えると、サンドイッチを鞄《かばん》に入れて部屋を出た。

川越駅から電車で横浜に向かう。横浜駅で相模《さがみ》鉄道に乗り換えるとふたつ目の西横浜駅で降りた。

腕時計に目を向けるともうすぐ一時になろうとしている。五時には店に入らなければならないからあまり時間がない。

私はおぼろげな記憶を頼りに西横浜駅から歩きだした。

伸子が住んでいたアパートには何度か足を運んでいるので、久保町という町名だけは記憶に残っていた。

久保町のあたりを徘徊《はいかい》しても、なかなか覚えのある風景にぶつからなかった。十六年の歳月で、このあたりの街並みもずいぶんと変わってしまったようだ。

焦燥感に駆られながら歩き回っていると、ようやく記憶にあるコンビニが目に入った。私は路地を何度か曲がりながら目当ての場所に向かった。だが、記憶に残っている風景の中に伸子が住んでいたアパートはなかった。目の前には真新しい六階建てのマンションが建っている。

私はあきらめきれなくてマンションのエントランスに入った。郵便受けの表札をひとつひとつ見て回ったが、そこに『坂本』の名前はなかった。

彼女がいるはずがないと思いながらも、藁《わら》にもすがる思いでここまでやってきた。

あのとき、彼女は末期のがんに侵されていて余命わずかだと語っていた。だからこそ、自分の中で燃えさかる心火を私に託したのだ。

だが、その言葉通り彼女がすでに亡くなっているとすれば、あの手紙はいったい誰が送りつけてきたのか。

昨晩、山寺は事件の被害者の家族や親族に準ずる者であれば、犯人がいつ刑務所から出てくるかという情報を知ることができると言っていた。だが、伸子は親しい身内はひとりもいないと語っていた。少なくとも、あのようなことを頼める人物はいないと。

被害者の家族の代理人である弁護士も知ることができるとも言っていたが、伸子が私に突きつけてきた約束というものに弁護士が加担するとはとても考えられない。

これからどうすればいいのかわからないまま、私は当てもなく周辺をさまよった。

気づいたら跨線橋《こせんきょう》の上で立ち尽くしていた。轟音《ごうおん》が聞こえて見下ろすと、跨線橋の下を電車が通り抜けていく。

伸子と出会った場所だ。

日付は定かではないが、ちょうど今のように冷たい風が頬を突き刺していたのを覚えている。

十六年前の今頃、私は寒風が吹きすさぶ横浜の街をさまよっていた。仕事も住む家もなく、身の危険に怯えながら路上生活を送っていたのだ。

落合と出会う少し前まで、私は粗暴を絵に描いたような男だった。

そのすべての原因は私の顔にあった。少なくともあの頃の私はそう思っていた。生まれたときから私の顔は人と大きくちがっていた。顔の半分以上が痣に覆われていたのだ。そのせいで親にも見捨てられたのだろう。私は赤ん坊のときに捨てられ、それから施設で生活してきた。

施設でも学校でも『怪物』とあだ名をつけられ、街を歩けば通り過ぎる人たちが必ずと言っていいほど私の顔に視線を向けてぎょっとした顔になった。

どこに行ってもいじめられ、嘲笑され、疎外されてきた。

そんな私の心を唯一慰めたのが暴力だった。

施設でも学校でも社会の中でも、私は暴力によって自分の身を守り、そして存在を誇示した。暴力でねじ伏せた舎弟とともに、窃盗や傷害を繰り返して少年院を出入りし、やがて刑務所に行き着いた。

伸子と知り合う一年前に、私は服役していた刑務所から出てきた。

私はとりあえず刑務所で知り合った真壁《まかべ》という男を頼った。

真壁は警察に捕まるまで窃盗団を仕切っていたそうで、出所したら一緒に仕事をしないかと誘われていたからだ。

それから真壁やその仲間たちと、私が個人的に知り合った十代の男とともに、建設現場から銅線を盗んだり車上荒らしをしたりして生きていた。ケチなヤマばかりでそれほど実入りはよくなかったが、前科者のうえにこんな顔の私に他に仕事があるとも思えない。

私はいつかこの顔を整形したいと願いながら真壁たちと仕事を続けていたが、手っ取り早く大金を得たいという軽はずみな思いで、暴力団が仕切っている闇賭博《とばく》にはまってしまった。勝ちが込んでいたので調子に乗って賭けているうちに、とんでもない額の借金を抱えてしまった。

私はそれとわかる風体の男たちに両脇を抱えられながら事務所に連れて行かれた。事務所のソファで責任者だと名乗る男が偉そうにふんぞり返っていた。幹部とまではいかないだろうが、組織の中でそれなりの立場なのだろうとその面構えから察した。

「これから一生懸命働いて借金を返してもらわなきゃいけないが、その顔じゃどこも雇ってくれねえだろうな。顔とちがって臓器が腐ってなけりゃ病院を紹介してやるよ」

男が吐いた言葉を聞いて、心の中で何かが弾《はじ》けた。私は隠し持っていたナイフで三人の男たちを次々に斬りつけると、事務所から逃げ出した。

すぐに真壁に連絡を取って事情を話した。真壁は助けてやりたいが今の自分にはどうすることもできないと言って電話を切った。

私はとりあえず東京を離れて横浜周辺で身を隠しながらその後も何度か真壁に連絡を入れた。だが、そのたびに聞かされる言葉に震え上がるしかなかった。

三人の組員は一命こそ取り留めたものの重傷だという。特に暴言を吐いた男は、私が振り回したナイフが両目に刺さり失明したとのことだ。

組員を総動員して私のことを捜しているらしい。もちろん、捕まればただでは済まないだろう。殺されるだけではなく、それ以上の苦痛を与えられるにちがいない。

事務所に連れて行かれた際に財布を奪われているので、中に入っていた免許証から私の身元は割れているだろう。

真壁は海外に逃げるか、戸籍を変えるしか手はないだろうと提案したが、いずれにしても数百万もの費用がかかるという。とてもそんな金はなかった。

いっそのこと、このまま電車に飛び込んだほうが楽に死ねるのではないかと思い詰めながら、私は跨線橋の上に佇《たたず》んでいた。

そのとき、何かの物音がして、私は目を向けた。

跨線橋を渡っていた白髪の老女が買い物袋を落としてしまい、中に入っていたみかんが数個、私のほうに転がってきた。

私はそのみかんを拾い上げて老女に渡した。

「ありがとうござ……」

そこまで言ったところで、老女はびくっとしたように肩を震わせて口を閉ざした。

私と顔を合わせたときにみんながする反応だ。

不快さはあったがそれを表に出す気力もなく、私はすぐに視線を跨線橋の下に戻した。

「ありがとうございます」

気を取り直したように老女が声をかけてきたが、私は無視した。

「あの……どうなさったんですか？」

しばらくするとふたたび声をかけられ、私は振り返った。

「おからだでも悪いんですか？」老女が私の顔を覗き込むようにして訊いてきた。

「あんたには関係ねえだろう」

私は睨《にら》みつけるようにして言ったが、老女はその場から離れようとはしなかった。

一瞬でも、物を拾ってくれた人に対してあんな態度をとってしまったことに罪悪感を抱いているのか、心配そうな眼差しで私を見つめていた。

「ちょっと腹が減ってるだけだ」

事務所での一件があってから、ほとんどまともに食事をとっていなかった。

「よかったら、わたしの家に来ませんか。ちょうどこれから帰って夕食の準備をするところなんです」穏やかな口調で老女が言った。

詫《わ》びの証《しるし》に買い物袋の中から何か食料でも恵むつもりだろうかぐらいに思っていたが、まさか家に誘われるとは意外だった。

断る理由もなかったので、私は老女についていくことにした。

老女の家はそこから歩いて五分ほど行ったところにある古びたアパートだった。表札がかかっていなかったので名前はわからなかった。台所と六畳の部屋がふたつの2Kだ。

老女は居間に使っているらしい部屋に私を通すと、料理の準備を始めた。

所在なく室内に目を向けると仏壇があった。ふたつの遺影が飾られている。ひとつは二十代後半ぐらいの男性のもので、もうひとつは学校の制服を着た女の子のものだった。

しばらくするとカレーのいい匂いが漂ってきた。

「たくさん作ったから遠慮しないで食べていってね」

腹が減っていたこともあって、私は貪るように目の前の料理を口に運んだ。老女に目を向けると、料理を掻《か》き込む私を微笑ましいというように見ながら食事していた。

「ごちそうさま」

料理を食べ終えると私はすぐに立ち上がった。

「もう少しゆっくりしてらっしゃったら？　あいにくお酒の類《たぐ》いはないけど、お菓子やフルーツならあるから」老女が私を見上げて引き止めた。

「ごちそうになってこんなことを言うのは何だけどさ、同情か罪悪感がそうさせたのかもしれないけど、知らない人間を家に上げるのは不用心だぜ」

ひさしぶりにうまい飯を食わせてくれた礼に、私はせめてもの忠告をした。

「別にそういうことじゃないの。それに、この家を見てもわかるように取られて困るものなんてないもの。ただ、ひさしぶりに誰かとお食事をしたかっただけなの。こんなおばちゃんと一緒に食事をしてくれて感謝してるわ」

「おれも人と食事をしたのはひさしぶりだ」

私の顔を目にすると食欲が失せると思われているのはわかっていたから、人と一緒に食事をすることはほとんどなかった。

「まだ自己紹介もしていなかったわね。わたしは坂本伸子といいます。あなたは？」

「高藤文也《たかとうふみや》」

伸子が醸し出す温かい雰囲気に引き寄せられるように、私は座り直した。

「おいくつなの？」

「二十七歳」

「そう……この近くに住んでるの？」

「まあ、この近くにいるといえばそうなのかな。だけど家はない」

私が答えると、伸子は小首をかしげた。

「路上生活者と言えばわかるかな」

「そんなに若いのにどうして……」

「この顔を見ればわかるだろう。おれを雇ってくれるところなんかどこにもない」

そう言うと、伸子の顔が少し気まずそうになった。

「ご家族は？」

「いない」

伸子はそれ以上の言葉が見つからないというように黙り込んでしまった。

「あんたに声をかけられるまで、おれはあそこから飛び降りて死んでしまおうかと考えてた。すべてのことに絶望してたからな。その思いが完全に覆ったわけじゃないけど、少なくとも今夜は生きててよかった。ひさしぶりにうまい飯にありつけたからさ」

「絶対に死んではだめ。生きたくて生きたくてしょうがなかったのに死んでしまった人のためにも、自分から死のうなんてことは絶対に思ってはいけない」

伸子が強い口調で言って、仏壇に目を向けた。その目から涙があふれ出してくるのを見て、私は戸惑った。

「あの女の子は？」私は訊いた。

「娘よ」

その答えが少し意外だった。伸子は七十代に思える。だが、あの写真を見るかぎり、それほど大昔に撮られたもののようには感じなかった。今まで孫だろうかと思っていた。

「男性のほうは」

「わたしの主人よ」

それも意外な答えだった。

「結婚して三年後に交通事故で亡くなってしまった。それ以来、娘の由希子《ゆきこ》とふたりで生活してきたの」

「娘さんは病気か何かで？」

私が問いかけると、伸子が何度も首を横に振った。

「殺されたの――」

そう言った伸子の目を見て背中が粟立《あわだ》った。私を見つめるその眼差しの奥に計り知れないほどの怨念《おんねん》が潜んでいるように感じたのだ。

「殺された？」

「由希子が十七歳のときに……」

　伸子はそれから訥々と娘が殺されたという事件の話を始めた。

　十六年前の五月、高校から帰宅の途についたのを最後に由希子は行方不明になったという。深夜になっても帰宅しない由希子を心配して伸子は警察に駆け込んだが、遊び歩いているか軽い家出ではないのかと真剣には取り合ってもらえなかったそうだ。だが、翌日になっても由希子は戻ってこない。思いつくかぎりの友人知人に問い合わせても由希子の居場所はわからず、家出をするような理由も思い当たらない。その翌日になってようやく、警察も事件の可能性があると考えて本格的に捜索に乗り出したが、由希子の所在はわからないままだった。

　由希子が母親のもとに戻ってきたのは行方がわからなくなってから二週間が経ったときだ。雑木林に放置されていたスーツケースの中からばらばらに切断された女性の遺体が発見され、それが由希子であると断定されたのだ。

　遺体が発見された五日後に犯人は逮捕された。

　近くに住んでいた門倉利光と飯山賢治という二十歳の無職の男だ。門倉と飯山は小学校からの同級生で、地元でも素行《そこう》がよくないことで有名だったらしい。

　ふたりは車で由希子を拉致《らち》して、門倉が以前働いていた倉庫に連れ込んだ。その倉庫を所有していた会社は一年前に倒産しており、しばらく誰も立ち入らないだろうと考えたと門倉たちは供述したという。

倉庫に監禁している十日もの間、ふたりは由希子に対しておよそ筆舌に尽くしがたい凌《りよう》辱《じよく》を加えた後、自分たちの犯行が発覚するのを恐れて首を絞めて彼女を殺害した。そして遺体をばらばらに切断してスーツケースに詰め込み、人気《ひとけ》のない雑木林に遺棄したというのだ。

伸子が仏壇のそばにあった簞笥《たんす》の引き出しを開けた。中からファイルを手に取って私に差し出した。広げてみると事件に関するさまざまな記事が貼りつけられている。その中の一枚に伸子の写真が載っていた。

ふたりの犯人に無期懲役の判決が確定したことに対する伸子の手記が寄せられていた。手記の中で伸子はあれだけの残虐な罪を犯したにもかかわらず、犯人が死刑にならないことがどうしても納得がいかないと峻烈《しゆんれつ》な遺族感情を訴えている。

今とは別人のように若い頃の写真のようだが、日付を見ると十年ほどしか経っていない。真っ白な髪と生気をほとんど感じさせないやつれ切った顔から七十代後半ぐらいに思っていたが、目の前の伸子はまだ五十五歳だった。

娘を殺されてからの伸子の日々がどんなものであったのかを思わず想像してしまい、どうしようもない息苦しさに襲われた。

いつの間にか、外から雨音が聞こえている。あまりのタイミングに、由希子の無念がそうさせたのではないかと考えて、背筋に冷たい感触が伝わった。

「そろそろ行きます」私は薄気味悪くなって立ち上がった。

「雨が降ってきたわね。この部屋でよかったら泊まっていってもいいのよ」

せっかくの厚意だったが私は断った。雨が降りしきる中で野宿をするのはたしかにきついが、それ以上に、由希子の遺影がある部屋で寝ることがためらわれた。

「また遊びに来てちょうだいね」

その言葉に私はとりあえず頷いたが、心の中ではもう来ることはないだろうと思っていた。

伸子に対して悪感情を抱いているわけではない。だが、彼女の中で燃えさかっている犯人に対する憎しみの感情に、私までもが焼き尽くされてしまいそうで怖かった。

だが、そんな思いに反するように、私はその後も何度か伸子の部屋に足を運んだ。空腹と、疲労感と、つねに誰かに狙われているのではないかという極度の緊張感に耐えられなかったのだ。

伸子と一緒に料理を作ったり、他愛のない世間話に興じながらふたりで食事をするそのひと時だけが、心臓を締めつけられるような恐怖感から唯一解放される時間になっていた。

数日ぶりに真壁に連絡を入れた私は、自分を取り巻く事態がさらに悪化していることを知った。

追っ手は血眼になって私のことを捜しているという。関東圏内にいれば私が捕まるのも時間の問題だろうと真壁が忠告した。

だが、逃げるといっても行く当てなどどこにもない。だいいち手持ちの金さえほとんどなかった。

私は少しばかりでも金を貸してもらえないかと頼むために仲子の部屋に行った。

顔を合わせるなり、仲子は私の異変を感じ取っていた。

「どうしたの？」

私はすぐにこの土地から出ていかなければならなくなったので最後の挨拶に来たと言い、できれば少しでもいいから金を貸してほしいと頼んだ。

仲子は私を居間に上げると事情を訊いてきた。

私は嘘《うそ》を織り交ぜながら今の自分の窮状を説明した。

親がやくざから大金を借りて逃げてしまったので、私が代わりに払わなければならなくなったということにした。しかし、借金を返せないなら臓器を取ると脅され、怖くなってその場にいたやくざを怪我《けが》させて逃げ出してきたと。もし、そのやくざに捕まってしまえば、臓器を取られるだけではとても済まず、殺されてしまうかもしれないのですぐに逃げなければならないのだと訴えた。

私の話を聞いて伸子は呆然《ぼうぜん》としているようだった。およそ現実離れした話だと感じているのだろう。だが、次の瞬間、冷静さを取り戻したように私に問いかけてきた。

「逃げるっていってもどこに行くつもりなの？」

私はわからないと首を横に振った。

「とりあえず十万円ぐらいのお金だったら貸してあげられないこともないけど……それでその人たちから逃げ切れるの？」

私はふたたび首を横に振った。

「そいつらはおれの身元を知っているから今の戸籍を使っているかぎりいつかは居場所を突き止められてしまう。戸籍のない人間として一生逃げ回るか、新しい戸籍を手に入れて別人として生きていくしか……だけど、この顔じゃいつかはそいつらの目に触れてしまうかもしれない。いずれにしてもまったくの別人として生きていくにはそうとうな金がかかってしまう。そんな金どこにも……」

「どれぐらいかかるっていうの」伸子が訊いてきた。

「わからない……だけど……五百万円はかかるんじゃないかな」

私が答えると伸子が嘆息を漏らした。

「とりあえず十万円でも貸してもらえたら、今のおれにとっては……」

私が頭を下げて頼もうとすると、伸子が「待って」と遮るように言った。

「もし……もし……わたしの願いを聞いてくれるなら……」

伸子がためらうようにそこで言葉を切った。

「もし……願いを聞いたら？」私は身を乗り出して先を促した。

「もし……わたしの願いを聞くと約束してくれるなら、あなたのためにそのお金を用意してあげてもいい」

そう言った伸子の唇が小刻みに震えている。

「本当に……本当にそんな大金を出してくれるっていうのか？　いったい何をすればいいんだ。おれにできることだったら何だってするよ！」私は伸子の言葉に必死にすがりついた。

伸子はじっと私を見つめながら次の言葉を口にするべきか迷っているみたいだったが、やがて決心したように唇を引き結ぶと、ゆっくりと口を開いた。

「あの男たちが社会に出てきたら……わたしの代わりに由希子の仇《かたき》を討ってちょうだい」

伸子の言葉を聞いて、私は息を呑《の》んだ。

由希子の仇を討ってちょうだい——

私は頭の中でその意味を反芻《はんすう》しながら、伸子を見つめた。伸子もじっと私のことを見つめ返してくる。

「あの男たちが刑務所から出たら報いを与えてほしい。いつかその約束を果たしてくれるというなら、あなたのことを助けてあげる」

私に視線を据えながら、伸子が言った。

あなたのことを助けてあげるという言葉にすぐにでもすがりつきたかったが、私は頷くことをためらった。

「報いを与えるって、いったい……」私は言葉を絞り出した。

「由希子はあの男たちに凌辱のかぎりを尽くされて殺された。由希子をそんな風にした男たちへの報いは、死以外にないでしょう」

その言葉に、私は激しく動揺した。

「由希子は十日もの間、倉庫に監禁されていた。食事もまともに与えられず、全裸のまま鎖につながれて身動きもできない状況で……来る日も来る日もあの男たちに凌辱され、なぶりものにされていた。由希子にとってはその一分、一秒が地獄だったはず。言葉ではとても言い尽くせない苦痛をさんざん味わわされた挙句に殺された。そのとき由希子が感じたであろう絶望を想像すると気が変になりそうになる。由希子を殺したあの男たちが今も生きていて、同じ空気を吸っていると思うだけで発狂しそうになる！　だけど……今のわたしには刑務所に入っているあいつらを殺すことができない!」

呪詛《じゅそ》に満ちた伸子の視線にさらされて、私は胸が詰まるような息苦しさに襲われた。

「その男たちが刑務所から出てきたら……おれに殺せっていうのか?」

私が訊くと、伸子はためらいながら頷いた。

「本当は自分の手で殺してやりたい。思いつくかぎりの残虐な方法で」

「そんなことをしたら警察に捕まってしまう。ふたりを殺したとなれば死刑になる可能性だって高い」

「かまわない。由希子の仇を討てるなら死刑になってもいい。だけど……わたしにはもう時間がない」伸子が悔しそうに唇を噛み締めながらうつむいた。

「時間がない?」

意味がわからず問いかけると、伸子が顔を上げた。

「三ヶ月前にがんだと告げられたの」

「がん?」私は驚いて訊き返した。

「ええ。末期の子宮がんでそう長くはないだろうと……」

たしかに、実年齢を知って驚いてしまうほど、伸子は弱々しくやつれていた。それは娘の身に起こったおぞましい出来事によるものなのかと考えていたが、それだけではなかったのだ。

「そうなんだ……」

それ以外の言葉が見つからなかった。

「死ぬことはちっとも怖くない。むしろ、無駄に長く生きてしまったと思うぐらい。夫は二十代の後半で死に、ひとり娘は……それなのにどうしてわたしひとりがこうやって生きているんだろうと自分を責めることもあった。由希子と代わってやりたかった。十七歳の由希子にはこれからいろんな未来があったというのに……」

私は目の前で嗚咽《おえつ》を漏らす伸子をただ見ているしかなかった。

「何度も、死んでしまおうかと考えた。こんな世の中で生きていてもしかたがないと。あれだけ酷《ひど》いことをした男たちに正しい裁きが下されない世の中と司法に、ほとほと絶望していたから。一審であの男たちに無期懲役の判決が下されたとき、わたしはショックのあまり、裁判所の前で焼身自殺を図ってやろうかと考えた」

「焼身自殺って……」私はぎょっとしながら呟いた。

伸子が顔を上げて私に目を向けた。目が真っ赤に充血している。

「自分の命と引き換えにして、あいつらと、あいつらをきちんと裁かなかった人たちに、死んでも払うことができない呪いをかけてやれないだろうかと……」

伸子の目を見つめているうちに、彼女の怨念の炎の中へと私も引きずり込まれてしまいそうになった。

「だけど、そんなことは意味のないことだと思い直した。わたしがそうやって死んだとしてもあいつらはのうのうと生き長らえるだけ。そんなことはさせない！　あの男たちを死刑台に送ってやるためにわたしは生きなければならないと心に誓った。その使命を果たすために自分に残された人生を捧《ささ》げるつもりで生きてきた。それなのに……」

由希子を殺した男たちには無期懲役の刑が確定した──

「司法があの男たちに相応の罰を与えないなら自分の手でそれを果たそうと考えていた。それなのに、あの男たちが刑務所から出てくるまで、わたしは生きられない。もうすぐ夫と娘に会えるのだと考えると死への恐怖は和らいでいく。だけど、このままでは死ねない。このまま死んでしまったら、天国で由希子と再会してもとても顔向けはできない。わたしは由希子の仇をとってやることができない。この世で由希子の無念を晴らしてやることができないのだから。お願いです。どうか、わたしの代わりに由希子の無念を晴らしてもらえないでしょうか」伸子が頭を下げて懇願してくる。

「あんたの無念さは理解できるつもりだけど、だからといってこんなことを人に頼むのは……」

「わかってる！」

私の言葉を遮るように、伸子が叫んだ。

「こんなことを口にする時点でわたしはどうかしているんでしょう。そんなことは百も承知よ。だけど、あなたにしかこんなことは口にできない。身の危険を感じて困っているあなたに、こんな交換条件を出すことにどうしようもない自己嫌悪を覚えるけど……だけど……それ以外に娘の無念を晴らす手段がないんです」

「悪いけど、そんなことには手を貸せない。あなたには多少の恩を感じているけど……そんな約束できるはずもない」

これ以上伸子と話をすることに耐えられなくなって、私は立ち上がった。

「これからどうするつもり？」

伸子が問いかけてきたが、私は答えられなかった。

「先ほどの話だと、あなたはそうとう危険な状況にある。その人たちから逃げ切れるというの？」

この場から去りたい一心で立ち上がったが、伸子の言葉によって切迫した現実に引き戻された。

「その人たちに捕まったらあなたは生きられるの？」伸子がふたたび問いかけてきた。

おそらく、無理だろう。あの男たちに捕まったら、私は殺されてしまうにちがいない。

「新しい戸籍を手に入れて整形手術を受けるのに五百万円ぐらい必要だと言ってたわね。今のわたしにはそれぐらいの貯金がある」

答えないのが答えだと察したのか、伸子がそう言って頷きかけてきた。

「今のわたしはこんなからだだから働くことができない。おそらくもう働くことは難しいでしょう。だから、これがわたしの全財産というわけ。安らかな死を迎えるための医療を受けるのに必要な大切なお金だから、無条件であなたに差し出すわけにはいかない」

「おれがその約束を守ればそれを差し出してもいいっていうのか？」

「ええ。あなたが本当に約束を果たしてくれるというなら、わたしは悶《もだ》え苦しみながらどこかでのたれ死んでもいい」伸子が決然と言った。

その金を手にできれば、あいつらの手から逃げ果《おお》せることができるのではないだろうか。新しい戸籍を手に入れ、顔を整形して、まったく新しい人間に生まれ変わって――

「何をためらうことがあるの」

伸子の声に我に返った。

「あなたはここを出ていったら、今日にでも死んでしまうかもしれないんでしょう。わたしと約束すればこれからも生きていくことができる」

「おれだって生きたいさ！」

私は伸子を睨みつけて言い放った。

「だけど、人を殺すだなんて約束ができるはずないだろう！」

「死んでしまうよりはいいじゃない！」

伸子の鋭い口調に、私はびくっとして身を引いた。

今にも崩れてしまいそうな弱々しいからだのどこに、私を怯《ひる》ませるほどの力があるのかと不思議だった。

「あいつらは殺されて当然のことを由希子にした。あいつらを殺したとしても、何ら罪の意識を感じることはない。あなたは正しいことをするんだから」

「罪の意識を感じる云々《うんぬん》の話じゃない。そいつらを殺せばおれは罪に問われることになるんだ」私は気を取り直して言い返した。

「あいつらを殺したとしてもあなたが警察に捕まることはない」

「どういうことだよ」私は怪訝《けげん》な思いで伸子を見つめた。

「わたしとあなたとは関係がないから」

「関係がない？」

「そう。肉親でもなければ親戚でもない。会社の同僚でもなければ友人や知人でもない。わたしとの接点は何もない。わたしとこうやって話していることも誰も知らない。あの男たちが殺されれば、警察はきっと由希子の肉親や関係者が犯人だと思うでしょう。由希子を殺された復讐《ふくしゅう》にあの男たちを殺したのだと。だけど、その頃にはわたしはこの世にいない。わたしにも夫にも肉親はいない。いくら捜査したところで、わたしの代わりに由希子の復讐をしてくれるような親戚も親しい友人も見つからない。事件は未解決のまま終わるだけ。もちろん、あなたは警察に逮捕されないように、細心の注意を払わなければならないでしょうけど」

伸子の言葉が、殺人という罪へのハードルを確実に低くしていく。

それでも私は約束することをためらって、伸子から視線をそらした。

「わたしのこと……とんでもない人間だと思っているでしょう」

私は伸子を見た。

「人の弱みに付け込んで、こんなことを持ちかける悪辣《あくらつ》な人間だと」

「そうだな」私は本心を言った。

「どう思われてもいい。由希子の無念を晴らすためなら、わたしは鬼にも悪魔にもなる」

伸子の目を見て、背中に冷たいものが伝った。

「少し考えさせてくれ」

私はそう言って、部屋から出ていこうとドアに向かった。

「しばらくここにいたほうがいいんじゃないかしら」

仲子の言葉に、私は足を止めて振り返った。

「外にいるのは危険でしょう。決心が固まるまでここにいたら？」

「ここで世話になっても約束するとはかぎらないぞ。それでもいいのか」

「もともと簡単に承知してくれるとは思ってないぞ。むしろ、こんなことを簡単に約束できる人間は信用できない。じっくり考えて、それでも約束できないということならそのときには出ていってちょうだい」

仲子はそう言って立ち上がると、隣の部屋に入った。布団を持ってくると仏壇の前に敷いた。


私はなかなか寝つくことができなかった。

こうしている間にも、追っ手が私のもとに迫ってきているのではないかと不安だった。この部屋から出ていった途端、私は捕まってしまうのではないか。そうなってしまったら、私はどんな酷い目に遭わされるだろうか。

仮に追っ手の目をかいくぐって関東圏内から出られたとしても、このままでは私に未来などないだろう。

自分の名前を名乗ることもできず、定住できる居場所や仕事も得られず、人の目に怯えながら逃げ続けるしかない。

私はこれからどうやって生きていけばいいのか。いや、そもそもあとどれぐらい生きることができるのか。

そんなことを考えていると不安で眠れなかった。

それと同時に、伸子が突き出してきた提案がずっと頭の中を駆け巡っている。

由希子を惨殺したふたりの男を殺すと約束すれば、伸子は私に五百万円を差し出すという。その金があればこの窮地から脱することができるだろう。

ふたりの男たちがいつ刑務所から出てくるのかはわからない。それが五年先なのか、十年先なのか、それとももっと先のことなのかはわからないが、少なくともそのときまでは私は平穏な時間を手に入れることができるだろう。

私は布団から起き上がると居間の明かりをつけた。箪笥の引き出しを開けるとファイルを手に取り、ぱらぱらとめくって事件に関する記事を読んでいった。

どうしてそんなことをしようと思ったのか、自分でもよくわからなかった。

もしかしたら、男たちが由希子にしたことを知ることで、殺されてもしかたがないという言い訳を探したかったのかもしれない。

今までさまざまな悪事に手を染めてきた。そんな私からしても、男たちが由希子にしたことは吐き気を催してしまうほど残酷なものだった。

まさに鬼畜にも劣る所業——

裁判長が判決で述べた言葉と同様の感想を私自身も抱いた。

男たちは強姦目的で由希子を車で拉致すると、かつて働いていた倉庫に監禁した。由希子を凌辱して欲望を果たした後も、自分たちの犯行が露見することを恐れて彼女を解放しなかった。由希子は鎖につながれて身動きがとれない状態にさせられ、それから十日間を過ごすことになる。

最初は己の性欲を満たすためと犯行が露見することを恐れて由希子を囲っていた男たちだったが、その場で糞尿《ふんにょう》を垂れ流すしかない彼女の姿を見て性的な興味は失せてしまったようだ。

それからは男たちの鬱憤《うっぷん》を晴らす道具にされてしまった。

男たちは由希子が逃げていないか様子を窺《うかが》うために一日に何度か倉庫に立ち寄っては、彼女の自尊心を踏みにじるような言葉を浴びせながら殴りつけたという。

食事もろくに与えられず、男たちからの度重なる暴行を受けて由希子は急速に衰弱していった。

由希子から早く殺してほしいと頼まれて首を絞めたのだと、男たちは警察での取り調べで語ったという。

由希子はどれほどの絶望感を抱えたまま死んでいったのだろう。

自分を早く殺してほしいと懇願するほどの絶望を想像しようとすると、どうしようもない胸の痛みに襲われた。

それは由希子という女性の無念と哀れさを思ってのことだけではない。もしかしたら、私自身もそう遠くないうちに、同じ絶望を抱くことになるかもしれないという恐怖感が胸を覆い尽くしていた。

何とかこの窮地から脱しなければならない。

私はファイルを閉じると必死にその方法に思いを巡らせた。

伸子には五百万円の貯金があるという。何とかその金だけを手に入れることはできないだろうか。

簡単なことだ。この場で伸子を縛り上げてキャッシュカードを奪い、暗証番号を聞き出せばいい。そうすれば私は救われる。

だが、それをすることに深いためらいがあった。

その金は末期がんの伸子が安らかな死を迎えるために必要な金だ。それを力で奪い取るというのは、彼女を殺すことと何ら変わりない卑劣な行為のように思えた。

ファイルをしまおうとして、引き出しの中に目を留めた。葉書の束が入っている。興味を引かれてそれを手に取った。

私は宛名と差出人の名前を見て首をひねった。

宛名には『小森勉《こもりつとむ》』とあった。差出人は門倉利光とある。差出人の住所を見ると刑務所から出されたものだ。

他の葉書を見てみると、門倉だけではなく飯山賢治の手紙もある。門倉とは違う刑務所から出されていた。

手紙の内容はどれもたいしたものではない。たわいない世間話や、早くこんなところから出たいという刑務所生活の愚痴の類いだ。

読み進めているうちに、どうやら宛名の人物は門倉と飯山の小学校の同級生のようだと察した。だが、由希子を殺した犯人が小学校の同級生に出した手紙をどうして伸子が持っているのかと不思議だった。

葉書の束を一通り読んでみたが、そこには事件への反省の言葉も、被害者への贖罪《しょくざい》の言葉もまったく書かれていなかった。

約束してやればいいではないか――

葉書とファイルを引き出しに戻すと同時に、いたって簡単な答えに行き着いた。伸子はそう遠くないうちに死んでしまう。私がその約束を果たすかどうかなど、死んでしまう伸子にはわかりようがないのだ。これは私と伸子だけが知っている約束なのだ。伸子自身言っていたではないか。わたしとこうやって話していることも誰も知らない――と。

こんな約束をしたことなど、誰かに話すとは思えない。すべては私と伸子の間だけの約束なのだ。

ふと、由希子の遺影が目に入った。こちらに向けられた由希子の眼差しが私の罪悪感を刺激した。

それが伸子のためでもある――

私は遺影の由希子に向けて心の中で訴えた。

このままでは伸子には安らかな死などないのだ。由希子の無念を晴らしてやると約束すれば、伸子は安らかな死を迎えられるにちがいない。たとえ約束が果たされなかったとしても、少なくとも伸子はこの世に思い残すことなく死を迎えることができるだろう。

それが、私と伸子を同時に救うことになるのだと、心の中で言い聞かせた。

翌朝、私は布団から起き上がると、台所で朝食の支度をしている仲子のもとに向かった。

「一晩考えて決心した」

私がそう言うと、仲子がはっと弾かれたような表情になった。

「決心したって……あの男たちを……」

私は頷いた。

「そいつらが刑務所から出てきたら娘さんの仇を討ってやる」

「本当に？」

涙を滲《にじ》ませた仲子に、私はもう一度頷いた。

「金はすぐに用意してもらえるのか？」

私が訊くと、仲子はエプロンで涙を拭《ぬぐ》いながら頷いた。

「電話を貸してもらっていいか」

私は仲子の了承を得て電話機に向かった。真壁に連絡すると留守番電話になっていた。金を用意できそうだから、何とかして新しい戸籍を手に入れてほしいとメッセージを残して電話を切った。

昼過ぎにふたたび真壁に電話をすると、今度は本人が出た。

真壁はできるだけ早く新しい戸籍を用意すると言った。それでも二日ほど時間が欲しいとのことだった。金額は二百万円と提示された。

明後日の同じ時間に電話をすると言って、私は電話を切った。

それからの二日間は私にとって気が重くなるような時間になった。一日のほとんどを伸子と顔を突き合わせるようにしながら過ごさなければならず、由希子の思い出話をさんざん聞かされたからだ。

約束を果たすつもりはないという負い目を封じ込めながら、私は伸子の話に付き合った。

その二日間で、私は由希子の家族かと錯覚してしまうぐらいに、彼女の十七年間の人生を頭の中に詰め込まれた。

二日後、真壁に連絡すると戸籍が手に入ったという。こちらのほうまで出てきてもらうことにして、伸子と出会った跨線橋で待ち合わせの約束をした。

部屋に戻ってきた伸子が私に封筒を差し出した。中を確認してみると札束が入っている。だが、どう見ても五百万円という金額には足りない。

「新しい戸籍を確認したら残りのお金を出してあげる」

私の考えを読み取ったのか、伸子が言った。

「戸籍を確認してからって……どうして?」私は不審に思って伸子に訊いた。

「あなたは約束を守ってくれると信じてる。だけど、約束を守らない可能性がないわけじゃない。整形手術のためのお金を渡すのはあなたが誰という人物になるかわかってから」

伸子の言葉に、私はうろたえた。約束を果たすつもりがないという私の考えを見透かされているような気がしたからだ。

「新しい戸籍を手に入れたらすぐに関東から逃げなさい。できるだけ遠くに。戸籍を買うお金以外に五十万円入ってる。それでどこかに家を借りるの。どんな安アパートでもかまわないし、どうしても見つからなかったら住み込みの仕事を得てもかまわない。そしたら住民票を移して免許を取りなさい」

「免許？」

「原付の免許なら少し勉強すればすぐに取れるでしょう。そこまでできたらわたしに連絡をしなさい。あなたのもとを訪ねて免許証を確認したら残りのお金を出してあげる」

「そんな……この顔のまま免許証の写真に撮られるっていうのか？」

せっかくだから顔を整形してから免許を取りたい。

「更新のときにでも整形したと告げればいいでしょう。あなたはあなた……決して別人というわけではないんだから。言っておくけど、できるだけ早くしてちょうだいね。わたしもいつまでからだの自由が利くかわからないから」

私は呆気《あっけ》にとられたまま伸子の話を聞いていた。

「さあ、早く！」

伸子に急《せ》き立てられるようにして部屋から出ると、私は跨線橋に向かった。


跨線橋の下を通過する電車の轟音に、私は我に返った。

腕時計に目を向けると三時を過ぎている。そろそろ行かなければ、開店に間に合わなくなってしまう。

私はその場で小さな溜め息をつくと、重い足を踏み出した。

跨線橋を渡って駅に向かう間も、十六年前の記憶がとめどなくあふれてくる。あのとき、跨線橋に向かうと約束通りに真壁がやってきた。それなりに警戒心を抱いていたが、真壁はひとりだった。

真壁は私が差し出した封筒の中の金を確認すると、胸もとから戸籍謄本を取り出した。

氏名の欄には『向井聡』と書かれている。生年月日を見ると、私よりもふたつ年上だった。

「比較的きれいな戸籍だ。両親はすでに亡くなっているし、兄弟もいない。それに免許も取ってなかった。だが、現住所になっているアパートから夜逃げをして何年も住んでないから、住民票は抹消されているだろう。役所に行って手続きをしたほうがいいな」

「この男は今どうしてるんだ？」

気になっていることを訊くと、真壁は口もとを歪めて「知ってもしょうがないだろう」と言った。

「だが、おまえのもとに現れることなどありえないから安心しろ」

真壁はそう言うと、その場から去っていった。それ以来、真壁とは会っていない。

伸子とふたたび会ったのはそれから一ヶ月後のことだ。

私は彼女から言われたとおり、関東からできるだけ離れた福岡で生活していた。福岡市内で安アパートを借りて原付免許を取ると伸子に連絡を入れた。伸子は約束通りに福岡まで私を訪ねてきた。だが、駅で再会した彼女を見て、私はぎょっとした。

伸子は一ヶ月前よりもさらにやせ細っていて、その場に立っているのが不思議なほど衰弱しているようだった。

福岡駅近くの喫茶店に入り、私は伸子に免許証を見せた。

「向井聡。いい名前ね」

伸子は痛々しく思える笑みを浮かべると、震える手つきで免許証に記載された事項をメモに書き記していった。

名前と住所と本籍地と生年月日を書くだけでそうとう時間がかかった。何とか書き終えると、鞄の中から封筒を取り出して私に渡した。

中を確かめるとたしかに前回と同じくらいの札束が入っている。

「これであなたは完全な別人に生まれ変われるわね」

伸子はそう言うだけでも辛《つら》そうだった。

「この金がなくなったら、あんたはこれからどうするんだ？」

「心配しないでいい……思っていたよりも早く逝《い》きそうだから」伸子はそう言うと苦しそうに顔を伏せた。

「大丈夫か？」

身を乗り出した瞬間、伸子が顔を上げて私のほうに両手を伸ばした。私の頬に両手を添えると、自分のほうへと引き寄せていく。

「約束を果たしてね。あの男たちを必ず捜し出して……由希子の無念を晴らしてやってね……」

「あ、ああ……」

伸子に見つめられながら、私は小さく頷いた。

「もし約束を果たさなければ……いつか、あなたもわたしと同じような苦しみに苛まれるようになる。それを忘れないで……」

そのときの伸子の眼差しを思い出すたびに、今でも背中に冷たい感触が走る。

約束を果たさないなら、わたしは鬼にも悪魔にもなる——

そんな彼女の心の叫びが聞こえてくるような、底知れない怨念を宿した眼差しに思えた。

伸子と別れた翌日、私はさっそく病院を訪ねてみた。

レーザー治療で痣を消して、さらにやくざたちと遭遇しても私だとわからないよう顔全体を整形して別人のように変えた。

二十七年間、私を苦しめ続けていた顔は整形手術によっていたって普通のものになった。街を歩いても、誰も私に目を向けない。まるで透明人間になってしまったようだと、安堵《あんど》とも違和感ともつかない思いをしばらく抱いていた。

半年ほど福岡で生活していたが、新しい環境にどうにも馴染めず関東に戻ってきた。戸籍も顔も変わり、新しい人間に生まれ変わったのだという安心感がその決心をさせたのかもしれない。

時折、伸子のもとを訪ねてみたいという衝動に駆られることがあった。伸子は生きているのだろうかと気になっていたし、手元にはまだ百万円近い金が残っていた。

まだ生きているのであれば、彼女が安らかな死を迎えるための医療費の足しにしてもらいたいという思いがあった。

だが、福岡での伸子の言葉が、私にそうすることを思い留まらせた。

これからどんなことがあっても自分のもとを訪ねてきてはいけないと、伸子は私に念を押していた。

伸子と何らかの接点を持ってしまうと、門倉と飯山を殺したときに、私のもとに捜査の手が及んでしまうかもしれないと危惧《きぐ》していたのだ。

伸子はすでに亡くなっているのだろうか——

横浜から離れても、私はそのことをずっと考えていた。

最後に会ったときの伸子の様子を思い出してみるかぎり、とっくに亡くなっているだろうという思いに至る。そうだとすれば、伸子から私のことを知らされた何者かが、あの手紙を送りつけているということだろう。

いったいどんな人物なのだ。

伸子は、自分の代わりに由希子の復讐をしてくれる人間などいないと言っていた。

いくら約束したとはいえ、殺人を強要するのは立派な犯罪だろう。そんなことに加担する人物が彼女のまわりにいたというのか。

伸子は生きているのではないか——

川越に帰り着く頃には、そんな思いが胸の中で膨らんでいた。

だが、もしそうであれば、伸子自身の手で由希子の復讐を果たすのではないか。いや、伸子が生きているとすれば七十歳を超えていることになる。あの男たちを捜し出して殺したいと思っていても、それができるからだではないのかもしれない。

いずれにしても、今伸子がどうしているのかを知ることが何よりも重要だろう。

伸子は今も生きているのか。

そして、もし亡くなっているとすれば、伸子の生前の交友関係から、あの手紙を託すほど親しかった人物を捜し出さなければならない。

もし約束を果たさなければ……いつか、あなたもわたしと同じような苦しみに苛まれるようになる――

伸子の言葉を思い出すのと同時に、帆花の姿が脳裏をよぎった。

だが、どんなことがあってもあんな約束を果たすわけにはいかないのだ。

ドアが開く音がして、私はカウンターから目を向けた。

前原が店に入ってきた。待ちかねていた客の来店に、はやる気持ちを抑えきれずに前原のほうに向かった。

前原のすぐ後ろから若い女性が入ってきた。どうやら前原の連れらしく、ふたり並んでカウンターに座った。

「いらっしゃいませ」

落胆を顔に出さないよう努めながら、私はふたりの前にコースターを置いた。

すぐにでも前原に訊きたいことがあったが、連れがいてはなかなか話をすることができなそうだ。

「いいお店だろう。マスターのカクテルはすごくうまいから、サキも頼んでみなよ」

前原が連れの女性に目を向けながら、得意げな口調で言った。

「サキさんとおっしゃるんですか。はじめまして、マスターの向井です。飲んでみたいカクテルがあったらおっしゃってください」

私がにこやかに言うと、サキは「何がいいかなあ？」と迷ったように前原に訊いた。

「じゃあ、とりあえずマスターに好みを言って何か作ってもらったら？　マスター、ぼくはビールで」

私はサキから味の好みを聞いて、それに合いそうなロングカクテルを作った。ふたりの前に酒を置くと、話の邪魔にならないように前原たちから少し離れた。前原とサキは酒を飲みながら楽しそうにおしゃべりをしている。

私はもどかしさを嚙み締めながら、さりげなくふたりの様子を窺っていた。

しばらくするとサキが席を立った。トイレに向かう彼女を見て、私は前原のほうに近づいていった。

「もしかして、前原くんの彼女かい？」

私が訊くと、前原は照れたように「ちがいますよお」と手を振った。

「同じ劇団にいる子です」前原が言った。

「どうりで、きれいな女性だと思った」

「マスターのカクテル、すごく気に入ったみたいですよ」

「それはよかった。ところで……ちょっと前原くんに訊きたいことがあったんだ」

「何ですか？」前原が興味を持ったように少し身を乗り出した。

「人捜しの方法を伝授してもらいたいんだ」

「人捜し？」

私の口からそんな言葉が出てくるとは思っていなかったらしく、前原が首をひねりながら訊き返してきた。

「昔、興信所でアルバイトをしていたことがあったって話してたよね。それで……」

伸子の消息を知りたいと思っている。

一番手っ取り早い方法は興信所に頼むことだろう。だが、今の私には自由に使える金がそれほどない。給料はすべて香に渡している。金が必要なことがあれば小遣いとは別にいつでも出してくれるが、さすがに興信所に頼めるだけの金額を要求すれば香も不審に思うだろう。とりあえず自力で伸子のことを調べるしかない。

「ぼくにわかることだったらいくらでも話しますけど……どういうことですか?」

「実は、わたしの友人が人を捜してるって言うんだ」

「その捜してるっていう人はマスターの友人とどんな関係なんですか」

「十五、六年前に知り合ったそうなんだけど。当時、友人はものすごく金に困っていたらしくて、通りすがりの年配の女性に五万ほどお金を貸してもらったそうなんだ」

「五万円とはいえ、通りすがりの人によくそんなお金を貸しますよね」前原が信じられないというように言った。

「いい人だったらしい。その人はお金を貸してくれただけではなく、ひもじい思いをしていた友人にご飯をごちそうしてくれたそうだ。友人は借りたお金は必ず返しますと言って女性の名前と住所を訊いたんだけど、日が経つうちにそのことをすっかり忘れてしまって……最近、たまたま昔買った本を開いたら女性の名前と住所を記したメモが挟まっていてね、それを見て思い出したんだ。すぐにお金を持ってその住所を訪ねてみたけど、彼女が伝えたアパートはすでになくなっていたそうなんだ」

前原が来店してから考えた嘘だが、よどみなく話せた。

「それでその女性のことを捜したいと？」

前原の言葉に、私は頷いた。

「別に捜さなくていいんじゃないですかね」

事もなげに言った前原を私は見つめ返した。

「だって五万円でしょう。大金って言えば大金かもしれないけど……その女性だってそんな昔の話きっと忘れてますよ」

「それじゃ、友人の気が済まないんだ」私は言い返した。

「だけどかなり大変だと思いますよ。興信所に頼んだとしてもかなりお金がかかっちゃうと思うなあ。五万円を返すために五十万円をかけるなんて」

「そんなにかかるものなの？」

「ケースバイケースですよね。もっとかかってしまうかもしれない」

「友人は人に頼らずにできるかぎり自分の力で捜したいと思ってるんだ。家庭を持っているから興信所に頼むお金を簡単に用意できないっていうこともあるし、それ以上に、大変な思いをしても自分の力でその人を捜すことで、約束を忘れていた罪滅ぼしにしたいと考えてるみたいなんだ」

「もしかして、その友人ってマスターのことですか?」前原が意味ありげな笑みを浮かべて訊いた。

「ちがうよ」

「だけどなあ……」前原が腕を組んで考え込むように唸《うな》った。

「難しそうかな」

私が訊くと、前原が頷いた。

「個人で人を捜すっていうのは簡単じゃないですよ。法律が変わってからは特に……」

「法律が変わってからというと?」

「三年ぐらい前に住民基本台帳法っていうのが変わったんですよ。それ以前であれば……もし、その女性がアパートがあった市町村内で転居していたというのであれば、住民基本台帳を閲覧すれば名前から現住所がわかったんでしょうけどね。法律が変わってからは個人が簡単に閲覧できなくなりました。捕まるのを覚悟で、その人の親族にでもなりすまさないかぎりはそういう情報を手に入れることが難しくなってしまったんです」

「その女性がそれまで住んでいた市町村から出ていたとしたら?」

「さらに捜し出すのは困難でしょうね」

前原の話を聞いて、私は落胆した。

「ほら、その友人ってやっぱりマスターのことじゃないんですか？」前原が私を指さして笑った。

悟られないように注意していたつもりだが、私の挙動からそう思われてしまったようだ。

「まあな。どうしてもその人に会ってお詫びをしたいんだけど」私はしかたなく認めることにした。

「マスターってクールそうに見えて意外とおセンチなんですね」

私が苦笑したのと同時に、サキがトイレから出てくるのが見えた。

「ぼくから言えることは、その女性が住んでいたアパートのまわりの人たちに聞いて回ることですね。もしかしたら、その女性のことを知っている人がいて、今でも交流があるかもしれない」

それしかなさそうだ。

「ぼくの授業は参考になりましたか？」前原がグラスを掲げながら訊いた。

「ああ……彼女と一杯ずつごちそうさせてもらうよ」

スタッフルームから私服に着替えた公平が出てきた。

「おつかれさまっす」

公平が軽く頭を下げてそそくさとドアに向かっていく。

「公平、ちょっといいかな」

「何っすか」公平が面倒くさそうに足を止めてこちらに目を向けた。

「まあ、座れよ」

私が言うと、公平が訝しそうな表情をしながらカウンターに座った。

「おまえ、うちで正社員になりたいか？」

「マスターまで説教っすか？　正社員になりたいならもっと真面目に仕事しろって……」

「そうじゃない。おまえにその気があるならすぐにでも正社員になってもらおうかと考えてるんだ」

本来なら昨日のうちに話をするべきだったが、伸子からの手紙に動揺してしまったこともあって、すっかり失念していた。

そのことを思い出させたのはめぐみだった。めぐみは仕事を終えてスタッフルームから出てくると私に近づいてきて、「一杯だけ飲んでいってもいいですか？」と遠慮がちに訊いてきた。

私が了承すると、カウンターに座っためぐみは嬉しいことがあったので一杯だけ乾杯して帰りたかったのだと言った。

どんな嬉しいことがあったのかと問いかけると、落合から正社員にならないかと言われたという。めぐみの話を聞いて、そういえば公平に正社員になる気があるかどうか訊いておいてくれと、落合に言われていたことを思い出した。

「まあ、なれるんなら嬉しいっすけど……今よりも給料が上がるんでしょう？」

「毎月の手取りとして考えたらそれほど変わらないかもしれない。ただ、正社員になれば社会保険も完備されるし、有給休暇や、多くはないながらもボーナスもある」

「だけどなあ……オーナーがそんなこと許さないっしょ」

「オーナーのほうから言ってきたんだ」

私が言うと、公平の表情が変わった。

「オーナーが？」

「ああ。オーナーはおまえのことをちゃんと考えてるんだよ。正社員になれば今よりも生活が安定するだろうし、そうすればさらに仕事にも身が入るんじゃないかって。おまえにカウンターを任せられるようになれば、おれも楽できるからな」

「考えさせてください」公平はそう言って立ち上がると店を出ていった。

公平が出ていってしばらくしても、何もする気になれなかった。

あの手紙が届いてから、身も心も疲弊し切っている。

もし、いくら捜しても伸子の消息がわからないままだったら――

あの手紙を送りつけている人物の正体がわからなかったら、私はこれからどうすればいいのだろう。

一番簡単な選択は警察に通報することだ。

坂本伸子という人物から脅迫めいた手紙が送りつけられている。警察にそう言えば、伸子の消息や、あの手紙を送りつけてくる人物について捜査してくれるのではないか。

だが、あの手紙の文面を見て、果たして警察が脅迫だと受け取るだろうかという不安もある。

もし、あなたがこのまま約束を果たさないのなら、あなたのまわりにも、私と同じような災いが降りかかるかもしれません――

あの手紙に書かれている約束というものが何であるかについて訊かれることになるだろう。

ふたりの人間を殺すこと――

そんなとんでもない要求を呑まなければならなかった私の事情に、警察はきっと強い関心を示すにちがいない。そうなれば、伸子が出した金で新しい戸籍を手に入れたことが知られてしまうことになるかもしれない。

仮に私がそのことを警察に隠し通したとしても、あの手紙を送りつけてきた人物が捕まってしまえば、そこから私の過去が知られることになってしまう。

私が本当は向井聡という人間ではないこと。そして、かつて私が犯した罪の数々を香や帆花に知られてしまうのだ。それだけはどうしても避けたい。

やはり警察を介入させるわけにはいかない。あの手紙を送りつけた人物を捜し出して、こんなことはやめるよう何とか説得するしかない。

苛立ちを鎮めようと棚からワイルドターキーを取るとショットグラスに注いだ。一気に飲もうとしたときにドアが開く音がした。

「どうしたんだ？」

私は店に入ってきた落合に訊いた。

店が終わって出ていってから、落合がここに立ち寄ることなどほとんどない。

「ちょっと気になったんでな」

落合はそう言うと、私の前に座った。

「気になるって、何が？」

「最近の向井の様子がさ。この一週間ほど調子が悪そうに思えたんでな。何かあったのか？」

「別に何もない」

「嘘つけ。何年付き合ってると思ってる」落合がそう言って私を見つめてくる。

「本当だ……たいしたことじゃない。ちょっと疲れが溜まってるだけだ」

「そうか？」

それでも納得していないというように私に視線を据えてくる。

「何か飲むか？」私は落合から視線をそらして棚に目を向けた。

「じゃあ、同じものを」

ワイルドターキーをショットグラスに注ぐと落合の前に置いた。簡単にグラスを合わせて互いに飲み干した。

私はボトルを手に取るとふたつのグラスにふたたび酒を注いだ。

「なあ……」

落合の声に、私は手を止めて顔を上げた。

「おれたちは親友だよな」

落合の口から初めてその言葉を聞いたような気がする。

私も落合に対してその言葉を使ったことがない。

照れくささが邪魔をしているのか、その言葉がどこかふたりには似つかわしくないと感じているのかわからない。

どちらかというと、『親友』という言葉よりも『同志』というほうが合っているような気がしていた。

「何か悩んでることがあったり、困ってることがあったらいつでも相談してくれ。もっとも夫婦間のことに関してはたいしたアドバイスはできないと思うがな」落合が笑った。

「ありがとう」

相談することはできないが、そう言ってくれた落合に感謝した。

それから一時間ほど、ふたりで酒を飲みながら思い出話に花を咲かせた。

ここのところずっと伸子のことばかり考えて気が滅入っていたせいか、落合との昔話はひさしぶりの心の清涼剤になった。

「じゃあな」

店の前で落合と別れると、私は少しばかり軽くなった足どりでマンションに向かった。

マンションのエントランスに入ると郵便受けを開けて新聞を取り出した。新聞の下にあった封筒を見つけてぎょっとした。嫌な予感を嚙み締めながら封筒を手に取る。

坂本伸子——

差出人の名前を見て、心臓が早鐘を打ち鳴らした。封筒の口を破って中に入っている便箋を取り出した。門倉利光と飯山賢治のふたりの名前が書いてあり、その下に住所が書かれている。門倉は岡山市内で飯山は仙台市内だ。

この住所に住んでいるということなのか——？

封筒の中に数枚の写真が入っていた。一枚目はスエット姿で煙草を吸いながらパチンコをしている中年男の写真だ。もう一枚は、飲み屋で酒を飲んでいる中年男の横顔が写し出されていた。どちらも隠し撮りをしたような写真だった。

この二枚の写真はそれぞれ門倉利光と飯山賢治なのだろうか。

もう一枚あった写真を見た瞬間、心臓を鋭利なもので突き刺されたような衝撃を覚えた。

公園で遊んでいる帆花の写真だった——


「行ってきます——」

帆花の声が聞こえて、私は目を開けた。

ベッドから起き上がって寝室のドアを開けると、玄関で靴を履いていた帆花と目が合った。

「お父さん、おはよう。起こしちゃった？　ごめんね」

「いいよ」

いつも家族揃って朝食をとることにしていたが、これからのことを考えると少しでも休息したほうがいいと、家に戻るとすぐに寝室に入った。疲れが溜まっているのでこのまま寝ることにすると香に伝えて目を閉じたが、いっこうに眠ることができなかった。

「別に一緒に朝ご飯を食べられなくてもいいから、お父さんも無理しないでね。じゃあ、行ってきます」

「帆花」

こちらに背を向けてドアを開けようとした帆花を呼び止めた。

「最近……子供を狙った変な事件が増えてるから気をつけるんだぞ。知らない人に声をかけられても絶対についていっちゃだめだからな」

私が言うと、帆花が不思議そうな顔で見つめ返してきた。

それもそうだろう。今まで、こんなことを言って帆花を送り出したことはない。

「大丈夫だよ。ちゃんと防犯ブザーも持ってるし」帆花がランドセルにつけた防犯ブザーを指さした。

だが、相手が本気で帆花を狙ったとしたら、そんなものなど何の役にも立たないだろう。

「防犯ブザーがあるからといって安心しちゃだめだ。何か変わったことがあったらすぐに大声を出して逃げるんだぞ」

「わかったよ。お父さんって意外と心配性なんだね」帆花が軽く受け流すように言った。

「親だから娘の身を心配するのは当たり前だろう」

どうしてそれほど心配しなければならないのかを話せないのが、もどかしく、心苦しかった。

「それはそうだけど。大丈夫だよ……遅刻するからもう行くね」

帆花が手を振って出ていった。閉じられたドアを見つめながら、重い溜め息が漏れた。

早く何とかしなければならない――

出かける準備をしようと洗面所に行くと、香が洗濯機の前にいた。

「どうしたの？」

私と顔を合わせると、香が洗濯物を入れていた手を止めて訊いた。

「ちょっと出かけてくる」

「出かけるって……まだ八時前よ」

思っていたとおり、香が驚いたような顔で返してきた。

「ああ……」

昨日までは次の定休日を使って伸子の消息を捜そうと考えていたが、手紙とともに送りつけられてきた帆花の写真を見て、そんな悠長なことは言っていられないと痛感している。

あれは、早く約束を果たせという、私への脅しだ。私がふたりを殺すという約束を果たさなければ、帆花の身に大きな災いが降りかかると警告している。

一刻も早く、仲子の消息をつかまなければならない。

あまり不審に思われたくなかったので、できれば香がパートに出かける十時を過ぎてから家を出たかったが、それから西横浜に行って五時までに店に戻ることを考えたら、仲子のことを調べる時間はほとんどない。

「実は……まだ決まったわけじゃないんだけど、将来的に昼間の営業もしようかと考えているんだ」

「昼間の営業をするって……『HEATH』で？」

「あの立地で夜だけの営業はちょっともったいないだろうって話になってさ。それでこれから時間を見つけて、都内で評判になっているカフェを見て回ろうかなと思ってるんだ」

こんなすぐにばれそうな嘘しか思いつかなかったが、香が落合と話をする機会などほとんどない。だが、念のために、今日店に行ったら、落合にその提案だけはしておいたほうがいいだろう。

「落合さんも一緒なの？」香が少し訝しそうな表情になって訊いた。

「いや、今日はおれひとりで回ってみるつもりだ」

「何も体調がよくないときにそんなことをしなくたって……聡さん、ほとんど寝てないじゃないの」

「別に体調が悪いわけじゃないよ。それに店の将来のことをあれこれと考えていたら興奮して眠れなくなっちゃったし」私は無理して笑ってみせた。

「あまり無理しないでね」

香は心配そうな顔を向けているが、それ以上何も言わなかった。

外出の準備をすると、クローゼットの中の段ボール箱からファイルを取り出した。伸子の写真が載っている新聞記事を貼りつけたページだけ抜き取ると鞄に入れた。

久保町のマンションの前でタクシーを降りると、私はエントランスに入っていった。

新しいマンションだがオートロックはついていない。あらためて郵便受けを確認すると、ワンフロアに六戸、合計三十六戸の部屋がある。いくつか表札が出ていないものがあったが、そこに伸子が住んでいる可能性はかぎりなく低いだろうと思っている。

私が知っているこの場所に住んでいながら、あんな手紙を送りつけてくるとは考えづらい。だが、もしかしたらこのマンションに、伸子が住んでいたアパートから移った者がいるかもしれない。

私は前原のアドバイスを実践しようとエレベーターに乗った。最上階から順に訊いて回ることにして、六階のボタンを押した。エレベーターを降りると一番手前の六〇一号室の前に立った。

緊張しながらインターフォンを押したが、応答はなかった。何度かインターフォンを押して留守を確認すると六〇二号室に向かった。

六〇六号室まで訪ねたが、応答した部屋はなかった。

焦燥感を嚙み締めながら、六〇六号室の横にあった階段を下りた。今度は五〇六号室からインターフォンを押していく。

単身者用のマンションでこの時間帯は仕事に出かけている人が多いのか、なかなか応答がない。

エレベーターで四階に下りて、四〇一号室のインターフォンを押した。

「はい――」

少し開いたドアの隙間から、私と同年代ぐらいに思える女性が顔を出した。

「あっ、あの……」

心の準備ができていなくて、私はまごついた。

「新聞ならいりませんけど」女性がぴしゃりと言った。

「い、いえ……そうではないんです。このマンションにお住まいのかたにちょっとお訊きしたいことがありまして……」

私が言うと、女性の顔が怪訝そうになった。

「十六年前にここに住んでいたかたを捜しているのですが」

「十六年前って……このマンションは二年前に建ったんですけど」

「ええ。十六年前はマンションではなくアパートでした」

「そうなんですか」

知らなかったということは、伸子が住んでいたアパートの住人ではない。

「もしかしたら、こちらのマンションに移られているんじゃないかと思いまして……」

私は鞄から新聞記事を貼りつけた紙を取り出して女性に見せた。

「この女性なんですが……こちらのマンションで見かけたことはありませんか？　かなり前の写真なのでもっと老けていると思いますが」

私は訊いたが、女性は「さあ」と素っ気なく首を横に振った。

「そうですか……」

「もういいですか」

女性がドアを閉めようとしたので、とっさに手で押さえた。

「もうひとつだけお願いします。このマンションの大家さんはどなたでしょうか」私は訊いた。

「そんなこと不動産屋に訊いてください」

これ以上関わりを持ちたくないと思われてしまったのか、女性がつっけんどんに言いながら強引にドアを閉めた。

私は溜め息をついて、隣の部屋に向かった。

それからすべての部屋を訪ねたが、話を聞けたのは五人だった。だが、いずれの住人も伸子のことは知らず、以前ここにあったアパートに住んでいた者もいなかった。

私は徒労感を抱えながらエントランスを出た。ふと、マンションを見上げると、一室の窓に貼られている紙が目に入った。

『空き室あり』という文字と、不動産会社の名前と電話番号が書かれている。


「いらっしゃいませ――」

不動産会社に入っていくと、カウンターに座っていた男性従業員が立ち上がった。

「あの……久保町にあるキャッスル久保というマンションのことでお訊きしたいのですが」

従業員はすぐにそのマンションがわかったように頷きながら、「どうぞお座りください」と目の前の席を勧めた。

私が椅子に座るのと同時に、従業員が後ろの棚から紙を取り出した。

「なかなかいい物件ですよ。八畳のワンルームで家賃は六万九千円です」

「いえ、部屋を借りたいというのではなく……あのマンションについてお訊きしたいんです」

「あのマンションについて訊きたいとは？」従業員が問いかけてきた。

「あのマンションの大家さんはどなたなんでしょうか」

「大家といいますか、貸主はうちの会社ですが……それが何か？」

「十六年前にあそこにアパートがあったんですが、それもこちらの会社が貸主だったんでしょうか」

私はさらに訊いたが、従業員はわからないようで首をかしげた。

「当時のことをご存じのかたにお話を伺いたいのですが……」

従業員が困惑した顔で立ち上がった。カウンターから離れて奥にあるドアを開けた。中にいる人物と何やら話している。しばらくすると年配の男性が出てきてこちらに向かってきた。

「十六年前にあそこにあったアパートというと『あけぼのハイツ』のことですかね」年配の男性が私の前に座って言った。

「名前はちょっと覚えていないのですが……たぶんそうだと思います」

「そのアパートはうちが貸主ではありませんよ。四年ほど前にあそこの土地をうちの会社が買ってマンションを建てたんです」

「『あけぼのハイツ』の大家さんを教えていただけないでしょうか」

私が言うと、年配の男性が眉をひそめた。

「実は十六年前にそのアパートに住んでらっしゃったかたを捜しておりまして……いきなりこんなことをお訊きして不審に思われるかもしれませんが、けっして怪しい者ではありません」

私は店の名刺を取り出して年配の男性に渡した。

「十六年前にそのかたに非常にお世話になりまして……お金をお借りしたんですがけっきょく返せないままになっていまして。ぜひお会いしたいのですが、そのかたが今どちらにいらっしゃるのかまったくわからなくて。それで、アパートの大家さんにお会いすればそのかたのことが何かわかるのではないかと……」私はできるかぎり不審に思われないように言葉を選びながら話した。

「事情はわかりました。ただ、大変申し訳ないのですが、こちらでお教えすることはできません。個人情報ですし」

想像していた答えだったが、簡単に引き下がるわけにはいかない。

「その名刺を渡していただいて、この話をお伝えいただくわけにはいかないでしょうか」私は頭を下げた。

「申し訳ありませんが……」

その声に、私は顔を上げた。

男性は言葉の丁寧さとは裏腹に胡散《うさん》臭そうな目で私を見つめている。

「お忙しいところ失礼しました」

男性の視線に追い立てられるように、私は立ち上がった。

落胆しながら不動産会社を出ると腕時計に目を向けた。三時を過ぎている。

何の成果も得られていないが、店に出勤するために帰らなければならない。

私は重い足を引きずりながら駅に向かった。


「そろそろ看板をしまってくれ」

私が告げると、テーブルを拭いていた公平が店を出ていった。

店内にはまだ三人の客が残っている。いずれも常連で、閉店時間を過ぎてもすぐには帰らない客だ。

「チェックしましょうか」

カウンターに座っている客にそれぞれ訊いて回ったが、いずれももう一杯飲んでいくと次の酒を注文された。

私は溜め息を必死に押し殺しながら酒を作った。

この二日間、まったくと言っていいほど寝ていない。さすがに体力も限界に達している。

伸子の消息がそう簡単にわかるとは思っていなかったが、それでもあまりの成果のなさを突きつけられ、激しい徒労感に襲われていた。

今日も早くから伸子の消息を調べなければならないと考えると、普段はありがたいと思っている目の前の客にさえ、どうしようもない苛立たしさがこみ上げてくる。

公平が看板を持って店内に戻ってきた。

「フロアの掃除はいいからカウンターを手伝ってくれ」

公平とふたりで三人分の酒を作って出した。

「今日は何か慌ただしいね。これから用事でもあるの?」

早く帰ってくれという心の訴えが顔に出てしまったのか、客のひとりが訊いた。

「いえ、用事というわけではないんですが……ちょっと体調がよくなくて。何だか急かしているようで申し訳ありません」私は弁解した。

「そういえば顔色がよくないね。じゃあ、おれも早めに切り上げるかな。チェックして」

その言葉をきっかけに、他のふたりも続けざまにチェックした。

店内に客がいなくなると、厨房から私服に着替えた落合が出てきてカウンターに座った。

「ギムレット」

落合の注文に、公平がカクテルを作り始めた。

早く帰りたい一心でカウンター内の掃除をしていたが、落合に言っておかなければならないことを思い出して手を止めた。

「オーナー、ちょっと話があるんだけど」私は落合に近づきながら言った。

「何だ？」

ギムレットを飲んでいた落合がグラスから口を離した。

「将来的に昼の営業もしてみたらどうかと考えてるんだ。どうかな」

私が切り出すと、落合が「何で？」と見つめてきた。

「ここは駅からも近いし、いい立地じゃないか。昼も営業すればかなりのお客さんを見込めると思うんだけど」

もちろんそんなことを本気で考えているわけではないが、もし香が落合にその話をしたときのために話を合わせておかなければならない。

「だけど、昼の営業っていったって誰がやるんだよ」落合がまったく気乗りしないという顔で返した。

「新しくアルバイトを雇えばいいんじゃないかな」

「アルバイトだけに店を任せるっていうのか？」

「宇都さんも社員になるんだろう。とりあえずは宇都さんに任せるってこともできる。昼の営業をしながら夜のための仕込みをしてもらってさ。それで宇都さんにはもう少し早く上がってもらえばいい」

　私が言うと、落合がグラスを置いて腕を組んだ。

「たしかに……小学生の息子がいるのに夜中まで仕事をさせるのもなあ」

　アリバイ作りのためだけにした話だったが、落合は意外なほど真剣に考え込んでいる。

「まあ……実際にやるかどうかは別として、一応こんなことを考えてるってことだけ知っておいてもらいたかったんだ」

　私はこの話題を切り上げることにした。

「まあ、でも……昼の営業のことを考えて夜がおろそかになったら本末転倒だ。今の向井みたいにさ」

　私は落合に目を向けた。

「どういうことだよ」

「昨日も話したけど、最近の向井はちょっとおかしいよ。体調がよくないのかもしれないけど、今日だってぜんぜん仕事に集中してなかっただろう。あんな営業をしてたらどんどん客が離れていくぞ」

いつもだったらその言葉にひどく傷ついたのだろうが、今は何も感じなかった。

店や、客のことなど、今の私にとってどうでもいい。そんなことよりも家族を守ることのほうがよほど重要なのだ。

私をじっと見つめながら、落合がギムレットを飲み干した。

「腕を上げたな」

落合は公平に言うと、立ち上がって店を出ていった。

公平に目を向けると、心なしか顔がほころんでいるようだ。

「今日は早く帰りたいんだ。さっさと掃除を終わらせよう」私は公平に言うと流しに向かった。

「マスター」

公平に呼ばれて振り返った。

「昨日言ってた話なんっすけど……あれからずっと考えてて……」

公平が言ったが、何の話をしているのかよくわからなかった。

「昨日の話って？」

「おれを正社員にするって話っすよ」

　思い出した。

「すごく嬉しい話なんですけど、ちょっと迷っていて。マスターに相談したいことがあるんで、この後飲みに行きませんか」

「悪いけど今日は体調が悪いからまた今度な」

　私がそう言うと、公平が少し表情を曇らせて「わかりました」とカウンターから出ていった。


「あけぼのハイツって公園の向かいに建ってた古いアパートでしょう？」

　豆腐屋の主人が仲子のアパートがあったほうを指さして言った。

「ええ、そうです。あのアパートの大家さんを捜しているんですけどご存じありませんか？」

「知ってるよ。宮島《みやじま》さんっていう人だよ」

「その宮島さんっていうかたはどちらにお住まいなんですか？」私は思わず身を乗り出した。

　この二日間、足を棒にしてようやく得られた手がかりだ。

「住まいは知らないけど……そっちに商店街があるでしょう。そこで宮島電器店っていうのをやってるよ」

「ありがとうございます」

礼を言って立ち去ろうとしたが、もうひとつ訊いておこうと鞄を開けた。

「あの……このかたをご存じありませんか？」私は伸子の写真が載っている記事を見せながら訊いた。

しばらく記事に目を向けていた主人が顔を上げた。

「驚いたねえ……」

「ご存じなんですね」

「うちにもちょくちょく来てくれたし、町内会でやる掃除なんかも積極的に参加してくれてたよ。だけど、まさかご家族がこんなことになっていたなんてまったく知らなかったね。ずいぶん昔に見かけなくなったけど」

先ほどまでとは打って変わって表情に憐憫《れんびん》が滲んでいる。

「どれぐらい前ですか」

「そうだなあ……十五、六年ぐらい前じゃないかな」主人が思い出すように言った。

「坂本さんと親しかったかたをご存じありませんか」

「どうだろうね。ここに来てくれたときには世間話ぐらいはしたけど、おれもそれほど親しいってわけじゃなかったから。坂本さんはあけぼのハイツに住んでたの？」

私は頷いた。

「そんなことも知らないぐらいだからね。宮島さんならわかるんじゃないかな」

「そうですか。ありがとうございました」

私は礼を言うと、はやる気持ちを抑えきれずに歩きだした。

商店街を進んでいくと、『宮島電器店』という看板を見つけた。ガラス越しに店内の様子が窺えた。街の小さな電器屋さんだ。従業員らしい男性が店内にあるテレビを観ている。

ドアを開けて店内に入ると、男性がこちらを向いた。

「いらっしゃいませ」

二十代らしい男性が声をかけてきた。

「すみません。客ではないんです。ちょっとお伺いしたいことがありまして」

そう断りを入れると、男性が「はあ……」と言って少し身を乗り出した。

「宮島さんでしょうか？」

私が訊くと、「そうですけど」と答えた。

「あそこの公園の前にあったあけぼのハイツの大家さんでいらっしゃいますよね」

「ええ……たしかにうちの親がそんなアパートをやってましたけど」宮島が懐かしいという

ように答えた。

「あけぼのハイツに住んでいたかたについて少しお訊きしたいんですけど」

「母親だったらともかく、ぼくはわからないですね」

「お母さまはこちらにいらっしゃいますか?」

「今、入院してるんですよ」

「どちらの病院でしょうか」

「あのアパートに住んでいた人の話って、いったいどういうことですか?」

やはり不審に思われてしまったようだ。

「実は……十六年前にそちらに住んでいた坂本伸子さんというかたを捜しているんです」

「そう言われてもなあ。母親はかなり重い病気で入院しているので、正直なところ家族以外の人に訪ねてもらいたくないんですよ。こんなことを言ったら失礼かもしれないですけど、あなたがどういうかたなのかもよくわかりませんし」宮島が毅然《きぜん》と告げた。

「そう思われるのはごもっともです。わたしは弁護士から依頼されて坂本伸子さんのことを捜しておりまして……」

少しでも怪しい人間ではないと思わせようと、嘘をついた。

「弁護士?」

宮島がその言葉に反応した。

「これを見ていただけないでしょうか」私は鞄から伸子の記事を取り出して宮島に渡した。食い入るように記事を読んでいた宮島が私に視線を戻した。

「ひどい事件ですね。弁護士ってことは犯人の関係者なんですか？」

「ええ。刑務所から出た犯人から、どうしても謝罪の手紙を坂本伸子さんに渡したいと弁護士のほうに相談がありましてね。弁護士の依頼でわたしが坂本さんを捜しているのですが、どこに住んでいらっしゃるのかまったくわからなくて。それればかりか坂本さんがご存命なのかどうかも。昔、坂本さんが住んでらっしゃったアパートの関係者のかたならもしかしたら何かご存じではないかと思って訪ねました。もちろん、坂本さんが犯人の手紙を受け取りたいと思うかどうかはわかりませんが、その意思だけは何とかお伝えすることができないかと考えておりまして」

　私は畳みかけるように言った。

「まいったなあ……ぼくじゃ判断ができない話だ」宮島が頭をかいた。

「お母さまにご負担をおかけするようなことは絶対にいたしません。このことをお伝えいただいて、後でわたしにご連絡をいただく形でもかまいませんので、どうかお願いできないでしょうか」

「まあ、この後、病院に行くつもりだからそのときに伝えておきますよ」宮島がしかたがないというように言った。

「それでしたら、病院の外で待たせていただくというのはいかがでしょうか？　もし、お母さまがお話ししてもいいということであれば、そのまま病室に伺わせていただければ大変ありがたいです。そうでなければ日を改めさせていただきますので」

少しでも早く伸子についての情報が欲しい。

「わかりました。妻が戻ってくるまでここにいなきゃいけないんで、四時半まで待っててもらえるんなら」

その時間まで待つとなれば、開店までに店に行くことはできない。

「よろしくお願いします」

「じゃあ、いずれにしても向井さんの携帯に連絡しますから」

宮島がそう言って病院に向かっていくと、私は携帯を取り出した。落合に電話をかける。

「もしもし……」

落合の声が聞こえた。

「申し訳ないんだが二時間ほど遅れる」

「遅れるってどういうことだよ」落合が訊いた。

「ちょっと熱があるんだ。さっき病院に行って注射を打ってもらったからもうしばらくすれば体調が戻ると思う」

「今、家か？」

「ああ」

「そうか。それならしかたないな。いざとなったら臨時休業にするからゆっくり休めよ」

落合を騙《だま》していることに胸が痛んだ。

「大丈夫だ。八時には店に出るから、それまで公平に頑張ってもらってくれ。本当にすまない」

電話を切ってしばらくすると携帯が震えた。

「もしもし……」私は電話に出た。

「宮島ですけど、母がお話ししてもいいということなんで……三〇二号室です」

「わかりました」

電話を切って携帯をポケットにしまうと病院に入っていった。三〇二号室の前で立ち止まり、ドアをノックする。

「どうぞ――」

中から女性のか細い声が聞こえてきた。

携帯の電源を切ってドアを開けると、ベッドで横になっていた初老の女性が私に目を向けていた。宮島が重い病気だと言っていたように、知らない私から見てもかなり衰弱しているように思えた。宮島の姿はなかった。

「失礼いたします。お疲れのところを本当に申し訳ありません。向井と申します」私はベッドに近づきながら頭を下げた。

宮島の母親が弱々しい手つきでベッドの横に置いたパイプ椅子を勧めた。

「失礼します」私は椅子に座った。

「あの事件の犯人の弁護士さんということですけど……」

「わたしは坂本さんを捜すことを依頼されただけで弁護士ではありません。坂本さんのお嬢さんの事件はご存じでしょうか」

私が訊くと、宮島の母親が頷いた。

「家賃を届けに来るときに会うぐらいでほとんど話をしたことはないけどお顔は知ってたから……テレビのニュースに坂本さんが出ているのを観て事件のことを知りました」

「そうですか」

「他人様にこんな姿をさらしたくなかったからお断りしたかったんだけど、どうしても言っておきたいことがあったのでね」

「何でしょうか」私は努めて穏やかに問いかけた。

「犯人に伝えてやってちょうだい。今さら謝罪の手紙を出したいだなんてふざけるなと。そういう気持ちがあるならどうしてもっと早くにそれをしなかったのだと」

弱々しい口調ではあったが、内面の怒りは痛いほどこちらに伝わってくる。

私は頷いた。

「わたしはそれほど深く坂本さんと接していたわけではないけど、あの人の中に渦巻いていた怒りや悲しみはそれなりに察せられます。今から思えば、もっと親密なお付き合いをして少しでも坂本さんの苦しみや悲しみや孤独を癒すことができていたらと後悔してますけど……あのときのわたしは坂本さんの内にある憎しみの感情に自分さえも焼き尽くされてしまいそうで……それが怖くて、お近づきになるのを敬遠してしまいました」

私もそうだった。

目を合わせているだけで、伸子の中で燃えさかっている犯人に対する憎しみに、私までもが焼き尽くされてしまいそうな恐怖を感じた。

「ある日、坂本さんが灯油を買っているところを見かけたの。あのアパートでは危険だから灯油のストーブを使うことを禁止していたのでそれとなく注意したんだけど……坂本さんは灯油のストーブは持っていませんから心配しないでくださいと言って立ち去っていきました。それならばどうして灯油を買っていく必要があるのだと、言い逃れをした彼女に対して不信感を募らせたんだけど、翌日のニュースを観てその理由がわかった」

「犯人に無期懲役の判決が出たというニュースですね」

　私が言うと、宮島の母親が頷いた。

「ニュースで犯人に対する憎悪をぶつける坂本さんを観ていて、もしかしたらその判決に抗議するために焼身自殺を図るつもりだったんじゃないかと思いました。お会いするときにはいつも穏やかな人だったけど、テレビに映っている坂本さんを観ているうちに背筋が凍りつくような怖気《おぞけ》を感じてしまいました。それからは坂本さんとお会いすることをためらって、アパートの住人には振り込みで家賃を払ってもらうようにしたんです」

「坂本さんはいつ頃まであけぼのハイツにいらっしゃったんですか？」

「時期までは覚えていません。そうとう昔……十五、六年ぐらい前ね」

「その後、どちらにいらっしゃったかは……」

「亡くなりました」

　その言葉に、私は椅子から跳ね上がりそうになった。

「亡くなった？」

「ええ。ある日、男性から連絡があって坂本さんが亡くなったと」

「どなたですか」

私の勢いに驚いたように、宮島の母親がからだを引いた。

「すみません」私は居住まいを正した。

「便利屋さんって言ってたわ」

「便利屋さん？」

「そう……若い男性だった。生前に坂本さんから頼まれていたんですって。自分が亡くなったら部屋にある物を代わりに処分してほしいと。わたしは坂本さんが入院していたことも知らなかったけど、子宮がんに罹《かか》っていたそうね。自分が亡くなった後にわたしたちに迷惑がかからないように配慮してくれたんでしょう」

「葬儀などには参列されたんですか」

「わたしもせめて葬儀に参列したいとその人に訊いたんだけど、自分は坂本さんが亡くなったことを人から知らされただけで葬儀のことはよくわからないと言ってました」

「便利屋さんにそれを知らせたのはどなたなんですか？」

「わかりません。そこまで突っ込んで話をしませんでしたから。家賃は滞りなく振り込んでくださっていたし、その後すぐに荷物もすべて運び出してくれたので、それで賃貸契約を解除しました」

「坂本さんが親しくなさっていたかたや親戚のかたなどをご存じありませんか?」私は藁にもすがる思いで訊いた。

「少なくとも町内で特に親しくなさっていたかたはいなかったと思います。それに……荷物の処分を便利屋さんに頼むぐらいだから」

落胆が胸の中に広がっていく。

「ただ……横浜駅の近くでお仲間のかたと一緒にいらっしゃるのを見かけたことがありました」

「お仲間というのは」私は訊いた。

「犯罪の被害に遭われたかたたちでしょうね。ひどい罪を犯した犯人に厳罰を求めるビラを数人で配ってました」


閉店後の掃除をしていると、厨房から私服に着替えた落合が出てきた。こちらに目を向けることなくドアに向かっていく。

「今日は飲んでいかないのか?」

声をかけると、落合が立ち止まった。不機嫌極まりない表情で私のほうに向かってくる。

「いったいどういうつもりなんだよ！」

カウンターを激しく叩きつける音に、私はびくっとした。

「共同経営者のおれに嘘をついてまで何をこそこそやってるんだ」

「嘘って……」

「おまえから電話があった後、やっぱり臨時休業にするべきだと思ってかけ直したんだよ。携帯がつながらなかったから家に電話をしたよ。すると何だ。香さんに話をしたら、おまえはいないって言うじゃねえか。この数日、都内のカフェを回るために朝早くから出かけてるって。店のことも大切だけど、おまえのからだが心配だからあまり無理しないようにさせてくださいってよ。いったいどういうことなんだよ！」

落合に睨みつけられながら、私は何も言えなかった。

「仕事以外の時間に何をしようがおまえの勝手だと今まで我慢してきたけど、店までほっぽり出しやがって」

「すまない」私は素直に詫びた。

「それだけか？」

落合がじっと視線を据えながら私の次の言葉を待っている。

「おれにも言えないようなことをしてるってことか？」

「すまない。だけど、これだけは言わせてくれ。決してオーナーや店を裏切るようなことはしていない。迷惑をかけてることは反省しているけど、どうしてもやらなければならないことがあるんだ。もう少しだけ辛抱してくれないか」

「勝手にしろ！」

落合は吐き捨てるように言うと、憤然としながら店を出ていった。

私はカウンターの中にいた公平に目を向けた。落合とのやり取りを複雑な思いで見ていたようだ。

「今日は悪かった。ひとりでカウンターに立って疲れただろう。もう上がってくれ」

「でも……」

公平は帰ろうとしない。

「いいから早く上がれッ！」

早くひとりになりたい苛立ちが爆発してしまった。

公平はカウンターを出るとスタッフルームに入っていった。公平が着替えて出てくる頃には、筋違いな怒りをぶつけたことに気づいていた。

「公平……」

謝らなければと呼び止めたが、公平は私に目を向けることなくそのまま店を出ていった。

ひとりきりの世界に落とされたようで、急激に心細さに襲われた。

これからどうすればいいのだろう。

仲子はすでに亡くなっている。宮島の母親から知らされたその現実に打ちひしがれていた。

仲子の消息をつかむことさえ困難だと思っていたのに、さらに影すら見えない脅迫者を突き止めることなどできるのだろうか。

どうすればいいかと、極度の眠気に朦朧《もうろう》としながら必死に考えたが、脳裏に浮かぶのは漆黒の闇ばかりで、かすかな光さえ見つからない。

いや——

病室での彼女の話を思い返しているうちに、ひとつの可能性に思考が向かっていく。

仲子は自分と同じように犯罪の被害に遭った人たちと、犯罪者に厳罰を加えるべく活動をしていたという。

もしかしたら、ともにその活動をしていた者の中に、仲子の協力者——つまりあの手紙を送りつけた人物がいるのではないか。

しかし、どうやってその人物を捜せばいい。仲子たちがその活動をしていたのは少なくとも十五年は前のことだ。ネットで調べればわかるだろうか。

突然、店内に電話の音が鳴り響いて、我に返った。

「はい、ダイニングバー『HEATH』です」私は気を取り直して電話に出た。

だが、相手からの応答はない。

「もしもし……」

何度か呼びかけてみたが、反応がない。

間違い電話だろうかと受話器を耳から離そうとしたときに、奇異な声が聞こえた。

その声に気をとられて、相手が言った言葉が頭に入ってこなかった。だが、異常な事態であることだけは感知して、全身に悪寒が駆け巡っている。

「もしもし……」私は息を呑みながらもう一度呼びかけた。

「おひさしぶりです。高藤文也さん――」

人工的に作られた声が耳に響いた。

「誰だ……」

「坂本伸子です――」

その言葉に、心臓が跳ね上がった。

「いつになったら約束を果たしてもらえるのでしょうか？ わたしはずっとあなたのことを見てきました。約束を果たしてくれることを心待ちにしているというのに、あなたはいっこうに行動に移そうとはしない。しかたがないのであの男たちの所在を知らせるというお膳立てまでしてあげたのに、あなたはわたしの思いを無視し続けている」

「坂本伸子さんは亡くなっている。あんたはいったい誰だ……」

声を聞いても相手が男性か女性かもわからない。

「坂本伸子の魂です。ただ、魂といってもあなたとちがっていつでも行動に移すことはできるんですよ」

「脅してるつもりか。いいかげんこんなことはやめておくんだな。じゃなきゃ、すぐにでも警察に通報するぞ」私は精一杯の虚勢を張って言った。

「どうぞご自由に。そうするつもりならとっくにしているでしょう。それに警察に知らせたとしてもあなたの苦悩はやみません。わたしが警察に捕まることはないと断言しましょう。なぜならわたしはすでに死んでいて、魂だけなのですから」

「ふざけるなッ！」私は吐き捨てた。

「いったい今さら何をためらっているのですか？　今のあなたがあるのはすべてあの約束があったおかげでしょう。わたしが死ぬ寸前までがんの痛みにのたうち回ることと引き換えにしたもののおかげで幸せな今を築けたのでしょう。そろそろわたしにも安らかな時間を与えてください。あなたの力で」

「あんな約束は撤回させてもらう。そうだろうッ。人を殺せだなんて約束を果たせるわけがない。いや、そんな馬鹿げた約束なんか何の効力もありゃしない」

「あなたが言っている効力というのは法的な、ということでしょう。わたしはそんなものとは無縁な世界にいます。いいですか。あなたはわたしと約束をしたんです。あの男たちを必ず捜し出して、由希子の無念を晴らしてくれると。もし約束を果たさなければ……いつか、あなたもわたしと同じような苦しみに苛まれるようになる、と。その言葉を忘れましたか?」

「お願いだ……坂本さんが貸してくれたお金は必ず返すから、いや、それ以上のことをするから……もうこんなことはやめてくれ。どこの誰か知らないけど……お願いだから……あんただって人の子だろう」私は受話器に向かって懇願した。

「今日から一週間以内に由希子の無念を晴らしてください。でなければ、あなたはわたしが感じたのと同じ地獄の苦しみを味わうことになるでしょう」

帆花の姿が脳裏にこびりついている。

だけど——

「できない……人を殺すなんてできるわけがない……」私はあふれそうになる涙をこらえながら訴えた。

「人を殺すことなど簡単ですよ。わたしと同じ目に遭えば……大切な子供を無残な形で奪われたら……その相手を殺してやりたいという激しい衝動に突き動かされるでしょう。そのときのことを想像してみればいいだけのことです。帆花ちゃんがなぶりものにされて殺されたときの激情をあの男たちに向ければいいんです。言っておきますが警察に駆け込んでも無駄です。彼女をどこかに避難させることも意味はありません。あなたが約束を果たさなければ、これから何年、何十年経ったとしても、いつか彼女の身にその災いは確実に降りかかります」

「頼む……お願いだから……帆花には手を出さないでくれ。おれを苦しめたいんなら……それが目的なら、いっそのことおれを殺せ！」私は叫んだ。

「早く由希子の無念を晴らしてください。でなければ、あなたは自分が死ぬことよりも苦しい地獄を味わうことになるんですよ」

私の願いを断ち切るように言って、電話が切れた。

「お父さん――」

誰かの声が聞こえた。

「ねえ――お父さんってば！」

大きな声に、私はびくっとして顔を上げた。

「ちゃんと聞いてる？」

向かいに座った帆花が不満そうな目で私を見つめている。

「あ、ああ……すまない。何だっけ……」

私は言って、目の前のハムエッグに箸を伸ばした。

「明日の土曜日に伏見くんたちとスケートに行くことになったんだ。わたしが伏見くんやみんなを誘ったんだよ」帆花が誇らしそうに言った。

「伏見くんって？」

私が訊くと、帆花が「もお……」と口をとがらせた。

「この前、お父さんに叱られたじゃない。伏見くんのことを……その……そんな風に言ったらかわいそうじゃないかって」

思い出した。顔の右半分があざで覆われていて、クラスメートからモンスターと呼ばれている少年だ。

「お父さんに言われてから……わたし、思い切って伏見くんに話しかけてみたんだ。それまでは乱暴で嫌なやつだって避けてたんだけど、おしゃべりしてみると、そんなに悪いやつじゃなかったんだよね。この前なんか、わたしが重い荷物を持っていると手伝ってくれたりして……優しいところもあるんだ」

「そうか」

「きっと、クラスの中で嫌われてるから、わざと意地悪してたのかなって」

「それで、みんなでスケートに行くことにしたのか」

帆花が頷いた。

「伏見くんのことをよく知ったら、みんなも変なことを言わなくなるだろうし、それに伏見くんだって乱暴なことをしなくなるんじゃないかって」

「えらいな」

私が言うと、帆花がにっこりと笑って立ち上がった。食事の皿を流しに運んでいくと、ランドセルを背負った。

「行ってきます」

香とともに玄関に向かう帆花をその場から見送った。

ドアが閉まると、ハムエッグをつまんだままの箸に視線を向けた。溜め息を漏らすのと同時に、香がダイニングに戻ってきた。

「じゃあ、おれは寝るな」私は香から視線をそらして立ち上がった。

「ほとんど食べてないじゃない」

「食欲がないんだ。冷蔵庫に入れておいてくれたら仕事に出る前にでも食べるから」

「聡さん――」

寝室に向かおうとする私の前に香が立ちふさがった。

「体調でも悪いの？」香が心配そうに訊いた。

「疲れが溜まっているだけだ。年かな」

そうはぐらかすと、香が私の腕に手を添えて椅子に押し戻した。

「ちょっと話がしたい」

香が向かいに座って、私の目をじっと見つめてくる。

「今度にしてくれないか。本当に疲れてるんだ」

「少しだけだから」

香の有無を言わさない眼差しを振り切ることができなかった。

「聡さん……ここのところずっと様子がヘン。何かあったんじゃないの？」

心配を通り越して、不安だという表情だった。

「さっきも言ったようにただ疲れて……」

「ごまかさないで！」

香が強い口調で遮った。

「何年、聡さんと一緒に暮らしてると思ってるの？　ただ疲れているだけなのか、そうではないかぐらいの区別はつく。ねえ、何かわたしに隠していることがあるんじゃないの？」

私は香を見つめ返しながら黙っていた。

「昨日、落合さんから家に連絡があった。聡さんに代わってくれって言われたから、昼の営業の参考にするために朝から都内のカフェを回ってるみたいですよって答えたら、驚いたように押し黙ってた。昼の営業をするのもいいけど、体調がよくないみたいだからあまり無理をさせないでくださいねって頼んだら、落合さん、どう答えていいかわからないみたいに言葉を濁していたわ。落合さんと一緒に昼の営業を考えているっていうのはちがうんだよね？」

「おれの先走りではあるけど、そういう話をしているのは本当だ」

「この数日……今までに見たことがないような深刻そうな顔してる。いったい何があったっていうの？」

問い詰めるような眼差しで香が訴えかけてくるが、私は何も言うことができなかった。

「ずっと心配でたまらなかったけど、そのうち聡さんのほうから話してくれるだろうって、きっとわたしに相談してくれるだろうって今まで我慢してきた……」

香の目が潤んでいる。だが、視線はしっかりと私に据えられたままだ。

「わたしじゃ頼りにならない？　夫婦であるわたしにさえも相談できないことなの？」

香にすべてを話したかった。

この二週間、私を苦しめ続けている坂本伸子との約束を――

そして、そんな約束をせざるを得なかった私の本当の過去を――

「わたしが苦しんでいたとき……聡さんは全身全霊でわたしを受け止めてくれた。聡さんがいてくれたから、わたしは救われた。だから……何か話しづらいことがあったとしても、今度はわたしが聡さんの悩みを受け止めたいの」

香に自分の過去を告げたら、この苦しみから逃れられる。

本当の私は高藤文也という前科持ちの男で、十六年前から向井聡という他人に成りすまして生きてきたのだと話したら。そして警察に行き、坂本伸子を名乗る人物から人を殺せと脅されていると訴えれば、すぐに捜査をして犯人を逮捕してくれるのではないだろうか。

もちろんそうなれば、私は他人に成りすましていた罪に問われることになるだろう。刑務所に入ることになるかもしれない。それでも、帆花が危害を加えられることに比べればましだ。

そう思っていても、喉まで出かかっている言葉を吐き出すことができなかった。

警察に本当のことを話したら、若い頃に犯してきた罪の数々を香に知られることになるのではないか。

私の過ちの数々を香は許してくれるだろうか。それらを知っても、香は私という人間を受け入れてくれるだろうか。

おそらく香は私のことを軽蔑するだろう。いや、軽蔑という言葉では足りない、憎悪の対象として私を見るようになるにちがいない。そして、帆花を連れて私のもとから消えてしまうはずだ。

ようやく手に入れたこの幸せをどうあっても失うわけにはいかない。

「仕事のことで疲れてるだけだ。これ以上疲れさせないでくれ」私は不機嫌な口調で言うと立ち上がった。

「聡さん——わたしじゃ聡さんの悩みを受け止められないっていうの？」

香も弾かれたように立ち上がって私の腕をつかんだ。

「しつこいぞ！　悩みなんかない！　ただ、寝たいだけだ」

私は香の手を振り払うと、逃げるように寝室に向かった。

店の郵便受けを開けると、ダイレクトメールに混じって封筒があった。

『向井聡様』と見覚えのある筆跡が目に入り、全身に悪寒が駆け巡った。

私はその場に立ちすくんだまま郵便受けの中の封筒を見つめた。

手にするのもおぞましかったが、もうすぐ落合や公平がやってくると思い、震える指先で封筒をつかんだ。

封筒の裏には『坂本伸子』と書かれている。何か硬いものが入っているようだ。今までの手紙とちがい、厚みと重さがあった。

封を破ろうとしたとき、振動があって、思わず封筒から手を離した。

コンクリートの床に落とした封筒が振動している。気味の悪い思いでしばらく見つめていたが、封筒をつかんで中に入っている物を取り出した。スマートフォンだった。

画面に『非通知』と出ている。電話がかかってきてバイブレーション機能が作動しているようだ。

電話の出かたがわからず、しばらくタッチパネルを触っていると、「もしもし――」と人工的に作られた声が響いた。

「もしもし……」

私はすぐにスマートフォンを耳に当てた。

「ようやく電話に出てくれましたね。スマートフォンの操作のしかたぐらい知っておいてくださいよ」

その言葉を聞いて、私はあたりを見回した。

どこかで私のことを見ている――

だが、さりげなくあたりに視線を配っても、それらしい気配を確認することはできなかった。

駅前にあるホテルや、近くにあるビルやマンションからでもこの場所は見通せる。

「どこにいるんだ……」答えるわけがないと思いつつ、私は言った。

「あなたのすぐそばにいますよ。もっとも先日も言ったようにわたしは魂ですから、あなたに見ることはできないでしょうが」

声に笑いが混じっているのがわかり、私は腹立たしさに歯を食いしばった。

「そういうわけでわたしの声をお届けするためにそれをプレゼントします。約束を果たすまでは肌身離さず持っていてくださいね」

「嫌だと言ったら？」私は視界に映る風景を睨みつけながら言った。

「どうぞご自由に。そのときは約束を破棄したものとみなすだけです。その意味はおわかりですよね」

あなたが約束を果たさなければ、これから何年、何十年経ったとしても、いつか彼女の身にその災いは確実に降りかかります——

その言葉を嚙み締めている。

「門倉は岡山に、飯山は仙台に住んでいます。あなたが一日自由に動けるとしたら店の定休日である明後日しかありませんね」

「いいかげんにしろ。そんな約束を果たせるわけないと言っただろう。こんなものまで送りつけてきやがって。おまえの正体は見当がついてるんだ」私はかまをかけた。

「ほう。そうですか……」

機械で作った声でも、かすかに相手のトーンが変わったのがわかった。

「おれが警察に行けば、おまえはすぐに逮捕されるぞ」

「そうなればわたしと交わしたあの約束の話もしなければならなくなりますよ。人をふたり殺すという約束と引き換えにしなければならなかったあなたの事情にも、警察は興味を抱くでしょうからね」

「そんなことは覚悟のうえだ。人を殺すよりはましだ」私は言い放った。

「あなたにそんなことはできない」

断言するように言われ、私は少し怯んだ。

「どうしてそんなことが言える？　おまえに屈して、そんな理不尽な要求をおれが受け入れるとでも思っているのか？　警察に行ってこのスマートフォンを提出すれば、おまえの身元なんか簡単にわかるぞ」

「あなたは警察には行けませんよ。あなたが事実を話せば、あなたが高藤文也という男だとわかって、あなたが今までどんな罪を犯してきたのか、若い女の部屋に押し入って暴行して逮捕されたと、奥さんやお嬢さんに知られることになるんですから。それだけはどんなことがあっても避けたいはずでしょう」

その言葉に、私は愕然とした。

「ど、どうして……」

そのことを知っているのだ――

伸子には、私が刑務所に入っていたことも、その理由についてもいっさい話していない。両親が作った借金の肩代わりにやくざに監禁され、怪我をさせて逃げ回っていると言っただけだ。

今までこの人物は、伸子とともに犯罪者に厳罰を加えるために行動していた仲間ではないかと当たりをつけていたが、その想像が大きく覆されてしまった。

「どうされましたか?」

その声に、我に返った。

「人を殺すよりはましだ、などと善人ぶっていますが、あなたの本性は悪でまみれているのをわたしは知っています。あなたは自分の過去を隠すためであれば人を殺すことなど厭《いと》わない人間でしょう。別にあなたを卑下しているわけではありません。むしろ、そんなあなたとの出会いに感謝したんです。あなたは自分が助かるために人を殺すという約束をした。そして、今度は自分の過去を家族に秘密にしておくためにその約束を果たす。何をそんなにためらうことがあるんです？　赤の他人……しかも鬼畜にも劣ることをしてきた男の命と、自分自身の幸せ、そしてお嬢さんの身の安全のどちらが重いのか、天秤《てんびん》にかけるまでもなくわかることでしょう」

　私は言葉を発せずにいた。

「もっとも、人をふたり殺すというのはあなたにとっては少しハードルが高いのかもしれません。わたしにとってみればあのふたりの命など、ひとつの命の重さほどもないのですが……しかたがありません。どちらかひとりでかまいませんよ」

「どういうことだ……」私は何とか言葉を絞り出した。

「門倉利光か飯山賢治のどちらかひとりでいいです。どちらを殺すかはあなたにお任せします。それならば、あなたの天秤は大きく傾くでしょう。それでいかがですか。あなたと由希子は何の関係もない。あなたがヘマさえしなければ、あの男たちが殺されたとしてもあなたに嫌疑がかかることはないでしょう。早く約束を果たして、わたしに安らぎの時間を与えてください。そしてあなたは今まで通りの幸せな生活に戻ればいいんです」

「本当に……本当にどちらかひとりを殺せば……」私は冷静な判断ができないまま呟いた。

「誓って約束しましょう」

そう言って電話が切れた。

私はスマートフォンを見つめながら動けずにいた。

どちらかひとりを殺せばこんな苦しみから解放される。

若い娘を十日もの間監禁して凌辱のかぎりを尽くして殺した鬼畜にも劣る男を——

「マスター」

ふいに声をかけられて、私は驚いて振り返った。

公平がやってくるのが見えた。

「スマホに替えたんっすか？」

公平に訊かれて、私は曖昧に頷きながらスマートフォンをポケットにしまった。

「スマホはバッテリーがすぐなくなっちゃうから、こまめに充電したほうがいいっすよ」公平がそう言いながら店のドアに向かっていった。

店に入って公平と開店準備を始めたが、動揺を鎮めることができず仕事が手につかない。

ドアが開く音がして、私は目を向けた。

買い物袋を提げた落合とめぐみが店に入ってくる。

「おはようございます」

めぐみに声をかけられ、私は頷いた。

「あれ、ふたりでどこかに行ってたんすか？」

公平が訊くと、落合がうろたえたように大きく頭を振った。

「買い出しから戻ってくるときに宇都さんと俊くんに会ったんだよ」

めぐみがにこにこしながら私に近づいてきた。

「マスター、明日のオープン前に何か予定はありますか？」

めぐみに訊かれ、私は首をひねった。

「俊が帆花ちゃんからスケートに誘ってもらったんです。わたしも一緒に行くことになって、香さんにもメールしたんですけど、あいにくパートが入っているとのことだったので」

そういえば今朝、伏見という少年を誘って明日スケートに行くと言っていた。

「いや、ぼくは……ちょっと体調がいまいちなので」

それどころではない。

「公平はどうだ？　一緒に行かないか？」落合が訊いた。

「オーナーも行くんすか？」

「俊くんから直接誘われたら断れない」

落合は肩をすくめたが、それほど嫌がっているわけではなさそうだ。

「別にいいっすよ。どうせ暇だから」公平が言った。

スーパーに入ってかごを手にすると、キッチン用品の売り場に向かった。

店で使う台布巾をかごに入れようとしたときに、棚に陳列されている刃物が目に入った。

早く約束を果たして、私に安らぎを与えてください——

その約束を果たそうとするならば、店の定休日である明日しかチャンスはない。

私はためらいながら、ケースに入ったペティナイフを手に取った。

それほど難しいことではないではないか。ふたりは私の存在を知らない。見知らぬ私から命を狙われていることなど考えてもいないだろう。さりげなく近づいて、どこか誰もいない場所で、このナイフを突き刺せばそれでいい。

たったそれだけで、自分を苦しめ続けている約束という呪縛から解放されるのだ。

警察はきっと門倉か飯山に恨みを持つ人間の犯行だと考えるだろう。だが、私はふたりに殺された坂本由希子や、その母親である伸子とは何の関係もない。殺すところを誰かに目撃されたり、ヘタな証拠を残さないかぎり、私のもとに捜査の手が及ぶことはないだろう。

ただ、人を殺すということへの嫌悪感さえ我慢すればいいのだ。

たいしたことはない。今まで人を殺したことはないが、かつての私は多くの人々を傷つけてきたではないか。

何ら罪悪感を抱くことなく、罪もない善良な人たちを——

だが、今回はちがう。私が傷つけ、命を奪う人間は、それだけの報いを受けて当然のことをしてきたのだ。

それだけではない。かつての私は奪うためだけに数々の悪事に手を染めてきたが、今の私は守るべき者のためにそれをするのだ。

ナイフの切っ先を見つめながら逡巡《しゅんじゅん》しているが、手に持ったケースをかごに入れる決心がつかない。

そうしてしまえば後戻りはできなくなる。心の中にかろうじて残っている大切なものが崩れ去ってしまうとわかっていたからだ。

私はペティナイフを棚に戻した。おぞましい欲求を必死に振り払いながら果物売り場に向かった。

レモンとライムを吟味していると、ポケットの中で振動があり背中が粟立った。

私はかごを床に置いて慌ててスマートフォンを取り出した。メールが届いている。件名は『準備はよろしいですか?』とあった。開いてみると写真が添付されている。

画面を凝視したがそれが何の写真であるのかよくわからなかった。全体的に白っぽい風景の写真だ。写真を拡大させるとスケートリンクだった。大勢の人に混じってスケートをしている帆花に気づいた。

画面を見つめながら胸が締めつけられるように苦しくなった。

帆花には携帯を持たせていないので連絡は取れないが、おそらく川越市駅前にあるスケート場だろう。

私はかごを置いて店の出口に向かった。

店を出たところで、そういえば落合たちも一緒にスケートに行く約束をしていたのを思い出した。

携帯を取り出し落合の携帯にかけようとして手を止めた。

落合は最近の私の言動に不審を抱いているようだ。変なことを訊いてさらにその思いを強くさせるわけにはいかない。

私は公平の携帯に電話をかけた。

「もしもし……」

しばらくすると公平が電話に出た。

「おれだけど。今、帆花たちと一緒にスケート場にいるのか？」私は訊いた。

「そうっすけど」

「そのスケート場で変な人物を見かけなかったか」

「変な人物？」公平が素っ頓狂な声を上げた。

「帆花のことを写真に撮ったり、携帯を向けたりしているやつはいないか」

「いやあ……わかんないっすねえ……」

戸惑ったような公平の声が聞こえた。

「カメラで写真を撮ったり携帯を持ったりしてる人はいますけど、帆花ちゃんを撮っているかどうかなんて……何だってそんなことを」

「いや、それならばいいんだ。忘れてくれ。このことは誰にも言わないでくれ。頼む──」

私は公平に念を押してから電話を切った。

早く由希子の無念を晴らしてください。でなければ、あなたは自分が死ぬことよりも苦しい地獄を味わうことになるんですよ──

それはいつでも簡単にできるのだと、やつは私にそう告げている。

私は携帯をポケットにしまうと店に引き返した。床に置いたままのかごを手にするとキッチン用品の売り場に向かった。棚に並べられている刃物類の前で立ち止まった。

鬼畜にも劣る罪を犯した赤の他人の命と、私の大切な家族の幸せ──

心の中の天秤が大きく傾いているのを感じながら、ペティナイフを手に取ると無造作にかごに入れた。

厨房から出てきた落合がカウンターに向かってきた。

「体調はどうだ？」落合が椅子に座ることなく訊いた。

「まあまあだ」

「明日、日比谷に行かないか？」落合がそう言ってカウンターの上に紙を置いた。

「日比谷？」

私は落合に訊き返しながら紙に目を向けた。

「日比谷でワインの試飲会があるんだ。店の品揃えもそろそろ変えたいところだし、一緒にどうかと思ったんだが」

「すまない。どうしても外せない用事があるんだ」

「最近、用事が多いんだな。おつかれさま——」

含みを持たせた言いかただった。

「今日は飲んで行かなくていいのか」

私が訊くと、ドアに向かおうとしていた落合が振り返った。

「毎日試飲しなくてもいいレベルに達してる。おまえもうかうかしてられねえぞ」

落合は公平に向かって微笑みかけると、軽く手を振って店から出ていった。

「マスター――」

落合がいなくなると公平が近づいてきた。

「昼間の電話、どういうことなんっすか」公平が訝しそうな表情で問いかけてくる。

「たいしたことじゃないんだ。気にしないでくれ」

私は公平から視線をそらして掃除の続きを始めた。

「気にするなっていうほうが無理でしょう。話してくださいよ。おれに何ができるかわからないけど、ひとりで悩んでいるよりは……」

「本当に何でもないんだ」

「何か変なトラブルに巻き込まれてるんじゃないっすか?」

「何だよ、変なトラブルって」私は無理に笑ってみせた。

「とぼけないでくださいよ! 帆花ちゃんが変な人物から写真を撮られてないかって……もしかして帆花ちゃんをネタに誰かから脅迫でもされてるんじゃないんですか」

「馬鹿。ドラマの観すぎだ」

「マスターはおれの師匠だから心配してるんですよ! ここのところずっとおかしいっすよ。マスターと客の会話が聞こえてないとでも思ってるんですか」

「お客様、だ」

「さっきだって前原さんにどうすれば携帯の契約者を調べられるか訊いてたでしょう」

たしかに先ほど飲みに来た前原に携帯電話の契約者を調べる方法がないかと訊ねた。

私に送られてきたスマートフォンの契約者がわかれば、あの人物の正体にたどり着けるのではないかと、藁にもすがる思いだった。

だが、興信所で働いていたことのある前原の答えは『簡単ではない』というものだった。興信所を使えば知ることができるかもしれないが、時期的にそのような依頼を受けるかどうか微妙だろうと語った。

つい先日、個人情報を漏えいした携帯電話会社の従業員とそれを受け取った探偵業の男が逮捕されたという。そのため、そういった依頼にはしばらく慎重になるだろうとのことだった。

それに、人を殺せと脅迫してくる人物が簡単に自分の身元がわかるものを私に送りつけるとは考えづらいと思い直した。

「それだけじゃない。この間だって前原さんに変なことを訊いてたでしょう。十五、六年前に知り合った人の行方を捜すにはどうすればいいかって。それに昨日持ってたスマホ……買い替えたのかとばかり思ってたけど、マスターは自分の携帯をちゃんと持ってるじゃないですか。どうして二台も必要なんっすか。マスターが浮気するために携帯を二台用意するとは思えないし、どう考えても……」

「ありがとう。だけど心配には及ばない」私は公平の言葉を遮るように言った。

明後日になれば、今までのような平穏な生活が戻ってくる。

「時間だ。あとはおれがやっておくから公平は上がってくれ」私は時計に指を向けて追い払うように言った。

公平はしばらく不服そうに私を見据えていたが、問い詰めることをあきらめたように溜め息をついてカウンターから出た。スタッフルームで私服に着替えて出てくる。

「公平――」

店から出ていこうとする公平を呼び止めた。

「近いうちに飲みに行こう」私は公平の機嫌を少しでも直しておこうと言った。

「おごりっすか」

「ああ」

「考えときます」公平はそう呟くとそそくさと店から出ていった。

公平がいなくなると私はカウンターから出てスタッフルームに向かった。ポケットから鍵を取り出してロッカーを開けた。中から紙袋を取り出すとフロアに戻り椅子に座った。

袋の中から伸子からの手紙とファイルを取り出した。家に置いていると香に見つかってしまうのではないかと思い、店のロッカーにしまっていたのだ。

私は封筒の中から便箋と写真を取り出した。

門倉利光と飯山賢治——このどちらかを殺せばすべて解決する。

だが、どちらを殺せばいい。

距離で考えるならば仙台に住んでいる飯山のほうが実行に移すのが簡単に思える。しかし、どちらかを殺さなければならないのであれば、門倉のほうだろうと漠然とではあるが考えていた。

理由はいくつかある。由希子を殺したのは間違いなくこのふたりだ。そして、ふたりとも同等に無期懲役という判決を受けている。だが、事件や裁判に関しての記事を見ていると、門倉のほうが主犯という扱いだった。若い女を拉致してレイプしようと最初に持ちかけたのも門倉だった。

そしてもうひとつ。人を殺すのであれば、ここから少しでも離れたところでしたいという思いが強かった。

香や帆花が住んでいる川越から少しでも離れた場所で——

私は二枚の写真に目を向けた。

スエット姿で煙草を吸いながらパチンコをしている男と、飲み屋で酒を飲んでいるどこか哀れさを滲ませている男の写真だ。写真にはそれぞれの名前が記されていないからどちらが門倉なのかわからない。だが、パチンコをしているどこかふてぶてしさを感じさせる男が門倉であることを心の中で願っていた。

私は今日、門倉利光という人間を殺す——

心の中でそう決意を固めるとスタッフルームに戻った。私服に着替えると昼間に買ったペティナイフと伸子からの手紙を上着のポケットに入れた。ファイルを入れた紙袋をロッカーの棚に置き、鍵を閉めた。

壁に掛けてある時計に目を向けた。三時四十分だ。

私はパイプ椅子に座ってひたすら時間が過ぎるのを待った。

時計の針が四時半を指すと、私は立ち上がって店を出た。冷たい風に頬をなぶられながら川越駅に向かう。四時五十九分に池袋行きの始発がある。

私はポケットに両手を突っ込み、身を強張《こわば》らせながらベンチに座って電車が来るのを待った。

暖房の利いた車内に乗り込み、ようやくポケットから両手を出したが、心を凍りつかせる寒気は治まらない。

私は携帯を取り出して震える指先でメールを打った。

『今日は用事があるので店からそのまま出かけます。夜には家に帰るから心配しないように』

香にメールを送ると、携帯の電源を切ってポケットにしまった。


午前十時前に新幹線が岡山駅に着き、私は改札に向かった。

改札を抜ける前に時刻表を見て帰りの新幹線の時間を確認した。東京行きの最終電車は夜の八時三十三分だ。それでも川越に着くのは深夜の一時頃になってしまうだろう。できるだけ早くことを済ませる必要がある。

私は改札から出ると駅から直結しているショッピングセンターに入った。まず書店に行き、岡山市内の地図を買った。そして、同じ建物内にある衣類や生活用品を扱っている店に向かった。

いくら川越から遠く離れているといっても、万が一にも誰かに目撃されたときのことを考えて、できるかぎり外見を変える必要がある。それにナイフで刺し殺すとしたら返り血を浴びてしまうかもしれない。

私は店内をうろつきながら目立たない服を吟味した。濃い色のフリース、ズボン、ハーフコートと、そして帽子、手袋をかごに入れていく。最後に着替えを入れるための鞄を選んでレジに向かった。

店から出るとトイレに入った。個室で買ったものに着替えると、今まで着ていたものを鞄に詰め込んだ。手袋をしてからケースを開けてペティナイフを取り出すとコートのポケットに入れた。

駅前に出ると地図を広げて門倉が住んでいるという岡山市中区住吉町二丁目——の住所を探した。

岡山駅から東に一キロほど行ったところを流れる旭川の向こう側だ。

私は歩いていくことにして旭川のほうに向かった。

駅前の繁華街を抜けて県庁を過ぎると橋があった。橋を渡って川沿いの道をしばらく歩いていくと住吉町二丁目にたどり着いた。

住所に記されていた松原荘はすぐに見つかった。旭川の河川敷の目の前にある古い二階建てのアパートだ。ここに書かれている住所が正しいとすれば、このアパートの二〇一号室に門倉は住んでいる。

階段の下に備え付けられている郵便受けを確認した。二〇一号室の表札は出ていない。

ここまで来ても、私は門倉がここに住んでいないことを心の片隅で祈っていた。

そうであれば、わずかであったとしてもこれから私がやろうとしているおぞましいことを先延ばしにできる。

私はまわりに人がいないのを確かめてから、郵便受けを開けて中に入っているものを見てみた。ダイレクトメールに混じって電話料金の請求書が入っている。門倉利光と書かれているのを見て、重い溜め息を漏らした。

今、あの部屋に門倉はいるのだろうか。これからあの部屋を訪ねて、出てきた男の心臓を一刺しすれば……

私は重い足を引きずってふらふらと階段を上っていった。二〇一号室の前に立ち、ベルを鳴らそうとしたところで激しい息苦しさに襲われた。その場から離れて階段を下りた。

もし今、この部屋に人がいたとしても、それが門倉だとはかぎらないし、他にも住んでいる人がいるかもしれない。

冷静になれ。これからすることに失敗は許されないのだ。

私はアパートの裏手に回ってみた。アパートの二階に顔を向けると、二〇一号室のベランダで年配の女性が洗濯物を干しているのが見えた。ひとりで暮らしているのではない。

これからどうすればいい。

私はまったく考えが浮かばないまま、とりあえずこの息苦しさから逃れたくて河川敷のほうに向かった。

午後一時を過ぎた頃、アパートの前で動きがあった。

二〇一号室のドアが開いて黒いダウンジャケットを着た男が出てきた。写真の男だろうかと見つめたが、ここからでは男の顔ははっきりとはわからない。

男がアパートの階段を下りてくるのを見ながら、私は草むらから立ち上がった。

男は先ほど私が渡った橋のほうに向かっているようだ。私は男の後ろ姿をとらえながら河川敷を歩いた。男は橋を渡って駅のほうに向かっていく。

私は河川敷から道路に移った。適度な距離をとりながら男に続いて橋を渡った。

駅近くの繁華街にあるパチンコ店に男が入っていく。私は少し時間を置いてから店内に入ると、パチンコ台をチェックするふりをして男の姿を捜した。

私は男からひとつ席を挟んだ台の前に座った。玉を買いながらさりげなく男に目を向けた。

男は煙草を吹かしながら玉を打っている。

あの写真の男だった。

男がちらっとこちらに目を向けたので、私は慌てて視線をそらした。

腕時計に目を向けるともうすぐ四時になろうとしている。

私は胸のざわつきと苛立ちを抑えつけながらパチンコを続けた。

門倉は当たりに恵まれないようで何度も台を替わっている。私は門倉のことを意識しながら適当に玉を打っていた。そういうときにかぎって何度も当たりを引いてしまい、足もとには出玉を入れたケースが四段積み重なっている。

視線を向けると、先ほどまでいた台に門倉の姿がなかった。

私は立ち上がると店内を歩き回って門倉の姿を捜した。だが、どこにもいない。出玉を放置したまま店から出た。

あたりを見回した。少し先に門倉の背中を見つけた。赤ちょうちんを掲げた店に入っていく。

それを確認すると私は店に戻った。出玉を入れたケースを景品カウンターに持っていき、荷物にならない特殊景品に換えてもらった。

私は店から出ると先ほど門倉が入っていった飲み屋に向かった。

『福屋』という立ち飲みの店でかなりの客が入っていた。門倉はカウンターの一番奥で苛立たしそうな表情を浮かべながらコップ酒を飲んでいる。

私は生ビールを頼むと門倉から離れた場所で飲み始めた。さりげなく目を向けると、門倉がつまらなそうな顔でコップ酒をあおっていた。

コップをカウンターに叩きつけるように置き、門倉がこちらに向かってくる。

帰るのだろうかと思っていると、門倉と目が合った。からみつくような眼差しをこちらに向けながら薄笑いを浮かべた門倉に、背筋に冷たい感触が走った。

私につけられていることに気づいたのだろうか。

門倉は私を舐《な》めるように見つめながら目の前で立ち止まった。

「どうやらあんたに運を吸い取られちまったみてえだ」

その言葉の意味がわからず、私は門倉を見つめ返しながら首をひねった。

「ずいぶん当たりを引いてたじゃないの。こっちはさんざんだ」門倉が店の外に顎をしゃくった。

どうやらパチンコのことを言っているようだ。

「ああ……暇つぶしで入ったらたまたま……よかったらごちそうしますよ」

私が言うと、今までのふてぶてしさが嘘みたいに門倉が相好を崩した。

「いいのかい？」

「ええ。少しぐらい還元しますよ。それにひとりで退屈してましたし」

言い終える前に、門倉がカウンターの中の従業員に向かって酒とつまみを注文した。

「じゃあ、お言葉に甘えて」

従業員からコップを受け取ると、門倉がこちらに掲げた。

「乾杯」

私はコップを合わせた。

「あんた、どこに住んでるんだい」門倉が訊いてきた。

「東京です」

「仕事かい」

「ええ、まあ……」

「仕事の合間にパチンコをやれるなんていい御身分だねえ」

「思ったよりも早く仕事が終わったので」

「じゃあ、このまま東京に帰っちまうのかい」

「いや、今日は泊まっていくつもりです。うまい店やお勧めの場所があったら教えてください。せっかく岡山まで来たんだから朝まで飲み明かして始発で帰りますよ」

あの部屋で門倉を殺すわけにはいかない。酒に酔わせてどこか人のいない場所に連れ出すしかないだろう。

「いくらでもいいところがあるさ。連れて行ってやるよ。ところで、あんた風俗に興味あるか？」

「そりゃ男ですから」私は笑みを作った。

「おれはそっち系の仲介を仕事にしてるんだけどさ。いい店を紹介してやるよ」

「じゃあ、お願いしようかな。だけどそれなりに飲まなきゃな。最近、どういうわけか、酒が入ってないと反応が鈍くなって」

「そりゃ難儀だな。おれなんか目さえつぶってりゃどんな女でもやれるけどな」門倉がそう言って下卑た笑みを浮かべた。


コップの酒を飲み干すと、門倉がテーブルに突っ伏した。

「門倉さん、大丈夫ですか？」

私は向かいの席から門倉の肩を揺すってみた。かなり酔っぱらっているようで呻《うめ》き声を上げている。

腕時計に目を向けると七時半を過ぎていた。飲み始めてから三時間ほどしか経っていないが頭が朦朧としている。

とにかく少しでも早く門倉を酔わせなければならないと思い、立ち飲み屋を出てから入ったこの店でかなりハイペースに飲んでいた。それなりにセーブするつもりだったが、門倉に酒を勧めている以上、私も飲まないわけにはいかない。仕事柄、酒の飲みかたは心得ているはずだが、最悪な飲みかたをしている。

少しでも気を抜くと、私もこのまま崩れてしまいそうだった。それにあと一時間で最終の新幹線が出てしまう。

私は店の従業員に勘定と水を頼んだ。水を飲み干して勘定を済ませると立ち上がってふたたび門倉の肩を揺すった。

「門倉さん、とりあえず次の店に行きましょう」

何とか門倉を起き上がらせると、からだを支えながら店を出た。

繁華街を歩いているといきなり「しょんべんに行きてえ……」と門倉が呻くように言った。肩に添えた私の手を振り払い、ふらふらと近くの店先に向かった。ズボンのチャックを下ろそうとする門倉に私は慌てて近づいた。

「ここじゃまずいでしょう」

たしか、あの店に行く前に公園を通った。その中に公衆トイレがあるだろう。

私は門倉の肩をつかんで公園に向かった。

園内はわずかな街灯に照らされているだけで薄暗かった。人の気配もなく静まり返っている。

公衆トイレを見つけると門倉とともに中に入った。門倉が私の手を振り払って個室に駆け込んだ。ドアを閉める余裕もなく、便器に向かって吐いているようだ。

他に誰もいない。

私は苦しそうに呻いている門倉の背中を見つめた。

このまま門倉の背中を刺してすぐに駅に向かえば――

私は門倉に気づかれないように手袋をはめた。ポケットの中からペティナイフを取り出してゆっくりと門倉に近づいた。

「行ってきます――」

帆花の声が聞こえて、私は目を開けた。

ドアが閉まる音を聞きながら私はベッドから起き上がった。

寝室のドアを開けると玄関で帆花を見送った香と目が合った。香はすぐに私から視線をそらして、リビングに入っていった。

深夜の一時過ぎに家に帰ってきたとき、香はベッドにいた。私は香を起こさないように静かに着替えをすると何事もなかったかのようにベッドに入った。すぐに香が寝ていないのに気づいた。だが、香は私に何の言葉もかけてこなかった。

昨日の行動にそうとうな不信感を募らせつつ、それでも私から何かしらの言葉が出るのを待っていたのはわかっている。

香にどうしても話さなければならないことがあったが、その言葉を口にするのにはもう少し時間が必要だった。

私は一睡もせずに悩み続け、香にそのことを告げる決心をしていた。

ドアを開けると、香はダイニングチェアに座ってぼんやりとテレビを見つめていた。私に視線を向けることもない。

「ちょっと話があるんだ」私は香の向かいに座りながら言った。

嫌な予感があるようで、香はなかなか私を見ようとしない。

「大切な話だ」

私が強い口調で言うと、香がようやくこちらに顔を向けた。怯えた眼差しをしている。

これから香に別れを切り出すつもりだ。

自分の正体を話し、私が過去に犯してきた過ちの数々を正直に告げよう。そして警察に出頭して、十六年前にした伸子との約束と、人を殺せと誰かに脅されていることを話すのだ。

門倉を殺すことができなかった私には、もはやそれしか家族を守る術はない。

「聞きたくない……」香が顔をそむけた。

「いや、聞いてくれ。おれは……」

そのとき聞こえてきた声に、思わずテレビに目を向けた。

岡山市内の公園で男性の刺殺体――と、テレビ画面のテロップが目に飛び込んできた。

私は愕然としながらテレビ画面に釘づけになった。

「昨夜、八時半頃、岡山市北区柳町の公園の公衆トイレ内で男性が倒れているとの一一〇番通報があり警察官が駆けつけたところ、刃物のようなもので全身を刺されて亡くなっている男性を発見しました。被害者は同じ市内に住む門倉利光さん、五十二歳と判明。岡山県警は殺人事件として捜査本部を設置して捜査にあたっています……」

テレビ画面には夜の公園が映し出されている。見覚えのある光景だった。公衆トイレの周辺に多くの警察官がいる。

刃物のようなもので全身を刺されて門倉が亡くなった――

いったい、どういうことなのだ。

画面の中の光景は間違いなく、昨夜、酔いつぶれた門倉とともに行った公園だった。

たしかに私は門倉とともにあの公衆トイレに入った。便器に向かって吐いている門倉の背中を見つめながら、私はナイフを取り出して逡巡していた。

この男を殺せばすべてが終わる。門倉を殺すという約束を果たせば、帆花が危害を加えられることはない。そう思ったが、私はけっきょく門倉を殺すことができなかった。

　私は便器に向かって苦しそうに呻いている門倉を残して公衆トイレを出ると、そのまま岡山駅に向かったのだ。

　いったいあの後、何があったというのだ――

　次のニュースに切り替わっても、私の頭は混乱したままだった。

「いったいどういう人なの」

　その言葉で我に返り、テレビから視線を移した。香が唇を引き結ぶようにしながらじっと私のことを見つめている。

「何が……」私は意味がわからずに訊いた。

「聡さんの女」

「何なんだ、おれの女っていうのは……」

「女ができたんでしょう。それで何だかんだと理由をつけて家にいないことが多くなったんじゃないの」

　どうやら香は勘違いしているようだ。

「そんなんじゃない」私は香から視線をそらした。

「じゃあ、何だっていうのよ！　ここしばらくの聡さんの様子を見てたらどんなに鈍感な人間でもわかるわ。女ができたんじゃないなら、どうして携帯をふたつ持つ必要があるのよ」

私は香に目を向けた。

「勝手に鞄の中を見て悪いと思ってる。だけど、最近の聡さんの態度を見てて不安でしかたなかったのよ」

「ちがう……そんなんじゃないんだ」私は首を横に振った。

「じゃあ、大切な話っていったい何なのよ」

「それは……」私は言葉に詰まった。

さっきまでは香にすべてを打ち明けるつもりでいた。香に自分の正体を話して、私が過去に犯してきた過ちの数々を正直に告げたうえで、警察に行くつもりだった。

坂本伸子を名乗る何者かから、門倉利光か飯山賢治のどちらかを殺せと脅されていたと警察に訴えるために。

だが、その門倉が殺された。しかも殺される寸前まで私は門倉のそばにいた。その事実が、私の決心を鈍らせている。

「浮気なんかしてない。今度、ゆっくり話そう。ちょっとひとりになりたいんだ」私は香の視線を振り切るようにして立ち上がった。

「まだ話は終わってない！」

香の叫びを背中に聞きながら私はリビングを出た。ひとりになって少し冷静になりたい。寝室で手早く着替えをすると香には何も告げずに家を飛び出した。

もっと詳しい情報を知りたいとコンビニに入った。朝刊を何紙か買うと、近くの公園に向かった。

私はベンチに座り、新聞の社会面を食い入るように見ていった。すべての新聞に目を通したが、門倉が殺された事件のことはまだ載っていなかった。

突然、上着のポケットが振動して、思わず広げていた新聞を離してしまった。地面に落ちた新聞が風にあおられて舞っていく。

私はそれにかまわずポケットに手を突っ込んで震えているものを取り出した。私の携帯ではないスマートフォンだ。『非通知』からの着信だった。

「もしもし……」私はためらいながら電話に出た。

「あなたにはほとほと失望しましたよ——」

人工的に作られた声が聞こえてきた。

「門倉とふたりきりになれたというのに、あなたはせっかくのチャンスをみすみす逃してしまった」

「おまえが……おまえが殺したのか？」

私が訊くと、耳もとにくぐもった笑い声が響いた。

「脅しじゃないとこれでわかったでしょう」

その言葉に、心臓が締めつけられるような恐怖を覚えた。

心のどこかでそうではないことを願っていた。門倉を殺したのは私を脅し続けているこの人物ではなく、伸子とは何の関係もない人間だと。

「どうして……」それ以上の言葉が出てこなかった。

「あなたが約束を果たそうとしないからですよ。あのまま門倉を殺《や》っていれば楽だったものを……あなたはそうとうな意気地なしですね」

機械で加工していても、私をあざけっているのがわかる。

「誰もいない公衆トイレで、酔いつぶれた男の背中を刺せばそれですべてが済んだのに。あなたはそんな簡単なこともできなかった」

罪悪感のかけらも窺えない言葉に、からだが激しく震えだした。

「これでハードルが高くなってしまいましたよ。門倉が殺されたと知ったら、共犯だった飯山は警戒するでしょう。もしかしたら警察も飯山の身辺を警戒するかもしれない。あなたにとっては少しばかりやりづらい状況になってしまうかもしれませんね」

「ふざけるな。おれは……」

飯山を殺すことなんかできるわけがない――

「それでもやらなければならないんです。今回のことでよくわかったでしょう。わたしはいつでもあなたの大切なものを奪うことができるんです。それもいたって簡単にね」

帆花の姿が脳裏をよぎった。

「あなたも大切な人を失いたくないなら、地獄の苦しみを味わいたくないなら、早くわたしとの約束を果たしてください。飯山賢治に由希子を殺した報いを与えるという約束を」

「おまえがやればいいじゃないか！　飯山を憎んでいるのはおまえだろう。おれじゃない。門倉を殺ったように自分の手で殺ればいい。おまえにとっては簡単なことなんだろう」私は吐き捨てた。

「そうですね。簡単なことです。あなたが約束を破ったときにその報いを与えるのと同じぐらいにね。いや、大の大人にそうするよりも、むしろそちらのほうが楽かもしれませんね」

嘲笑《あざわら》うような声が聞こえた。

「人をふたりも殺せば死刑になるぞ」私はせめてもの抵抗を示した。

「わたしがそんなことを恐れているといまだに思っているのですか？　何度も言うようですが、わたしは実体のない魂です。坂本伸子の怨念です。この世に存在していないのですから、警察に捕まることも、死刑になることもありません」

私は何も言わなかった。ただ、これからするべきことだけは決まっている。

「もしかして、警察に行こうというんじゃありませんよね」

私の考えを見透かしたように、やつが言った。

「それはやめておいたほうがいいでしょう」

「おまえの言うことなど聞くか！　たしかに、警察に行ってすべてを話せばおれはいろいろなものを失うことになるだろう。それでもいい。だが、おまえだけは許さない。約束を果たさないかぎり報いを受けると言っていたが、おまえは門倉を殺したことでおれ以上の報いを受けることになるんだ」

「そんなことをすれば墓穴を掘るだけですよ」

「どういうことだ」私は語気を荒らげた。

「あなたは岡山でいろいろな人に目撃されています。立ち飲み屋でもその後に行った飲み屋でも、門倉と一緒にいたことを覚えている人はたくさんいるでしょう。パチンコ店の監視カメラにもあなたの姿は映っているはずです」

やはりやつは岡山でも私の行動を監視していたのだ。

「それが何だっていうんだ。おれは殺してない。門倉を殺してなんかいない！　警察が調べればわかるはずだ」私はむきになって言い返した。

「そうでしょうかね。あなたの指紋は警察に残されている。二十三年前に捕まったときに採取された指紋がね。身元を偽って生きている前科者の言うことなど警察が信じるとも思えませんが。それに……」

そこで言葉を切った。

「それに、何だ」私は言った。

「いずれにしても警察に行けばあなたはそこでおしまいです。あなたは塀の中で何もできないまま、わたしが味わったような苦しみにのたうち回ることになるのです。あなたに残された道はひとつしかありません。あなたの手で飯山賢治に報いを与えるということだけです。そうすればわたしは積年の苦しみから解放され、あなたは大切な家族を守ることができる。あなたに残された時間はそれほどありませんよ」

「どういう意味だ」

「わたしがいつまでもおとなしく待っていると思っているんですか？　一日も早くわたしとの約束を果たしなさい。そうしなければあなたはどんどん追い詰められていき、苦しみの無間地獄に堕ちていくことになるんです」

苦しみの無間地獄に堕ちていくことになる——

「しかたがないので少しだけ待ってあげましょう。そうですね……明日中に飯山賢治を見つけ出して約束を果たしてください」

「明日中に……」

「ただ、仕事をさぼってばかりいたら同僚のかたから不審がられるでしょう。三時二十六分の新幹線に乗れば仕事を遅刻せずに済むので、それまでに終わらせることをお勧めします」

「そんな時間で飯山を見つけられるとはかぎらないだろう」

「大丈夫です。簡単に見つかりますから」

事もなげに言った。

「明日で、十六年間あなたを縛りつけてきたものから解放されるんですよ。約束を果たしたお祝いに店で乾杯でもすればいい」

「おまえは……おまえは悪魔だ。人間じゃない」私はあらんかぎりの憎悪を向けて言った。

「そういうあなたは人間だとでも？」

あざけるような言葉に、私は何も言えなくなった。

「それでは、約束を果たしてくれるのを心待ちにしています」

電話が切れる音がした。

「おいッ！　待て！」

私は叫んだが、耳もとに響いてくるのは通話終了のむなしい音だけだった。その音を聞きながら、やつの言った言葉が次々と頭の中を駆け巡っている。

どうすればいい……いったいどうすればいいんだ……

私はベンチから立ち上がると当てもなく歩きだした。

たしかに、やつの言うとおり、警察に行くことはできない。

ある人物から人を殺さなければ娘に危害を加えると脅されていると警察に話せば、誰を殺せと脅されているのかを訊かれることになるだろう。そうなれば門倉や飯山の名前を出さざるを得なくなる。そのうちのひとりはすでに殺されている。門倉が殺される寸前まで私がそばにいたこともいずれわかるだろう。

門倉や飯山ではないちがう名前を偽って言い、娘の身に危険が迫っていることだけをとりあえず訴えることはできるかもしれないが、いずれにしても警察はどうしてそんな脅しをされるようになったのかという私の事情に興味を抱くにちがいない。

警察から不審を抱かれて指紋を採られることにでもなれば、私が向井聡という人間ではなく、高藤文也という前科者であると判明してしまう。

別にそのことの罰を受けるのを恐れているのではない。ただ警察に勾留され、刑務所に入れられてしまえば、もはや自分の手で帆花を守ることができなくなってしまう。

あなたは塀の中で何もできないまま、わたしが味わったような苦しみにのたうち回ることになるのです――

やつはそのことまでも計算に入れたうえで、私を脅しているのだ。

「マスター――」

誰かに呼び止められて、私は振り返った。

買い物袋を提げためぐみがこちらに向かってくる。

「どうされたんですか、こんな時間に？」めぐみが訊いた。

「ええ、ちょっと……散歩に」

心を蝕《むしば》む不安を悟られないよう、私は軽く笑った。

「あまり寝てらっしゃらないんじゃないですか？　最近、顔色がよくないのでちょっと心配してるんです」

「疲れが溜まってるんでしょう。布団に入っても寝つけないことが多くて……宇都さんはお買い物ですか？」

話題をそらそうと、めぐみが提げている買い物袋に目を向けた。

「ええ。朝から学校で保護者の集まりがあってその帰りなんです。今日から四時にお店に入ってオーナーから仕込みを教えていただくことになったので、俊の夕食の準備も早めにしなければなりませんし」

「そうですか。宇都さんこそ、あまり無理をなさらないように」

とても人といいたい気分ではなかったので軽く手を上げて歩きだすと、「あの——」とめぐみが声をかけてきた。

振り返ると、めぐみが何か言いづらそうな顔で私を見ている。

「あの……こんなことわたしが言うのは何なんですけど……最近、マスターは何か悩んでらっしゃることがあるんじゃないですか？」めぐみが遠慮がちに問いかけてきた。

「誰だって大なり小なり悩みはありますよ」

「オーナーも公平くんも最近のマスターの様子を心配しているんですよ。わたしたちに話して力になれることかどうかはわかりませんが……ひとりで悩んでらっしゃるよりも……」

「悩みはありますがそんなにたいしたものじゃありませんよ」

「そうですか？」めぐみが即座に問いかけてきた。

いつもの柔和さとはちがう、どこか私を非難するような眼差しに思えた。

「昨日、商店街で香さんを見かけたので声をかけました。朝、マスターからメールがあってから連絡が取れないとずいぶん心配してらっしゃいました。それに最近、家を空けることが多くなったとも……」

どうやら香の話を聞いためぐみも、私が浮気しているのではないかと勘繰っているらしい。

そんな悩みであったならどれだけ救われるだろう。

「バーベキューで初めてお会いしたときから、素敵なご家庭だなと本当に羨ましく思っていました。マスターはとても優しい旦那様だし、香さんもそんなマスターをとても信頼してらっしゃる。帆花ちゃんはそんな素敵なご両親に囲まれて素直で優しいお子さんだし……わたしや俊がいくら望んでもとてもそうなれないだろうなと思うほど幸せな家庭を築いてらっしゃる。マスターがそんな幸せな家庭を壊すようなことをするとはとうてい思えませんが……どうか、香さんや帆花ちゃんが悲しむようなことは……」

めぐみはそこまで言うと口をつぐんで、私から視線をそらした。

「宇都さんも香も何か誤解しています。わたしはそんなことはしません」

「そうですか……差し出がましいことを言ってしまって本当にすみませんでした。ここで失礼しますね」

頭を下げて歩きだしためぐみの背中をしばらく見つめていた。

めぐみが言うその幸せな家庭とは、私が背負わされているおぞましい約束のもとに成り立っているかりそめのものでしかなかったのかもしれない。

それでも、私はこの幸せを守りたい。

この幸せな家庭を守るために、私はどうすればいいのか。

ひとつしか提示されない答えを嚙み締めながら、煩悶《はんもん》するしかなかった。

厨房から私服に着替えた落合が出てきた。

「マティーニを頼む」

落合がカウンターに座って言うと、公平がカクテルを作る準備を始めた。

「昨日は楽しめたか？」

ふいに落合に視線を向けられ、私は首をかしげた。

「ワインの試飲会に誘ったら用事があると断ったじゃねえか。帆花ちゃんたちとどこかに行ったんじゃないのか」

「いや、昔の友人と会っていたんだ」

「ふうん」落合が意味深な眼差しで私を見つめてきた。

落合も私が浮気しているのではないかと勘繰っているのだろうか。

「ワインの試飲会はどうだったんだ」

別にどうでもいい話だが、とりあえず訊いた。

「何本か試飲用に買ってこようと思ったが特にいいものがなかったな。うちで出してるやつでじゅうぶんかなって感じだったよ」

「オーナーは何時頃に行ってたんっすか？」落合の前にカクテルグラスを置きながら公平が訊いた。

「二時頃からしばらくいた。どうして」

「おれもそのぐらいの時間に行ったんですよ」公平がカクテルグラスにマティーニを注いで言った。

「おまえが試飲会に？」

落合が驚いたように訊くと、公平が頷いた。

「そうか。広い会場だからな。会ってたら夕飯ぐらいごちそうしてやったのに」

マティーニに口をつける落合を公平がじっと見つめている。自分が作ったカクテルがどう評価されるのか気になるのだろう。

「それにしてもおまえが自分からわざわざワインの試飲会に行くなんてねえ……ようやく仕事に本腰を入れる気になったか。このマティーニもなかなかうまいよ」

嬉しそうに言った落合を見つめながら公平がかすかに口もとを緩めた。

「これぐらいのものが作れるんならひとりでカウンターに立たせても大丈夫そうだな。もっとも接客はまだまだだけど……これから一緒に飲みに行かないか？　いいバーを紹介してやる。おまえもどうだ」落合が私に目を向けた。

「悪いけどおれは遠慮しとく。あまり飲みたい気分じゃないから」

「何だよ、付き合いが悪いな」

「公平、あとはやっておくから行ってこいよ。オーナーの金で勉強させてもらえるなんてめったにあることじゃない」

落合に連れて行ってもらいたい。公平とふたりきりになると、私が何か問題を抱えているのではないかとふたたび蒸し返されそうで嫌だった。

「人をケチみたいに言うな」落合が抗議するように言った。

「別にそういう意味じゃない。オーナーが人を誘って飲みに行くなんて珍しいと思っただけだ」

「たしかにな。何だか嬉しくなっちまってさ」

公平は私に何か言いたそうにしていたが、やがて頷いてカウンターから出た。

スタッフルームで着替えをすると落合とともに店を出ていった。

私は片づけを終わらせてスタッフルームに行った。着替えをすると一昨日の夜にもそうしたようにパイプ椅子に座り、ひたすら始発の時間が近づくのを待った。

私は飯山を殺すのだろうか――

そんな覚悟も決意もないが、それでも仙台に行くしかないのだ。

今日中に飯山を見つけ出して約束を果たさなければ、私は苦しみの無間地獄に堕ちていくことになる。

昨日の朝までなら、それは単なるこけおどしなのだと自分に言い聞かすことができただろう。だが、やつは門倉を殺している。ひとりの人間をいともあっさりと殺して笑っているのだ。

やつは今日の私の行動をどこかで見ているにちがいない。全神経を集中させてその影をとらえることしか、今の私に残された術はない。

四時半になると店を出て川越駅に向かった。駅に着くとコインロッカーを開けて、岡山から帰ってきたときに預けていた鞄を取り出した。

私はさりげなくあたりに視線を配りながら、始発前の閑散とした改札をくぐった。

新幹線から降りると、私はホームの様子を窺った。

朝八時着の新幹線だがそれなりの数の乗降客がいた。ホームにいるすべての人を確認することなどできないが、少なくとも私のまわりに川越で見かけた人物はいなかった。

だが、おそらくやつはすでに私の近くにいるはずだ。

エスカレーターを下りて新幹線のコンコース内にあるトイレに向かった。個室に入ると鞄を開けて岡山で買った服に着替えた。

トイレから出ると売店で仙台市内の地図とマスクを買って待合室のベンチに座った。マスクをつけ、地図を見ている間もまわりの気配を必死に感じ取ろうとした。

だが、私のことを見ているような人物の気配はいっこうに感じない。

送られてきた手紙によると飯山の住所は仙台市台原――とあった。

仙台から電車で二駅目の北仙台駅から行くのが近そうだ。一瞬、時間の節約のためタクシーで行こうかと考えたが、やめることにした。

タクシーだと運転手に私の顔や特徴を覚えられてしまう恐れがある。それに車載カメラがあるかもしれない。

何かあったときには――

そこまで考えて、そんな決意などないはずなのに、心の片隅でその可能性を考えている自分に恐れを抱いた。

私はその可能性を頭から振り払いながら立ち上がった。新幹線の改札を抜けると仙山線の乗り場に向かった。

地図を頼りに閑散とした住宅街をしばらく探しているとそれらしい建物があった。三階建ての少し古ぼけたマンションだ。外から見えるドアの配置からワンルームぐらいの広さだろうかと想像した。

私は建物の外に設《しつら》えられているコンクリートのアーチに近づいた。郵便受けがあった。一〇五号室に『飯山』と表札が出ている。アーチの上部には『マルハマ商業株式会社　独身寮』とプレートが掛かっている。

ここに飯山賢治がいる――

三十二年前、坂本由希子を無残に殺した男がここで生きている。

鬼畜にも劣る罪を犯した男。

私とは縁もゆかりもない赤の他人。

その男を殺せばこの苦しみから解放される。大切な家族を守ることができるのだ。

そう思いながらも、私は何もできずにその場に立ち尽くしていた。

このアーチをくぐればもう後には引き返せなくなる。飯山を殺してふたたびここに立ったときには、私は間違いなくそれまでとはちがう生き物に成り下がってしまっているだろう。

激しい動悸《どうき》が私の不安と恐怖を煽《あお》り続けている。だが、震えているのは私の心臓ではなく、コートの右ポケットだと気づいた。

ポケットからスマートフォンを取り出すと『非通知』からの着信があった。

「もしもし……」私は電話に出た。

「飯山が住んでいるマンションに着いたみたいですね――」

その声に、私はあたりに視線を配った。閑散とした住宅街に人の姿は見えない。

「おまえは……おまえは楽しんでいるのか？」私はそれまでに抱いていた思いを吐き出した。

「楽しむ？」

「どこの誰だか知らないが、おれを苦しめて楽しんでいるだけじゃないのか。それならば直接おれを痛めつければいい」

「わたしはただ約束を果たしてもらいたいだけですよ。由希子の無念を晴らすというあなたと交わした約束をね。あなたはわたしとの約束と引き換えにして今の幸せを手に入れた。ちがいますか？　今になってその約束を守らないというなら、あなたが手に入れた幸せを返してもらいたい。それが大切な人を奪われた人間の理屈です。あなたにはまだ理解できないでしょうが」

「まだ？」

「あなたも大切な人を失ったら理解できますよ。奪うだけの人間に対する激しい怒りが……自分の欲望を満たすことだけを考える人間への憎悪が……」

帆花を奪われたら、きっと私も――

「ここまで来て、あなたはまだためらっているんですか」

　私は答えなかった。

「あなたがやるべきことはいたって簡単ですよ。その部屋のベルを押して出てきた男の心臓にナイフを突き刺せばいい。たったそれだけのことじゃないですか。しかも相手はとても人間とは言えないような鬼畜にも劣る男です。たったそれだけのことをするだけで、あなたは今の苦しみから解放されるんですよ。大切な人を失わずに済むんです。ここに来るまでに誰もあなたのことなんか気にしていない。飯山を殺し損ねたり、犯行の現場を誰かに目撃されたりしないかぎり、何事もなく家に帰ることができるでしょう。そうすればあなたは数週間前のような幸せな日々に戻れるのです。わたしにはどんなことをしても取り戻すことができない幸せな日々に……」

　その言葉のひとつひとつが、かろうじてその場に踏みとどまろうとしている私の背中を押していく。

「ただ、あなたが今日中に約束を果たせないのなら、あなたはその幸せをすべて失うことになるでしょう。警察に頼っても無駄です。たとえ何年、いや、何十年かかっても、あなたが生きている間にわたしはあなたの大切なものを奪います。そうなったときに、あなたは初めてわたしの今の激情を思い知るでしょう」

どんなにひどいことをした人間であろうと自分の手で殺したくなんかない。だけど、そうするより他にない。

今の私にはそうすることでしか帆花を守ることができないのだ。

「わかった……」私は無力感に打ちのめされながら呟いた。

「では、いい報告を待っています」

電話が切れると、私は手袋をはめた。

アーチをくぐってマンションの中に入っていくと、まっすぐ一〇五号室に向かった。

部屋の前に立つと右手をコートのポケットに突っ込んだ。ポケットの中でペティナイフの柄を握り締めると、左手でドアの横についているベルを鳴らした。

ドアから漏れ聞こえてくるベルの音をかき消すように、心臓が早鐘を打ち鳴らしている。

何度も鳴らしてみたがまったく応答がなかった。

留守だと悟ると、私はすぐにマンションから出た。しばらく行ったところで立ち止まり、胸の中に溜まった邪悪にまみれた感情を吐き出そうと何度も息をついた。

だが、胸の中にこびりついた醜悪な感情が拭われることはない。

あなたが今日中に約束を果たせないのなら、あなたはその幸せをすべて失うことになるでしょう――

早く飯山を見つけて殺さなければ、私の大切なものが奪われてしまう。

焦燥感にあおられて、私の中の邪悪な感情はさらに激しく増殖していくばかりだ。

私はスマートフォンを取り出してネットにつないだ。『マルハマ商業株式会社』の社名を検索するといくつかのページが出てきた。仙台市内で四店舗のガソリンスタンドを経営している会社らしい。地図を取り出して調べてみると、いずれの店舗も北仙台駅の近くを通っている国道沿いにあった。

飯山がどこのガソリンスタンドで働いているのかはわからないが、私はひとつひとつ回ってみることにして歩きだした。

それから四時間近くかけて四つの店を回った。それぞれセルフサービスのコーヒーショップが併設されたガソリンスタンドだった。コーヒーショップに入って、店内と外で働く従業員のことを窺っていたが、飯山らしい人物には行き当たらなかった。

飯山はいったいどこにいるのだろう。

四軒目の店でコーヒーを飲みながら、これからどうすればいいのかと考えあぐねた。まさか従業員に訊くわけにもいかない。そんなことをすれば、飯山が殺されたときに真っ先に疑われてしまうことになる。

腕時計に目を向けるともうすぐ二時になろうとしていた。そろそろ帰りのことも考えなければならない時間だ。

私はもう一度寮に行ってみることにして店を出た。

タクシーには乗りたくなかったが、ここからでは駅へも寮へも歩いて行くには距離がありすぎる。しかたなくガソリンスタンドの前を通りかかったタクシーを拾った。

寮から少し離れた場所でタクシーを停めてもらい、そこから歩いて行くことにした。コンクリートのアーチをくぐり、まっすぐ一〇五号室に向かう。

部屋の前に来るとあたりの様子を窺って人がいないことを確認した。先ほどしたように右手をポケットに突っ込んで、左手でベルを押した。何度鳴らしても応答がない。

踵《きびす》を返したときに女性の姿が目に入ってびくりとした。

女性はドアの前に立っている私のことをまじまじと見つめている。私よりも年上の、おそらく五十歳前後ぐらいに思える女性だ。

「飯山さんのお知り合いのかたでしょうか」

女性に訊かれたが、どう答えていいのかわからない。

飯山の知り合いに顔を覚えられてはまずいと、私は曖昧に小首をかしげながらその場を立ち去ろうとした。

「お待ちください」

女性がすぐに私の前に立ちふさがるようにして引き止めた。

「先ほどお店にいらっしゃったかたですよね」

その言葉に、そういえば三軒目の店で見かけた女性だと思い出した。

「お知り合いのかたでしたら、飯山さんがどちらにいらっしゃるかわかりませんでしょうか」

私に対して怪訝なものを感じているようでもなく、純粋に懇願するような表情だった。

「どちらにって……こちらにお住まいなんでしょう」

会話を交わすべきではないと注意していたが、思わずドアのほうに指を向けて言った。

「いなくなってしまったんです」

「いなくなった？」私は訊き返した。

「昨日の夜勤を無断欠勤して連絡もつかなくて。会社のかたが心配して部屋の中に入ったらいらっしゃらなくて……」

「携帯とかに連絡は？」

「つながらないんです。真面目なかたなので無断欠勤するとはどうしても思えなくて……何かあったんじゃないかと心配でしょうがないんですけど」

うろたえたような女性の表情を見ていると、それが単に同僚に寄せる心配からだけとは思えなかった。この女性と飯山はどういう関係なのだろうか。

「わたしもこの寮に住んでいるんです。それで飯山さんを訪ねてこられたあなたをお見かけして……失礼ですが飯山さんとはどういうご関係なんでしょうか」

「昔、ちょっとお世話になりまして。仕事でこの近くに来たものですからどうしてらっしゃるかと訪ねてみたんです」私は適当にはぐらかした。

「そうでしたか……」

女性はあっさりと信じたようだ。

「それでは」

長居するべきではないと、私は軽く会釈をして歩きだした。

「あの――」

女性に呼び止められて、私は足を止めた。

「飯山さんと連絡が取れたらお伝えいただけないでしょうか。どうしてもお話ししたいことがあるのでもう一度だけわたしに連絡してほしいと。わたしは池内幸江《いけうちゆきえ》といいます。どうかよろしくお願いします」

深々と頭を下げた女性を一瞥《いちべつ》して私は歩きだした。

新幹線に乗って席に座ると、ひさしぶりに自分の携帯を取り出して電源を入れた。

今朝、川越を出るときに『今日は帰らない。明日には帰るからそのときに話をしよう』とだけ香にメールをしてそのまま電源を切った。

電源を入れたままにしていると、これから私がやろうとしていることを感知させてしまうのではないかと、馬鹿げた妄想に囚《とら》われたからだ。

香からの連絡は何もなかった。それを確認すると、携帯に収められた写真を画面に写し出した。私と香と帆花との幸せな日々を写した写真だ。

それらを見ていくうちに、昨日めぐみに言われたことを思い出した。

マスターがそんな幸せな家庭を壊すようなことをするとはとうてい思えませんが——

誰かが壊すまでもなく、そもそも幸せな家庭などどこにもなかったのではないかという思いがこみ上げてきた。

私は今まで幸せなつもりでいた。だけど、香や帆花にしてみれば偽りの幸せにすぎないのではないか。

夫や父親の正体を知ることもなく、身の危険にさらされているというのにそれを感じることすらできない。

どうしてこんなことになってしまったのだろうか。

心の中で自分の過去を手探っていると、ポケットの中で振動があった。

胸を締めつけられるような痛みを感じながらスマートフォンをつかむと、立ち上がってデッキに向かった。

「もしもし……飯山はあそこにはいなかった」

電話に出るなり私は言ったが、やつの反応は「そうですか」の一言だった。

「仕事を無断欠勤してどこにいるかわからない。門倉の件があって逃げたんだろう。もうどうにもならない」

「そんなに投げやりになる必要はありませんよ。今日が終わるまでにはまだ八時間以上ありますし」やつがあっさりと言った。

「ふざけるな。八時間でどうやって捜せっていうんだ」

「そのスマートフォンにはあるアプリが入っています」

「アプリ？」

「接客業をしていてアプリも知らないんですか。もう少し勉強したほうがいいですね。そのアプリを使えば飯山の現在地がわかるようになっているんですよ」

私は言葉を失った。

ＧＰＳを使った位置検索か。もしかしたら、このスマートフォンにもそれが仕込まれているのかもしれない。

「画面に出ている星マークのアイコンをクリックすると飯山の現在地が出てきます。これから捜しに行くとなったら仕事に遅刻するかもしれませんが、今日一日のことなので同僚のかたも大目に見てくれるんじゃないでしょうか。それでは——」

電話が切れると、私は画面の星マークを指で押した。

地図が出てきた。江野町《えのまち》——と書かれている。その地名がわからず地図の縮尺を変えた。

栃木県宇都宮市とある。この新幹線は宇都宮にも停まる。

私は歯を食いしばりながらその画面を見つめた。


マンションの部屋にたどり着いてベルを鳴らしたが応答がなかった。

嫌な予感が胸に広がるのを感じながら、私は鍵を開けて中に入った。部屋は真っ暗だった。

「香——帆花——いないのか?」

私は呼びかけながら部屋を見て回った。どの部屋にも香と帆花はいない。

いったいどこにいるのだろう。いずれにしても早く香と帆花に自分たちが置かれている危機的な状況を伝えなければならない。

私は香の携帯に電話をかけた。留守電になっている。

「香――おれだ。帆花と一緒にいるのか？　もしそうであればすぐに警察に行ってくれ。何者かが帆花の命を狙っているんだ。一緒にいないのであればすぐに帆花を捜し出して警察に行ってくれ。事情は後でわかるから……とにかく帆花のことを頼む」

どうしてそんな状況になってしまったのかを伝えられないまま電話を切った。

私はリビングから出ていこうとしたときに、チェストの上の写真立てが目に入り足を止めた。

私はチェストに近づいていき、写真立てに手を伸ばした。写真立ての中から偽りの両親の写真と、その裏に入れていたもう一枚の写真を取り出した。

その写真を目にした瞬間、胸の奥に鈍い痛みが走った。

十六年前の醜い――本当の自分の姿だ。

整形手術を受ける前に撮られた写真だが、なぜだか今まで捨てることができず、この中に隠していた。

私は写真の裏に『これが私の本当の姿だ。今まで騙していてすまなかった』とペンで書きなぐると、テーブルの上に置いて部屋を出た。

川越警察署はここからかなりの距離がある。駐輪場に行って自転車に乗ると警察署に向かった。

警察は私の訴えを信じてくれるだろうか。

たしかに戸籍を買って他人に成りすまして生きてきたという罪を犯したが、門倉を殺したのは私ではない。

自分が犯した罪によって裁かれるのはしかたがないが、その代わりに門倉を殺した犯人を、私の家族に危害を加えようとする者を必ず捕まえてもらわなければならない。

警察署の敷地に入ると自転車を停めた。建物の入り口に向かっているときにポケットの中で振動があり、足を止めた。

やつからだ――

「墓穴を掘るつもりですか」

電話に出ると、やつの声が聞こえた。

やはりこのスマートフォンで私の居場所は筒抜けのようだ。

「言ったでしょう。警察に行くのは無駄だと」

「もうおまえの指図は受けない」

「あなたが過去に犯してきた卑劣なことと、おぞましい本当の姿を、奥さんやお嬢さんにさらしてもいいというんですか？　考え直したほうがいい」やつが嘲笑うように言った。

「しかたがない。すべての事情を話して香と帆花はしばらく警察に保護してもらう。おまえが捕まるまで」

「何度も言うようですがわたしは捕まりませんよ」

「警察が捜査すればおまえのことなどすぐにわかるだろう。坂本伸子の関係者をかたっぱしから当たれば。おまえもおれもこれから自分が犯した罪を償うんだ。おれは今まで偽りの人生を送ってきたという罪で、おまえは人を殺したという罪だ」

不快な笑い声が耳に響いた。

「何がおかしい！」私はスマートフォンに向かって叫んだ。

「そのドアをくぐったらあなたはおしまいです。あなたは他人の戸籍で生きてきたという罪だけではなく、門倉を殺したという罪もかぶることになります」

「どういうことだ！」

「門倉を刺した刃物にはあなたの指紋がついています」

私は絶句した。

「先ほど岡山県警に通報しました。川越でバーをやっている向井聡という人物が、本当は高藤文也だと。これが何を意味するかわかりますか？」

「おれの指紋がついてるって……いったい……」

「さっき、飯山を捜し出して約束を果たしていればこんなに苦労することはなかったというのに……あなたの無間地獄はこれから始まるんです」

「何だと」

「あなたはこれからわたしとの約束を果たすために飯山を見つけ出して報いを与えなければならない。しかも警察に追われながらね」

「ふざけるな！」

「警察に捕まるまでにそれを成し遂げなければ、あなたはこれからずっと苦しむことになる。門倉を殺した罰はどれぐらいでしょうね。十年、いや、十五年でしょうか。それとも二十年は刑務所に入ることになるでしょうか。それだけの期間、一瞬の隙も見逃さないように警察はお嬢さんの警護をしてくれますかね。先ほども言いましたが、わたしはどんなに時間がかかったとしても、約束を果たさなかった報いを与えます。それともあなたと同じようにお嬢さんの戸籍を変えますかね。そんなことをしても無駄ですけど。わたしは怨念の塊ですからどんなことをしても必ず捜し出します」

「おまえが言ってた約束とちがう」

「わたしは約束を果たせばあなたの大切な人には危害を加えないと言っただけです。あなたのことを守るなどとは一言も言っていません。大切なお嬢さんを無残な形で失いたくないなら、あなたはわたしとの約束を果たすより他に道はないんです」

その言葉を聞きながら、私はのたうち回りそうになった。

門倉を殺した罪を着せられたうえ、さらに飯山を殺さなければ、帆花を殺すというのか。

私は警察署の入り口に目を向けた。

やつの言っていることなどはったりに決まっている。門倉を刺した刃物に私の指紋がついているはずがない。

「わたしの話が信じられないというなら、どうぞ警察に行けばいい。ただ、あなたはその選択を死ぬまで後悔することになるでしょうが」

私の考えを見透かすように、やつが言った。

「そんなところでのんびりしている場合ではありませんよ。警察があなたの店や家に行くまでどれぐらいの時間があるでしょうね？　私物から指紋を採取してあなたが高藤文也だと判明し、殺人事件の容疑者として指名手配されるまでどれぐらいの猶予があるでしょうか。それまでにあなたは約束を果たさなければならない」

「おまえは……悪魔だ……」

「何とでも言ってください。いくつか助言しておきましょう。あなたの携帯は電源を切っておいたほうがいいですね。電源を入れていると警察にあなたの居場所を知られてしまうので。ただこのスマートフォンはつねに電源を入れておいてください。そうでなければわたしとの約束を破ったものとみなします。こまめに充電しておいてください」

　私は何も言葉を返せなかった。

「それでは健闘を祈ります。あなたが約束を果たしたら、あなたの家族にはいっさいの危害を加えないとわたしも約束しましょう」

　電話が切れた。

「おいッ！　もしもし！」

　私は絶叫したが、やつからの応答が返ってくることはなかった。

　どうすればいい。これからいったいどうすればいい。

「どうかされましたか？」

　ふいに声が聞こえ、私はびくっとして振り返った。

　制服警官がこちらに向かってくるのを見て、からだが強張った。

「何かお困りですか？」警官が訊いてきた。

「いえ……何でもありません」

　私は警官に言ってすぐにその場から離れた。やつの言葉を思い出して自分の携帯の電源を切ると自転車に乗った。

　警察署の敷地から出たが、それでも迷いがあって建物に目を向けた。

　警察は私のことを信じてくれないだろうか——

もしやつが言うとおり、門倉を刺した刃物に私の指紋がついていたとしたら、私の訴えにいっさい耳を傾けないのではないか。

門倉が殺される直前まで私は一緒にいた。警察はすでにそのことを把握しているにちがいない。門倉がいたパチンコ店の監視カメラには私の姿が映っているだろうし、居酒屋の従業員も私のことを覚えているだろう。

それだけの証拠がある容疑者であるうえに、他人に成りすまして十六年間生きてきた人間の言うことなど、警察が信用してくれるとは思えない。

警察に捕まれば、私は門倉を殺した犯人として裁かれるにちがいない。その罰がどれぐらいのものになるのかわからないが、長い間刑務所に入れられることになるだろう。

やつはどんなに時間がかかったとしても、約束を果たさなかった報いを与えると言っていた。

店のそばに自転車を停めて降りた。店に向かおうとして歩きだしたが、胸騒ぎを感じて足を止めた。

もしかしたら警察はすでに店にいるのではないか。

このまま引き返したほうがいいと思ったが、ひとつ確認しておきたいことがあった。

私はあたりを見回して近くにあるコンビニに向かった。コンビニの前にある公衆電話から店にかけた。

「はい。ダイニングバー『HEATH』です——」

めぐみの声が聞こえた。

「向井です。今店に宇都さん以外に誰かいますか？」私は訊いた。

「オーナーがいらっしゃいます」

「他には？」

「いえ」めぐみが答えた。

警察がいれば何らかの変化があるだろうが、いつもと変わらない声音だ。

「そうですか。これから店に行きます」私は電話を切ると店に向かった。

ドアを開けるとフロアには誰もいなかった。落合もめぐみも厨房で仕込みをしているのだろう。

そのままカウンターの中に入るとシンクに向かった。まな板の横に包丁入れがあり、二本のナイフがしまってある。

私の指紋がついた刃物と聞いて唯一思い浮かぶのは、カウンターで使っているこのナイフだけだ。

私は二本のナイフを取り出して凝視した。二本とも私が長年使い続けているナイフだ。

このナイフでないとしたら、やつはいったいどうやって私の指紋がついた刃物を手に入れたというのだ。それとも、やはりやつのはったりなのか。

「おはよう――」

その声に、私は目を向けた。

落合とめぐみが厨房から出てきた。

「店に来たなら声ぐらいかけろよ」

「ああ……」

「何かあったのか？」落合が訊いた。

「宇都さん、申し訳ないんですけど、少し落合とふたりにしてくれませんか」

私が言うと、めぐみがちらっと落合を見た。すぐにこちらに視線を戻して頷くと、スタッフルームに向かった。上着を羽織ると私の様子を窺うようにしながら店を出た。

「何か話でもあるのか？」

落合が訊いてきたが、私は何も言えなかった。

「今度の日曜日が俊くんの誕生日だそうだ。ここでパーティーをしてやろうと思ってるんだけどいいかな。もちろん帆花ちゃんなんかも誘ってさ」

私の様子から何かただならぬものを感じているのか、落合がことさら笑みを振りまいてくる。

「そんな深刻そうな顔しやがってさ、いったいどうしたんだよ。まさか香さんに内緒で借金でもこさえちまったっていうわけじゃないだろうな」

落合は何とか話を引き出そうとしているようだが、私は話を切り出すことができなかった。

「店が終わったら飲みに行くか」

「いや……」

私は首を横に振った。

「オーナーとはしばらく会えなくなる」

「どういうことだ？」意味がわからないというように落合が見つめてきた。

「おれはもう店には出られない」

「いったい……」

「おれは向井聡という人間じゃないんだ」

遮るように言うと、落合が私の目を見つめながら首をひねった。

「おれは今まで……十六年間、本当の自分を偽って生きてきた。おれの本当の名前は高藤文也というんだ」

落合が笑った。

「もしかして、おまえ、飲んでるのか？」

「そうじゃない。おれは十六年前にある理由から他人の戸籍を買ったんだ。オーナーはおれよりも年下だと思っていただろうけど、本当はおれのほうがオーナーより年下なんだ」

「おまえの言ってることがさっぱりわからねえ」落合がお手上げだと言わんばかりに両手を上げた。

「十六年前、おれはある事情からやくざに追われていて、身の危険にさらされていた。だから生きるために他人に成り代わる必要があったんだ」

それまで笑っていた落合の表情が変わった。ようやく話が見えかけてきたようだ。

「身寄りがないというのは嘘だったのか？」

落合の声音は硬かった。

「それは本当だ。おれは幼い頃に親に捨てられ、ずっと施設で育ってきた。だけど、オーナーに話したおれの過去はすべて嘘だ」

「そんな……」

それから重苦しい沈黙が流れた。

この十五年間ずっと騙されていたと知り、私に対してさぞや失望しているだろう。

「そのことによっておれはある人物から脅されているんだ」

「金を強請《ゆす》られてるってことか？」落合が絞り出すように訊いた。

「ちがう。ある人物を……ふたりの人間を殺せと脅されていたんだ」

落合が目を見開いた。

「殺せって……おまえの言ってることが本当だとしたら、たしかに他人に成り代わるのは犯罪かもしれないが……だけど、そんなことでどうしてそこまで理不尽な要求をされなきゃいけないんだ」

「それをしなければ帆花に危害を加えると、帆花を殺すと……」

「警察に相談すればいいじゃねえか」

「できないんだ！」

「どうして」

「そのひとりが殺されてしまったからだ」

落合が絶句した。

「その男は一昨日の夜岡山で殺された。ナイフで刺されて。おれはその男が殺される直前まで一緒にいた」

「どうしておまえが岡山に……」

「そのときのおれはまともじゃなかった。殺すつもりなんかなかったが、帆花に危害を加えると脅されて……」

「それで岡山までその男に会いに行ったのか？」

「そうだ。だけど、おれはやってない。信じてくれるか？」私は祈る思いで訊いた。

「ああ、信じるよ。おまえに人なんか殺せるわけがねえ。そんなことは誰よりもおれがわかってる。だけど、それならばなおさら警察に……」

「その男を刺したナイフにおれの指紋がついてる。それが本当のことかどうかわからないが、もしそうであったとしたら、おれは間違いなく逮捕されるだろう。殺された男と直前まで一緒にいたのは事実だ。それにおれは自分の身分を偽って生きてきた。そんな人間の言うことを警察が信じてくれるかどうかわからない。おれを脅している人間は、もうひとりの男の命を奪おうとしている。おれがそれをやらなければ帆花を殺すと」

「まさかそんなことをするつもりは……」

「ああ。だけどここにいるわけにはいかない。もうすぐ警察がおれのもとにやってくる」

「どういうことだ」

「おれを脅している相手は、警察におれがここにいることを伝えたそうだ。すぐにでもやってきておれの指紋を照合するだろう。その男を刺したナイフについていた指紋だとなれば、おれは殺人事件の容疑者になる」

「これからどうするんだ」落合が切迫した表情で訊いた。

「正直なところ、これからどうすればいいのかまったくわからない。ひとつだけ言えるのは、おれは警察から逃げながらそいつを見つけるしかないってことだ。おれを脅して、人を殺してその罪をおれにかぶせたやつを」

「おれにできることはあるか」

「帆花や香のそばにいてやることができない。ふたりを守ってほしい」

「香さんはそのことは？」

「さっき電話をしたけどつながらなかった。すぐに警察に行くようにメッセージを残したが……今どこにいるかわからない」

「わかった。これから店の人間でふたりを捜す」

「相手は人殺しだ。気をつけてくれ」

「ああ、わかった。それにしても……」落合がそう言って辛そうに顔を伏せた。

「なあ、オーナー」

私が呼びかけると、落合が顔を上げた。

「すまない」

落合に一番伝えなければならない言葉を吐き出した。

殺人を犯した人間が経営者として働いていたということになれば、店を続けていくことも難しくなってしまうかもしれない。

人を殺してはいないというものの、すべては身から出た錆《さび》だ。一緒に店を始めてしまったことで、落合の信用も大きく傷つけてしまうことになった。

「もう行くよ。ふたりのことを頼む」

私は落合に託すとカウンターを出た。店を出る前に落合に呼び止められた。

「気をつけろよ」落合がそう言って唇を引き結んだ。

「オーナーも」

落合の苦渋に満ちた顔を見ているのが辛くなり、酒棚の上に掲げられた『ＨＥＡＴＨ』の看板を一瞥して店を出た。

あの看板を掲げたときにはすべてが輝いているように思えていた。それまでの薄汚れた人生をすべて清算できるのだと、希望に胸を膨らませていた。

すべてはおぞましい約束の上に成り立っていた希望でしかなかったというのに。

川越駅に向かいながらこれからどうするべきか考えた。

どれだけ煩悶を繰り返しても、最後に行き着くのはやつの言葉だった。

あなたは私との約束を果たすより他に道はないんです――

やつは私のことを嘲笑っている。私を苦しめて楽しんでいるのだ。門倉を殺し、その罪を私に着せて、さらに飯山を殺させて、私を死刑にしようとしている。すべては私をいたぶるためだ。

そのためにやつは巧妙な準備をしている。私の指紋がついた刃物を手に入れ、私にスマートフォンを送りつけて飯山がどこにいるのかという――

そこでひとつの疑問が湧き上がってきた。

私はポケットからスマートフォンを取り出した。画面に表示されている星マークをタップすると地図が出てきた。

飯山は先ほどと同じく宇都宮市の中心部にいるようだ。

このGPSは飯山が持っている携帯だろうか。だが、やつはどうやってそれを仕掛けることができたのだろう。

やつは飯山と何らかの関わりのある人物ではないか。もしくはやつの協力者がそうなのかもしれない。いずれにしても、飯山と接触を持つ人物でなければGPSを仕掛けることはできないだろう。

私はそこまで考えると駅前のATMコーナーに入った。キャッシュカードとクレジットカードで引き出せるだけの金を手にすると、宇都宮に向かうために駅の改札を抜けた。

午後八時前に宇都宮駅にたどり着いた。

駅から出るとスマートフォンを取り出して地図を表示させた。駅から一キロほど離れた場所を指し示している。

私は駅から延びる大通りを歩いて地図が指し示す場所に向かった。そこにはデパートと大型のショッピングセンターが並んでいた。

私はとりあえずデパートに入って飯山を捜すことにした。

早く飯山を見つけて、誰にGPSを仕掛けられたのかを確認しなければならない。

だが、それから一時間近く捜したが飯山らしい人物を見つけることはできなかった。デパートもショッピングセンターもたくさんの人がいて、その中から一度も会ったことがない人物を捜すというのは思いのほか困難だった。

この近くに、私のすぐそばにいるはずだ。そんな思いで捜し回っている間に、地図上に動きがあった。飯山を示す矢印が駅のほうに向かっている。

私はすぐにエスカレーターを駆け下りてショッピングセンターから出た。スマートフォンに目を向けながら、先ほど来た大通りを駅に向かって走っていく。

大通り一丁目の一角で矢印が止まっている。その場所にたどり着くといくつかの小さなビルが立ち並んでいた。

　これらのビルのどこかに入ったのだろう。ビルにはいくつかの飲食店やマッサージ店やネットカフェなどがテナントとして入っている。

　どこにいるのか思案して、ここでしばらく待つことにした。地図上に動きがあったときに出てきたのが飯山ということだろう。

　私はあまり目立たないように自動販売機の陰に隠れるようにして、地図が指し示す場所にあるいくつかのビルの出入り口に意識を集中させた。


　午後十一時を過ぎても地図上に動きはなかった。

　飯山は手前のビルの七階と八階にあるネットカフェにいるのではないか。

　私はそう確信するとネットカフェが入っているビルに向かった。エレベーターに乗って受付がある七階で降りた。

「いらっしゃいませ。何時間のご利用ですか」

　受付に行くと若い女性が声をかけてきた。

「八時間のパックで」私はポケットから財布を出した。

「当店のカードはお持ちですか」

「いや」

「それではお作りしますので身分証明書をお願いします」

女性の言葉に、私はためらった。

「身分証明書が必要ですか？」

「ええ。申し訳ありませんが、当店では免許証か保険証かパスポートなどのご提示が必要です」

向井聡という名前が知られるということだ。ここにいる間に私の名前がニュースに出てしまうことはないだろうか。

外で飯山が出るのを待ったほうが安全かもしれないが、この時間になればここで夜を明かすとも考えられる。

私はしかたなく免許証を差し出した。

「どの個室にしましょうか」女性が店内の見取り図を手で示した。

受付が見える場所でなければ飯山が店を出たときに確認できない。

受付から近い個室を頼むととりあえず店内を歩き回った。七階と八階で百五十近い個室がある。どちらのフロアにも本棚にぎっしりと漫画が並べられている。個室から出ている人が何人かいたが、飯山らしい男はいなかった。

私は七階に戻って個室に入ると、受付を覗き見ることができる程度の隙間を残してドアを閉めた。

イヤホンをすると目の前のテレビをつけた。門倉殺害事件のその後が気になっている。ニュース番組にチャンネルを替えると、ちょうど門倉の事件のことを報じていた。

「岡山市内の公園で門倉利光さんが刺殺体で発見された事件で岡山県警は、門倉さん殺害の容疑者として四十三歳の男を手配したとして、男の行方を追っているとのことです——」

その言葉に、心臓が波打った。

名前こそ出ていなかったが、容疑者となった四十三歳の男というのは高藤文也のことだろう。

やつのはったりなどではなく、門倉を刺した刃物には私の指紋がついていたのだ。

いったいどうやってやつはそんなものを手に入れたのだろう。

必死に考えを巡らせたが、店のカウンターで使っているナイフ以外に私の指紋がついた刃物というものが思い浮かばない。

どこかで採取した私の指紋をナイフの柄につけることなどできるだろうか。もしそういうことができるのだとしたら、そんなものは何の証拠にもならない。

警察はすでに私の店や家に行っているだろうか。

私と高藤文也の指紋が同じだと判明するのも時間の問題だろう。

香や帆花はどんなことを思うだろうか。

自分の夫が、自分の父親が、それまで知っていた人間とまったくの別人で、しかも殺人事件の容疑者として逃げていると知ったら——

それを想像しようとするだけで心が激しくかきむしられる。

私はテレビを切ると、何としてでも飯山の姿をとらえようとドアの隙間に目を向けた。


深夜の一時を過ぎようというのにまだ飯山の姿を見つけられずにいる。

私はリクライニングソファに座りながら激しい睡魔と闘っていた。ここ数日、ほとんど寝ていない。さすがに気力も体力も限界に差し掛かっている。

スマートフォンを手に取って地図を表示した。ネットカフェに入る前と変わらない。この場所を指し示している。飯山はこの店のどこかにいる。

終電が終わった時間から店を出ることはないのではないか。

私は個室から出るとフロアを見回した。飯山らしい姿がないのを確認すると受付に向かった。

「公衆電話は置いてありませんか」

受付に訊くと、「店にはありませんが、このビルの前にあります」と言われた。

「電話をかけてきてもいいですか」

「どうぞ」

私は店から出るとエレベーターに乗った。ビルから出て目の前の電話ボックスに入る。

受話器を持ち上げたが、やはり電話などするべきではないと、ボタンに伸ばそうとしていた手を止めた。

警察がすでにやってきていたとしたら、私の関係者にかかってきた電話の内容もすべて調べられる可能性がある。電話番号からこの近くに私がいることを悟られてしまうかもしれない。

そうは思っていても、香と帆花のことが気がかりで胸が押しつぶされそうだ。

私は電話ボックスから出るとあたりに目を向けた。自販機とその横にごみ箱があるのを見つけて近づいた。やつから渡されたスマートフォンを取り出すと、少しだけの間やつから連絡がないことを祈りながらごみ箱に入れた。すぐに目の前の道路でタクシーを拾った。

「石橋駅まで行ってください」

宇都宮からふたつ離れた駅を告げると車が走りだした。

石橋駅前でタクシーを降りると近くにある電話ボックスに向かった。

携帯を取り出して電源を入れる。落合の携帯番号を頭に叩き込むとすぐに電源を切って公衆電話をかけた。

コール音が続くが、なかなか電話に出ない。もしかしたら警察が近くにいて出られない状況なのかと思い始めたときに電話がつながった。

「もしもし……」

警戒するような落合の声が聞こえたが、すぐには言葉が出てこなかった。

「向井か？」

しばらくの沈黙の後、探るように落合が言った。

それでもまだ声を発せずにいる。

「大丈夫だ。ここに警察はいない。向井なんだろう？」

「ああ……」私はようやく声を絞り出した。

「待たせちまってすまなかった。香さんたちの前で電話に出るのはためらわれたから、部屋から出てきた」

「おれの家にいるのか？」

「そうだ。さっき警察から帰ってきたところだ」

私は落胆の溜め息をついた。

「やはり警察が来たのか……」

「おまえが店を出ていった後、すぐに香さんから連絡があった。家に変な写真が置いてあってわけのわからないメッセージが書かれていたって。いくらおまえに連絡してもつながらないと心配してかけてきたんだ」

警察から出たときにはすでに私の携帯は電源を切っていた。

「すぐにおまえの家に行った。香さんにおまえから聞いた話をすると、信じられないと半狂乱になった。それからしばらくして警察が訪ねてきた」

「それで……」

「警察は香さんにおまえのことをいろいろ訊いていた。最初は穏やかな雰囲気だったが、部屋に置いてあった写真を見つけて警察の態度が急に変わった。香さんに一昨日起きた殺人事件の話をして、指紋を確認したいからとおまえの私物や写真なんかを持っていってしまった」

指紋の照合にどれぐらいの時間がかかるだろう。それほど時間はかからないのではないかと思った。

「それからおれも香さんも警察に連れて行かれた。おれはおまえから聞いた話を警察に話した。それでよかったのか？」

「ああ。警察は信じていたか？」

「そこまではわからない。本当に……本当にあの写真の男がおまえだというのか？」落合が信じられないという口調で訊いてきた。

「そうだ。新しい戸籍を買ったすぐ後に整形手術を受けた。香たちは？」

「激しいショックを受けてる。事情を説明して警察で保護してほしいと言ったが、香さんが拒絶した。おれが言ったこと……おまえから聞いたことはすべて嘘っぱちだと。そんな馬鹿なことあるはずがないと。二十三年前に卑劣なことをして捕まった高藤という男とおまえが同じ人物であるはずがないって。おまえの帰りを待たなきゃいけないから家に戻ると頑《かたく》なに言って……」

落合の言葉を聞きながら、胸が締めつけられるように苦しくなった。

「香さんに代わるか？」落合が訊いた。

「いや……」

こんな状況で香と何を話していいかわからない。

「しばらくふたりのそばにいてくれるか」私は言った。

「そのつもりだ。おれひとりでは不安だから公平も連れてきている。解決するまでふたりで香さんと帆花ちゃんを見守るつもりだ」

「よろしく頼む」

私は電話を切り、朦朧とした意識でタクシー乗り場に向かった。タクシーに乗り込み、運転手にネットカフェの場所を告げた。

ビルの前でタクシーを降りると自販機の横のごみ箱からスマートフォンを回収した。幸いやつからの着信はなかったようだ。

ネットカフェに戻り、眠気覚ましのコーヒーを淹《い》れるためにドリンクバーに行った。あたりに目を向けると、何人かが個室から出て漫画を選んでいる。ふと、奥の個室のドアが開くのが見えた。個室の前に置いたスリッパを履いて、私がいるほうに向かってくる。五十歳前後の中年の男だ。

その顔を見て心臓が跳ね上がりそうになった。

飯山賢治だ――

飯山は私の横をすり抜けてドリンクバーに向かった。カップを手に取ってコーヒーを淹れている。私はその背中に近づいた。

「飯山賢治さんですよね」

私が声をかけると、飯山の肩がびくっと震えた。

「いえ」飯山がこちらを振り返らずに言った。

「あなたにどうしても話したいことがあるんです。あなたにとって大切な話です。だけどここでできるような話じゃない。どこか人のいないところで……」

私がそう言って肩をつかむと、飯山がこちらを振り返った。手に持っていた何かを私の顔に向ける。

「殺されてたまるか」

飯山が言った瞬間、顔中の皮膚に焼けるような激痛が走った。

目玉を針で突き刺されたような痛みに耐えきれずに私はその場に崩れた。床を転げ回りながら身悶えた。

初めて経験する痛みだったが、催涙スプレーをかけられたのだとすぐにわかった。

私はあなたの敵じゃない。あなたを殺すつもりなんかない。話をさせてくれ——

そう訴えようとしたが、激しい咳《せき》と、絶え間なく流れる鼻水で呼吸をするのもままならない。

痛みで目を開けることもできず、飯山がどこにいるかもわからない。

真っ暗な視界の中でさまざまな音が交錯する。咳《せ》き込む音や、ドアが開いて駆けだしていく足音が耳もとで響いた。

何だ——

いったいどうしたんだ――

何があった――！

さまざまな悲鳴や怒号が私のまわりに充満している。

さっきいた男がスプレーを吹きかけて階段から逃げた――

私は痛みに耐えながら薄目を開けた。滲んだ視界の中で階段に向かって駆けだしていく人の群れが見えた。受付では従業員が受話器に向かって何かをわめいている。警察に通報しているようだ。

ここにいてはいけないと、混濁した思考の中でそれだけは認識できた。

私はドリンクバーの棚に手を添えて何とか立ち上がった。水を出して片手ですくうと目を洗った。痛みはまったく治まらないが少しだけ視力が回復した。

他の者に続いて階段を下りようとしたが、ふと思い立って足を止めた。ふたたび異臭がたちこめる七階に戻り、壁に手をつきながら飯山が出てきた個室に向かった。

個室の前に黒い革靴が残されていた。靴に履き替える間もなくこの場から逃げたのだろう。

私はドアを開けた。リクライニングチェアの脇にデイパックがある。飯山の私物はそれだけのようだ。

私はデイパックを持つと個室を出て階段に向かった。

早くこのビルから出なければならないが、視界があまりきかないので慎重な足取りで階段を下りなければならない。

何とか一階にたどり着いてビルから出ると、歩道は人であふれていた。多くの人が歩道に座って咳き込んでいたり、手で目を押さえたりしている。何があったのかわからずわめき散らしている者もいれば、泣いている者もいた。そんな異様な光景に、道を歩いていた人までもが何があったのかと集まってきた。遠くからサイレンの音が聞こえてくる。

「いったいどうしたんですか？」

会社員風の男が興味深そうに私に近づいてきて訊ねた。

「さあ……この近くに公園はありませんか」

「そこのコンビニの横を入ってしばらく行くとありますよ」会社員風の男が指をさして言った。

「ありがとうございます」

私は礼を言うと、人波をかき分けるようにしてその場を離れた。

公園に入るとすぐに水道を探した。寒風が吹きつける中で何度も冷たい水で顔と目を洗った。

少しばかり痛みがひくと、ポケットからスマートフォンを取り出した。

地図を表示させて飯山がどこに逃げたのかを確認した。だが、地図上に動きはなかった。先ほどまでいた場所を指し示したままだ。

どういうことだ。やつが仕掛けたGPSは今現在飯山が持っているものの中にも、私が個室から持ち去ったものの中にもないというのか。

いったい飯山が持っている何にGPSを仕掛けたというのだ。

しばらく考えて、ひとつのものに思い至った。

靴ではないか――

そうであるなら、もう飯山を追うことはできない。誰にGPSを仕掛けられたのかを訊くことができなくなってしまったということだ。

その場に崩れそうになったが、何とかこらえてベンチに向かった。

まだすべての手がかりが途絶えたわけではない。靴を与える、もしくは飯山が持っている靴に細工できる人物はかぎられるはずだ。

個室から持ち去ったデイパックの中にその手がかりがあるかもしれない。

私はベンチに座るとデイパックを開けて中に入っているものを調べていった。だが、入っていたのは衣類だけで飯山の交友関係を窺わせるものは何もない。

ふいにポケットの中のスマートフォンが震えて、私は仰《の》け反《ぞ》りそうになった。

やつからだ――

「もしもし……」私は気を取り直して電話に出た。

「どうして飯山のそばを離れたんですか？」

その言葉で、やつが私と飯山の両方の居場所を把握しているのを確信した。

「ついさっきまで飯山と一緒にいたでしょう。場所的に言うと大通り一丁目にあるビルですね。飯山を殺して逃げたんですか？」

「飯山に……」

催涙スプレーをかけられて逃げられた――そう言おうとして、すぐに口をつぐんだ。

飯山に逃げられたうえに、もう追うことができないと知ったら、やつはどうするだろうかと恐れた。私を苦しめることが目的だとすれば、次にやつがすることは帆花に危害を加えることではないか。

「やつはネットカフェの中にいる。だけど、部屋がたくさんあってどこにいるのかわからない。ずっと様子を窺っていたが飯山の姿を見つけられない」

私はとっさに嘘をついた。

「個室の中でじっとしているとどうにも眠くなって……」

「外の空気を吸いに出たというわけですか」

「そういうことだ。この時間からあそこを出ていくとは考えづらい。それに出たとしてもすぐにわかる。眠気を覚ましたらネットカフェに戻る」

「大変ですね。ここ数日、あなたにとっては気が休まることのない日々でしょう。心中をお察ししますよ」

機械で加工していてもおかしそうに笑っているのがわかる。

「ですが、もう少しでその苦痛からも解放されるんです。あなたが飯山のすぐそばにいるのは間違いないんです。わたしとの約束を果たしたら、ゆっくりとお休みください」

「警察か拘置所でってことか？」私は皮肉を返した。

「そういうことですかね。まあ、あなたに警察から逃げ続けられるだけのタフさがあるのなら そのかぎりではありませんが。わたしは約束を果たしてもらえればそれでいいのですから。飯山を殺しさえすれば、あなたが警察に捕まろうが一生逃げ回ろうがどちらでもいいんです。いっそのこと昔のように、新しい戸籍を手に入れて、ふたたび顔を整形して、新しい人生を送るという手もあるかもしれませんね」

「本当にそうしていいのか」

「どういうことでしょうか？」やつが訊き返した。

「おまえの本当の目的は飯山を殺すことではなく、おれを苦しめることじゃないのか？　ふたりの人間を殺したという罪を着せて、おれを死刑台に送ること……それがおまえの本当の狙いなんじゃないのか」

「あなたを死刑にするかどうかを決めるのは裁判所です。わたしが関知することではありません。何度も言いますが、わたしはただあのとき交わした約束をきちんと果たしてもらいたいだけです。あなたがそうしてくれれば、それ以上のものは望みません。家族に危害を加えるという形であなたを苦しめるのは、わたしの本意ではありません」

そんな言葉が信用できるか——！

私は喉まで出かかっている言葉を必死に飲み込んだ。

「ただ、あなたが約束を果たせなかったときには、そうせざるを得なくなります。あなたは瀬戸際に立たされているんです。これからの数時間で大切な人を自分の力で守れるかどうかの……これからの数時間があなたにとってのラストチャンスです。飯山はあなたのすぐそばにいる」

その言葉を聞いて、飯山に逃げられてしまったことを告げようかと悩んだ。

「もはやどんな言い訳も許されません」

私の思いを遮るように、やつが言った。

「もし、今日中に飯山が殺されたというニュースが流れないようであれば、あなたに飯山を殺させることはあきらめて、強硬な手段に打って出ることにします」

「強硬な手段……いったいどういうことだ」私は訊いた。

「あなたと、あなたの家族の運命はわたしが握っているということです」

私の居場所を警察に知らせて逮捕させるということだろうか。そして、鎖につながれて身動きのとれない私を嘲笑うように、帆花や香に危害を加えるということか。

このスマートフォンを持っているかぎり居場所は筒抜けだから、たしかに私の運命はやつに握られているということだ。

どうすればいい。スマートフォンの電源をつねに入れておかなければ約束を破ったものとみなすとやつは警告した。

「わかった。必ず約束は果たす」

どうすればいいかわからないまま、私はとりあえず言った。

頭の中で必死に考えを巡らせる。ひとつだけ急場をしのげるかもしれない策がひらめいたが、思いついてすぐに怯んだ。

私にとってとんでもなく危険な行動を伴うものだからだ。しかし、他に方法はない。

「どんなことがあっても飯山を殺す。だから、帆花や香には絶対に危害を加えないとそっちも約束してくれ」私は少しでもやつに信用させようとして言った。

「約束しましょう」

やつは笑いながら答えると、電話を切った。

私はすぐにスマートフォンをポケットにしまった。飯山のデイパックを持つとベンチから立ち上がった。

公園を出てネットカフェが入っているビルに向かう。コンビニを曲がって大通りに出ると、数台のパトカーと救急車の赤色灯が瞬いているのが見えた。ビルの前の歩道は大勢の人であふれている。その中に何人かの制服警官と救急隊員の姿があった。

制服警官の姿を視界にとらえた瞬間、金縛りにあったようにその場から動けなくなった。

時間が経てば経つほど警官の姿は増えていくだろう。現場検証のために店は立ち入り禁止になってしまうかもしれない。行くなら、どさくさにまぎれた今しかない。

大丈夫だ。向井聡という男が指名手配になっていることを、目の前の警官たちはまだ知らないはずだ。

そう思っていても、なかなか足が動いてくれない。

行け、行くんだ――

私は覚悟を決めると靴を脱いでデイパックの中に入れた。靴下のままでビルに向かっていく。

制服警官のひとりが近づいてくる私のほうに視線を向けた。

心臓を鷲づかみにされたような衝撃を覚えたが、瞬時に顔に出さないように努めた。

制服警官は私を気に留めた様子もなく、すぐにそばで泣いている女性に向き直って話し始めた。

私は人波をかき分けるようにしてビルに入った。ひんやりとしたリノリウムの床を踏みしめながら階段を上っていく。七階まで上ってネットカフェのフロアに入った。先ほどまでたちこめていた異臭はかなり治まっていた。

受付のほうに目を向けると数人の警官が目に入った。従業員たちから話を聞いている。

私は警官たちに注目されないように、素早く壁に身を隠すと飯山がいた個室に向かった。

個室の前に黒い革靴があった。急いで履こうとしたがサイズが小さくて足が入らない。個室のドアを開けるとその場に座って靴ひもを緩めた。革を手で広げながら何とか足を入れようとする。

「どうされましたか?」

その声に顔を向けた私はぎょっとした。

目の前に年配の警官が立っていて、私を見下ろしている。

「い、いや……慌てて逃げ出したものですから、靴を履き忘れてしまって」私はとっさに顔を伏せて言った。

「災難でしたね」

「まったくです。いったい何なんですかね」私は憤然とした口ぶりで言った。

「少しお話を伺わせてもらえますか」

「ええ」

私は何とか靴を履くと、手で目もとを押さえるようにしながらかすかに顔を上げた。

「何者かが催涙スプレーをまき散らしたみたいなんですが、その人物を見ませんでしたか？」警官が訊いた。

「催涙スプレー……どうりで。すごく目が痛くて……」

私は警官に顔を見られないように、せわしなく両手で目もとをこすった。

「個室にいたので誰がやったのかは見ていません。個室にいたらまわりの悲鳴とともに目が痛くなって、気分も悪くなって……それで慌てて逃げ出したんです」

「大丈夫ですか？　順次救急車が到着しますので、下までお連れしましょう」警官が心配するように私の肩に手を添えてきた。

「ひとりで大丈夫です。それよりも早く犯人を捕まえてください。下にもたくさん人がいましたからきっと誰かが目撃しているでしょう」

「ええ、全力を尽くします」

私はかすかに頷くと、足の痛みに耐えながら立ち上がった。

「お大事になさってください」

警官の声を聞きながら、はやる気持ちで階段に向かった。

フロアを出て警官の視線を感じなくなると思わず重い溜め息が漏れた。

私は階段を下りてビルから出ると、足早に先ほどの公園に向かった。

公園に入るとスマートフォンを取り出し、電源を切るとふたたびポケットに入れた。

これでやつの目を欺くことができるだろうか――

公園の公衆トイレに入ると、便器に座ってきつい革靴を脱いだ。すぐにコートのポケットからペティナイフを取り出した。

ナイフを突き立てて革靴の底を剝《は》がしていく。だが、特に何かが仕掛けられている様子はない。もう一方の靴を手に取ると同様に底を剝がしていった。その間もけたたましく鳴り響くサイレンの音に焦燥感を煽られている。

警察は殺人事件の容疑者があそこにいたことに気づくだろうか。

今は催涙スプレーをまき散らした男の捜査に奔走しているだろうが、私があそこにいたことに気づくのも時間の問題かもしれない。

あのネットカフェを利用するためには身分証明書の提示が必要だから、警察はその中から犯人を割り出そうとするだろう。受付をするときに、私の免許証のコピーもとられている。

靴底を剝がすと先ほどとはちがうものが目に入った。内側が空洞になっていて何かが入っている。

私はそれをつまみ上げた。使い捨てライターほどのプラスチックのケースだ。

これがGPSだろう——

私はGPSとナイフをポケットに入れると、自分の靴に履き替えてトイレから出た。


郡山駅に降り立つと、私は高速バスの乗り場に向かった。

これから仙台に向かわなければならない。

飯山の居場所を知ることができなくなった今、誰にGPSを仕掛けられたのかを探る手がかりはひとりしかいない。

昨日、飯山の部屋の前で私に声をかけてきた池内幸江という同僚の女性だ。

宇都宮から仙台まで新幹線ならば一時間ほどで着く。だが、始発まで宇都宮駅周辺にいるのは危険だと感じた。

私が高藤文也であることを警察がすでに確認したかもしれないし、全国の警察署に私の現在の姿が行き渡っているかもしれない。

　公園から出るとタクシーを拾って宇都宮から四駅目の烏山線の仁井田駅の周辺で降りた。そこから朝まで歩いて宇都宮線の片岡駅まで行き、電車に乗った。

　こんなことをしてどれほど警察を攪乱《かくらん》できるかと不安だったが、ここまでは捜査の網に引っかからないでいる。このまま電車で仙台に行くことはできたが、ある考えがあって郡山から高速バスに乗ることにした。

　私は仙台行きの高速バスに乗り込むと、一番後ろの席に向かった。

　バスが発車すると、私は自分の携帯を取り出した。携帯を見つめながらしばらく逡巡する。

　公園でスマートフォンの電源を切ってから、やつはずっと私の居場所を把握することができずに苛立っているだろう。

　やつは私の携帯の番号を知っているだろうか。

　もし知っているとすれば、私と話す手段としてこの携帯に電話をかけてくるのではないか。

　昨夜公園でひらめいた策は、私にとって危険な賭けだった。

　警官がたくさんいるであろうネットカフェにふたたび戻って飯山の靴を手に入れることもそうだし、もしやつが私の携帯の番号を知らず電話をかけてくることができなければ、やつは私が約束を果たさずに裏切ったとみなすだろう。

そうなれば、やつの目的は私に飯山を殺させることから、帆花や香に危害を加えることに移されるにちがいない。

それに、やつからの連絡を待つためにこの携帯の電源を入れるということは、警察に私がいる場所を知られてしまうことにもなるのだ。

警察が得られる携帯の位置情報がどれほどの精度かわからないが、このバスを特定することまではできないのではないかと考えた。そう自分を納得させるしかないし、今の私には他に選択の余地などない。

私は携帯の電源を入れるとズボンのポケットに入れた。

窓外に目を向けて、ひりひりするような時間をひたすら嚙み締めた。

ポケットの中の振動に、私は息を吞んですぐに携帯を取り出した。『非通知』からの着信だ。

やつからだろうか——

私は席を立ってトイレに入ると急いで電話に出た。

「わたしを裏切ろうというんですか——」

耳もとに機械で加工された奇異な声が響いた。

やつだ――

「裏切ってなどいない」私は言った。

「昨夜から何度かけてもあなたは電話に出なかった。わたしがあげたスマートフォンを捨てたか、電源を切ったのでしょう。わたしに自分の居場所を知られたくないから。なかなかいい度胸をしていますね」

「そうじゃない！　事情があったんだ」

「事情？」

「ああ。おれはあの後ネットカフェに戻ってずっと飯山が姿を現すのを待っていたんだ。それでようやく飯山がいる個室がわかった。おれは飯山を殺すために個室に入ったが、そのときに催涙スプレーを吹きかけられてしまったんだ」

「催涙スプレー？」

「そうだ。飯山はその騒ぎに乗じてネットカフェから逃げてしまった。スマートフォンの地図を頼りに近くにある公園で飯山を見つけた。おれは何とか飯山を殺そうとしたが、やつもそばにあった鉄パイプのようなもので反撃してきた。催涙スプレーをかけられたばかりでおれもまともにやり合えなかった。さんざん殴られて……そのせいでスマートフォンが壊されたんだ。それに飯山にも逃げられてしまった」私は必死に訴えかけた。

「本当ですかね」

疑っているようだ。

「嘘じゃない。ニュースを見ればきっとそのことが報じられているはずだ。宇都宮にあるネットカフェでそういう事件があったと」

それからしばらく無言になった。おそらくテレビかネットで調べているのだろう。

「たしかに……そういう事件があったみたいですね」

「そうだろう。電話に出られなければおまえに裏切ったと思われてしまうから、こっちも警察に居場所を知られる危険を冒して自分の携帯の電源を入れたんだ」

「よく、わたしがあなたの携帯の番号を知っていると思いましたね」

「おまえならそれぐらい調べているだろうと思った」

「それにしても、厄介なことになってしまいましたね」やつが少し間を置いて言った。

「そうだな」

「あなたに襲われたとなったら、飯山は警察に駆け込んでいるかもしれない」

「そうかもしれないな。飯山は今どこにいるんだ。おまえならわかるだろう」

「福島にいますよ。二本松市というところです。どうやら車で移動しているみたいですね」

しばらくするとやつが答えた。

「警察には行ってないってことだな」

「そんな事件を起こして躊躇《ちゅうちょ》しているのかもしれませんね。襲われたと主張したとしても、飯山には凶悪犯罪を起こした前科がありますから」

「まだチャンスは残されてるってことだな」

「しかし、かなり難しい状況になってしまいましたよ。飯山はそうとう警戒していることでしょう。しかもスマートフォンを壊してしまったから飯山の居場所もわからない」

「次に飯山を見つけることができたら何とかできる。あのときはまさか催涙スプレーをかけられるとは思ってなかったから少しの隙があった。今度は絶対に……」

「あなたは飯山に顔を見られたのでしょう。ふたたび近づいて殺すことなどできるんでしょうか」

「それは大丈夫だ。おれもかなりの変装をしていたから」

「どういう心境の変化か……ずいぶんとやる気になられているようですね」やつが探るように言った。

「飯山を殺すという約束を果たせばそれでいいんだろう。おれは大切な家族を守りたいだけだ。だからといって、刑務所に入れられる気も、ましてや死刑にされる気もない。おまえが言った通り、新しい人間に成り代わって警察から逃げ延びる。それでもいいと言ったよな？」

「ええ」

「おれは必ずおまえとの約束を果たす。必ず飯山を殺してみせる——」

そのつもりは毛頭ないが、やつの正体を暴くまでの時間稼ぎのために言った。

「この携帯の電源を入れっぱなしにしておくわけにはいかない。公衆電話から定期的におまえに連絡を入れるから、その都度飯山の居場所を教えてくれ」

「何だかまどろっこしいですね」

やつの笑い声が響いた。

「しかたないだろう。他に方法があるのか」私は言った。

「あなたは今どこにいるんですか」

「宇都宮から少し離れたところにいる」

「それでは定期的に連絡をください。飯山の居場所をお知らせしましょう」

やつが告げた携帯番号を頭に叩き込んだ。

「ああ。状況が許すときに連絡する。何ていったって、おれは警察に追われている身だからな」

「そうですね。警察に捕まらないことを優先してください。あなたには約束を果たしてもらわなければなりませんから」

「切るぞ」

私は電話を切ると、携帯の電源をオフにした。


バスから降りると、私は駅前のロータリーからすぐに離れた。

駅周辺には特に警官の姿が多いだろうと思ったからだ。

人にまぎれるようにして繁華街のほうに足を向けた。狭い路地に公衆電話を見つけた。近づいていくと受話器を持ち上げて電話をかけた。

「もしもし――」

やつが電話に出た。

「おれだ……飯山は今どこにいるんだ?」私は訊いた。

「仙台にいますね。仙台駅の周辺です」

「仙台? いったいどういうことなんだ……戻っていったということか」私はしらばくれて言った。

「そういうことのようですね。馴染みの街にいたほうが安全だと考えたのかもしれません。もしくは知人か誰かを頼るためか……」

「わかった。これから仙台に向かう。仙台に着いたらまた連絡する」

「どれぐらいかかりそうですか」やつが訊いた。

「新幹線で行けば一時間ちょっとだろうが抵抗がある。警察はすでにおれが高藤であるということと、現在のおれの顔を知っているだろう」

「ニュースを観たところ、まだそのことは報道されていません」

「時間の問題だろう」

「そうですね」

「なるべく目立たないような形で仙台に行く。仙台に着いたらまた連絡する」私は電話を切るとその場を離れた。

少し行ったところからタクシーに乗った。

「どちらまで？」

運転手に訊かれて、飯山が働いていたガソリンスタンドの近くを告げた。

タクシーが走りだすと、私は激しい疲労感に目を閉じた。

今日、池内幸江が勤務していることを心の中で願っている。

彼女はどれくらい飯山の人間関係を知っているだろうか。飯山にあの靴を与えた人物に心当たりがあればいいのだが。

もっとも、私が一番に望んでいるのは、幸江がすでに飯山と連絡を取り合えていることだった。そうであれば、飯山にあの靴を与えた人物が門倉を殺したと伝えることができる。私を脅し続けているやつの手がかりもつかめるということだ。

「今日未明、宇都宮市内のネットカフェで異臭騒ぎがありました……」

ラジオから流れる声に、私は我に返って目を開けた。

「ネットカフェの店内で男が催涙スプレーを噴射して逃走、その場にいた従業員や客など三十四人が目や喉に痛みを訴え、うち十二人が病院に運ばれました。目撃証言から犯人の男は五十歳ぐらいで身長約百六十五センチ。警察は傷害の容疑で逃げた男の行方を追っています」

「ぶっそうな世の中だよなあ」

運転手が呟いたが、私は言葉を返せずにいた。

ニュースを聞いているうちに、今まで考えていなかった事柄に目を向けさせられた。

催涙スプレーを噴射した犯人が飯山であると判明するのも時間の問題ではないか。

あのネットカフェを利用している客の身分証明書は控えられている。あの時間帯にいた客の身元を調べ、目撃者の証言と照らし合わせれば、飯山が犯人であると容易にわかるはずだ。

もし飯山が警察に捕まるか、もしくは自ら出頭するようなことになれば、やつを欺くために仕組んだこの策は使えなくなってしまう。

そればかりか、私がGPSを持ったまま行動しているときに飯山が捕まり、それを報道などでやつが知れば、自分が騙されていたことに気づいてしまう。

「次のニュースです……岡山市内の公園で門倉利光さんが殺害された事件で岡山県警は容疑者の男の名前を公表しました」

私は思わず身を乗り出した。

「……高藤文也四十三歳で、高藤は十数年ほど前から向井聡という偽名を使い、顔を整形して、埼玉県内で生活し、妻子もいます。高藤は昨日の夕方頃から行方がわからなくなっており、警察は全力を挙げて行方を追っています――」

私は唇を嚙み締めながらそのニュースを聞いた。

自分が捕まらないよう慎重に行動するだけでなく、飯山が警察に捕まっていないかどうかも逐一確認する必要がある。そして飯山が警察に捕まる前に必ずやつの正体にたどり着かなければならない。

私に残された時間はあとどれくらいあるだろうか。

国道沿いにある大型のディスカウントショップが目に入った。

「ここで停めてください」

ガソリンスタンドまではまだかなり距離があるが、私は運転手に告げた。

タクシーを降りるとまっすぐディスカウントショップに向かった。店内に入りフロアを回って変装に使う眼鏡と携帯ラジオを買った。

飯山が警察に捕まっていないかどうか、ニュースをチェックしなければならない。

トイレに入って眼鏡をかけ、ラジオのイヤホンを耳につけた。店を出るとそのままガソリンスタンドまで歩いていく。

ガソリンスタンドにたどり着いてさりげなく見回してみたが、幸江の姿はなかった。併設されているコーヒーショップに入ったが、こちらにも幸江はいない。

私はカウンターでコーヒーを買うと、店内でしばらく様子を窺おうと窓際の席に座った。

幸江が出勤していないとすれば、これからどうすればいいだろうか。

私は朦朧となりそうな意識をコーヒーで呼び覚ましながら考えた。

他の従業員にいきなり彼女の電話番号を訊ねても、きっと教えてはくれないだろう。だからといって、彼女が出勤するまでここに留まっているわけにはいかない。

飯山に関することで大切な話があると他の従業員から連絡を入れてもらえば、彼女は私に会いにやってくるのではないか。

私はイヤホンを耳から外すと席を立った。従業員がいるカウンターに向かおうとしたときにそばにあったドアが開いた。そちらに目を向けると、制服を着た年配の女性がトイレから出てきた。

幸江だ——

「こんにちは」

私に気づかず通り過ぎていく彼女に呼びかけると、幸江が振り返った。

眼鏡をかけているせいか、私のことがわからないようだ。

「あの……昨日、飯山さんの部屋の前でお会いした……」

そこまで言うと、幸江はようやく私に気づいたようで、「ああ——あのときのかたですね」と大きく頷いた。

「あれから飯山さんとは連絡が取れたでしょうか」私は訊いた。

「いえ……寮にも戻っていません。何度も連絡をしているんですが、携帯の電源を切っているみたいで……」

その返答を聞いて、落胆が胸にこみ上げてくる。

「そうですか」

「あの……」

幸江がそう言いながら、何と呼べばいいだろうというしぐさで私のほうに手を向けた。

「昨日は名乗りもせずに失礼しました。佐藤《さとう》です」私は言った。

「佐藤さんも飯山さんとは？」

「ええ。連絡がつかないでいます」

「そうですか……いったいどうしてしまったんでしょうか。本当に心配で……」幸江が重い溜め息を漏らした。

「飯山さんのことについてお話ししたいので、少しお時間をいただけないでしょうか。とても大切なお話です」

私が言うと、幸江がさらに深刻そうな表情になって、腕時計に目を向けた。

「あと二時間ほどで仕事が終わります。それまでお待ちいただけますか？」すぐに私に向き直って言った。

「ええ。この近くに公園などはないでしょうか」

そう言うと、私に向けた幸江の眼差しに訝しさが滲んだ。

どこまで彼女に話すべきかまだ考えていないが、まわりに人がいないほうがいい。

「この国道を少し行くと郵便局があるんですが、その裏手に公園があります」

私の真意を汲《く》み取ったというように幸江が答えた。

「では、そこでお待ちしています」

不安そうにこちらを見つめる幸江に頷きかけて、私はその場を離れた。

公園に入ってくる幸江に気づいて、私はベンチから立ち上がった。

「寒い中、こんなところにお呼び出ししてすみません」私は頭を下げた。

「いいえ、お気になさらないでください」

幸江はそう言って首を横に振ったが、心の中には大きな不安が渦巻いているのだろう。

「飯山さんのことで大切なお話とのことですけど……」

ベンチに隣り合わせて座ると、幸江が切り出した。

「ええ」

まっすぐ幸江から見つめられ、私は少し視線をそらした。

どこから話を切り出していいのかまだ決めかねている。

「そのお話をする前に、わたしのほうから飯山さんのことについて少しお訊きしていいでしようか」

「はい」幸江が頷いた。

「飯山さんとはかなり親しくされてらっしゃるんですか」

私が訊くと、幸江は少し動揺したような表情になった。

「かなり親しいというわけではないと思います。飯山さんとは一年ほどの付き合いです。あっ、付き合いといっても仕事の同僚という意味ですけど。一年ほど前に飯山さんがあそこで働き始めて……」

「そうでしたか。池内さんの心配ぶりから、飯山さんとかなり親しくされていたのかと感じていたので」

「職場の中ではわたしが一番親しかったのかもしれませんね。飯山さんは無口で、職場でもほとんど人付き合いをしないかたですから。そういうわたしも、飯山さんとお話しするようになったのはここ三ヶ月ほどです」

「そうなんですか？」

「ええ。三ヶ月ほど前のことなんですが、暴漢に襲われたことがありまして」

「暴漢？」

意外な言葉に、私は首をひねった。

「仕事からの帰り道に男からナイフを突きつけられて……金を出せと脅されて、持っていたハンドバッグをひったくられたんです。たまたま通りかかった飯山さんが犯人を追いかけて取り押さえてくれたんです。飯山さんはそのときにナイフで脇腹を刺されてしまって、十日ほど入院することになってしまいました。そういうことがありまして、それから……」

そういうことがあったのか。単なる同僚に寄せる心配だけとは思えない幸江の態度に納得した。

「他に飯山さんと親しくされていたかたをご存じありませんか？　職場以外のかたであっても」

私が問いかけると、幸江が小さく首を横に振った。

「いえ……よくわかりません。入院していたときも、わたし以外に誰かお見舞いに来ている様子もありませんでしたし」

「飯山さんが入院していることを知らなかったのかもしれませんね」

「そうかもしれませんが……テレビのニュースにも飯山さんのことが報じられたぐらいですから、誰かしらお知り合いのかたが訪ねてきてもよさそうなものなのにと、少し不思議に感じていました」

飯山は出所してから、できるかぎり人と親しくならないように生きてきたのではないだろうか。

若い女性を無残に殺した――という過去が露見したときのことを恐れて。

「飯山さんはどなたかから靴をプレゼントしてもらったみたいなんですが、そのかたに心当たりはありませんか」私は訊いた。

「靴ですか？」

いきなり話題が変わって、幸江が戸惑うように訊き返した。

「ええ。黒い革靴なんですが」

「もしかしたらいつも履いてらっしゃる靴ですか」

幸江がわかったと頷いたのを見て、心臓が大きく波打った。

「誰からもらったかご存じですか？」私は思わず身を乗り出した。

「友人からいただいたと聞きました。あの会社で働き始めて一年目の記念にもらったと、嬉しそうに話していました。友人の期待に応えられるように、この靴を履きつぶすぐらい仕事を頑張らなきゃと言ってました」

「何というかたでしょうか？　男性ですか？　女性ですか？　池内さんはそのかたに会ったことはありませんか？」私は矢継ぎ早に問いかけた。

「いえ。わたしはお会いしたこともありませんし、お名前などもわかりません。ただ、昔からの友人だと」

私の勢いにたじろいだように、幸江が首を横に振った。

「そうですか……」

一縷《いちる》の望みが断たれて、私は重い溜め息を漏らした。

「いったいどういうことなんでしょうか？　そのことが飯山さんの大切なお話というものに関係があるのでしょうか？　佐藤さんはどうしてそのようなことをお訊きになるんですか」

幸江が畳みかけるように問いかけてくる。

できれば伏せておきたい話だが、事実をぼかしながら幸江に説明するのは限界だと感じている。

「これからお話しすることは、池内さんにとってはとても信じられないことかもしれませんが……」私はためらいながら切り出した。

「きちんとお話ししてください」

こちらを見つめる幸江の眼差しが強くなった。

「わかりました。池内さんにとってはとても信じがたいことでしょうが、どうかわたしのことを信用して聞いてください。飯山さんはある人物から命を狙われているんです――」

私が告げても、幸江は意味がわからないというようにじっと見つめ返してくるだけだ。

「おっしゃっている意味がよくわからないのですが……」

しばらくして幸江が口を開いた。

「飯山さんはある人物から命を狙われているんです」

私が同じことを言うと、幸江がばかばかしいと笑った。

「そんな……飯山さんが命を狙われるだなんて、そんなこと……」

「いきなりこんなことを話しても、なかなか信じてもらえるとはわたしも思っていません。でも、本当の話なんです。飯山さんは身の危険を感じて、寮から出ていったのでしょう」

「いったい誰が……誰が飯山さんの命を狙っているというのです」幸江がうろたえたように訊いた。

「わかりません。ただ、飯山さんにあの革靴を渡した人物が関係しています」

「わからないって……それならばあなたは……佐藤さんはどうして飯山さんが命を狙われていることを知っているんですか」

「わたしが飯山さんを殺すよう命令されたからです」

私が言うと、こちらを見つめていた幸江の目が大きく見開かれた。次の瞬間、怯えるように私から身を引いて、立ち上がろうとした。

「待ってください！」

私はとっさに幸江の手をつかんだ。

「最後まで話を聞いてください！　飯山さんを助けるにはあなたの力が必要なんです。あなたしかいないんです！」

手を振りほどこうと激しく抵抗する幸江に訴えた。

「飯山さんを殺す気などないから、あなたにこんなことを話しているんです。今のわたしにはあなたしか頼れる人がいない！」

強い口調で言うと、それまで抵抗していた幸江の動きが止まった。

「お願いですから、聞いていただけませんか」

幸江を見つめながら懇願すると、観念したというように頷いた。だが、私に向けた眼差しにはまだ怯えが浮かんでいる。

「わたしはある人物から、飯山さんを殺すように脅されていました。いや、ここまで話したからには正確に言いましょう。飯山さんともうひとり門倉さんという男を殺せと。そうしなければ、わたしの娘に危害を加える……わたしの娘を殺すと」

「それならば……そんな脅しをされているなら警察に相談すればいいじゃないですか」

「わたしにはそれができなかったんです。わたしには警察に行くことをためらう弱みがあったので」

「弱み？」

「ええ、それを話すと長くなるので……ただ、今はどうあがいても警察に行くことができなくなってしまいました。飯山さんの昔の仲間である門倉さんが殺され、わたしはその罪を着せられているんです」

「その罪を着せられてるって……警察から逃げているということですか?」幸江が愕然としたように言った。

「そうです。だけど、わたしは殺してなんかいない」

私はポケットに手を入れてGPSを取り出すと幸江に見せた。

「これはGPSというもので、身に着けているとどこからでも位置がわかるんです。先ほど話をした飯山さんの靴の中にこれが仕掛けられていました。そしてその人物はわたしに飯山さんの位置がわかるように設定されたスマートフォンを送りつけてきました。それを見ながら飯山さんの行方を捜して彼を殺せということです」

「だけど、飯山さんの位置があなたにわかるというなら、どうして昨日あの部屋を訪ねてきたんですか。あのときすでに飯山さんはあそこにいらっしゃらなかったでしょう」

「あのときには飯山さんの身にそんなものが仕掛けられているとは知りませんでした。その人物が飯山さんの部屋の場所を知らせてきたんです」

「そこにいる飯山さんを殺せと?」

幸江の問いに、私は頷いた。

「じゃあ、昨日飯山さんを訪ねてきたのは……」

私を見つめる幸江の眼差しが険しくなった。

「わかりません……人から命令されて殺人を犯したいと思う人間などいません。ただ、あのときのわたしは娘に危害を加えられるのが怖くて……そのことで頭がいっぱいになって……まともな思考ではなかったかもしれない。だけど、今はちがいます。飯山さんを殺す気など毛頭ありません。門倉さんを殺し、その罪をわたしに着せ、飯山さんをわたしに殺させようとしているその人物をどうしても捜し出さなければならない」

私は幸江を見つめ返しながら言った。

「その人物の手がかりは今のところこれしかないんです」

幸江の視線が私から手のひらに載せたGPSに向けられた。

「飯山さんと何とか連絡を取れるように電話をかけ続けていただけませんか。飯山さんと連絡が取れたら、わたしが今話したことを彼に伝えてください。あなたに靴を渡した人物があなたを殺そうとしていると。そして警察に行ってそのことを話してくださいと。そのことをお願いできないでしょうか」

私が頼むと、幸江が小さく頷いた。

「飯山さんと連絡が取れたら、あなたに知らせたほうがいいでしょうか」幸江が訊いた。

「そうしてほしいのはやまやまですが、わたしの携帯は電源を切っていて使えません。申し訳ありませんがあなたの連絡先を教えていただけないでしょうか。公衆電話から定期的にご連絡します」

「わかりました」

幸江はバッグの中からペンとメモ帳を取り出して番号を書くと私に渡した。

「ありがとうございます」

私は立ち上がると公園の出口に向かった。

「あの――」

幸江に呼び止められて振り返った。

「飯山さんと門倉さんというかたはどうして……どうして命を狙われなければならないんですか。どうしてそんな目に……ふたりが何をしたっていうんですか」幸江が訴えるような眼差しで見つめてきた。

「申し訳ありませんが、わたしの口からは言いたくありません」

私は軽く頭を下げると幸江に背を向けて歩きだした。

大通りに出て仙台駅までタクシーで行こうと手を上げかけて、私は思い直した。

そのまま先ほど立ち寄ったディスカウントショップに向かう。ガムテープとハンドタオルと小型のハンマーを買うと店の前の大通りからタクシーを拾った。

運転手に飯山が住んでいる寮の場所を告げた。

何とかして飯山にあの靴を渡した友人の手がかりを得なければならない。

タクシーから降りると私は寮に向かった。あたりに視線を配ってからアーチをくぐると廊下を進んだ。ためらいながら一〇四号室のベルを鳴らしてみる。応答がない。続いて一〇六号室のベルも鳴らして留守であるのを確認すると、建物の裏手に回った。

私は飯山の部屋である一〇五号室の窓の前でしゃがむと、デイパックからディスカウントショップの袋を取り出した。

鍵がついているあたりにガムテープを貼り、その上にハンドタオルを添えてハンマーで一撃した。ガムテープを剝がすと鍵の周辺のガラスが割れている。手を差し入れて鍵を外すと窓を開けて部屋に入った。パイプベッドとテレビと座卓しか置いていない簡素な部屋だ。

私はクローゼットに近づいて開けた。クローゼットの中もさっぱりしていて、数着の衣類と三段のカラーボックスがあるだけだ。カラーボックスの引き出しを開けて中を漁っていく。

葉書の束を見つけて取り出した。輪ゴムを外して葉書の内容を読んでいく。どうやら刑務所にいた飯山に送られてきた手紙のようだ。

『出所が決まったとのことでおめでとう。自分のことのように嬉しいです。この前飯山くんが書いていたような不安な気持ちはよくわかります。三十年以上社会から隔絶されて、しかも頼れる身内がひとりもいないということだから。だけどくれぐれも悲観しないように。私はこれからも飯山くんの更生を応援し続けます。小学校での付き合いでしかなかったけど、私にとって飯山くんはいつまでも心に残る大切な友達だったから。再会を楽しみにしています。落ち着く先が決まったら連絡をください』

私は葉書を裏返した。差出人は小森勉とある。その名前を見て、どこかで見た覚えがあるように感じた。

しばらく記憶を巡らせて思い出した。十六年前に伸子の部屋で盗み見た葉書の宛名の人物だ。

伸子は飯山と門倉から送られてきた手紙を持っていた。両方とも宛名は小森勉だった。あのときは、どうして伸子が娘を殺した犯人の友人宛の手紙を持っているのかと不思議だったが、この手紙を見てその理由を察した。

どういうきっかけで知り合ったのかはわからないが、伸子は飯山と門倉に手紙を出し続けることを小森に頼んだのではないか。

弁護士の山寺が話していたように、被害者遺族である伸子には出所してからのふたりの居場所を知らされることはない。

私に門倉と飯山を殺すよう約束させたとしても、ふたりがどこに住んでいるのかわからなければそれを果たすことはできない。

刑務所に入ってから何十年もの間励ましの手紙を出し続けていれば、出所した後に必ず現在住んでいる場所を知らせてくるにちがいないと踏んだのだろう。

私を脅迫している人物がこの手紙の小森かどうかはわからないが、伸子の協力者であることは間違いない。

私は葉書の一枚をポケットに入れると窓に向かった。

「次は上野、上野――」

車内のアナウンスが聞こえると、私は座席から立ち上がってデッキに向かった。

新幹線から降りると駅構内のコンビニに立ち寄った。ビニールテープを買い改札に向かった。

上野駅を出るとあたりはすっかり暗くなっていた。

小森の住所は足立区千住三丁目――とあった。地図で調べると北千住駅の近くだ。ここから日比谷線で北千住に行けるが、その前にやっておかなければならないことがある。

もし小森勉がやつか、やつの協力者であったとしたら、飯山が北千住周辺にいると思わせるべきではない。

私は通りを行きかう人たちの間をすり抜けるようにして歩きながら、まわりのビルの看板に目を向けた。ネットカフェの看板を見つけるととりあえずビルの中に入ってみる。

考えている条件に合わないと、ビルを出てまたネットカフェの看板を探した。何軒かのビルを回ってようやく条件に合う場所を見つけた。ネットカフェが入っているビルの一階のエレベーター脇に公衆電話がある。

私はコートのポケットからGPSを取り出すと、先ほど買ったビニールテープで電話機を置いてある台の裏面に貼りつけた。

ここからやつに連絡をしてもよかったが、少し間を置いたほうがいいかもしれない。

私はビルから出ると御徒町方面に向かって歩きだした。少し行ったところで電話ボックスを見つけて中に入った。

やつの携帯番号を書いたメモを取り出して受話器を取った。硬貨を入れて番号を押したが、なかなか電話がつながらない。

「もしもし……」

一分ほどコールの音を聞いて、やっと声が聞こえた。

「おれだ。今、仙台に着いた。やつはどこにいる」

私は訊いたが、やつはすぐに言葉を発しない。その沈黙に胃がきりきりと痛くなった。

もしかしたら、飯山の代わりに私がGPSを持っていたことがばれているのではないか。

「おい、聞いてるのか――」私は重い沈黙に耐えきれなくなって声を発した。

「待ってください。今調べているところです」

やつの言葉を聞いて、私は胸を撫で下ろした。

「飯山は上野にいます」

「上野？」私はわけがわからないというように訊き返した。

「ええ。東京の上野です」

「どうして上野なんかに？」

「さあ、わかりません。あなたから連絡があった後、飯山は仙台駅から自分が働いていた職場に向かったようです」

「職場って、ガソリンスタンドか」

「よくご存じで」

「飯山を捜すために一回行ったことがあるからな」

「そうでしたね。飯山はその後ガソリンスタンドから離れて近くの公園に行っています。そこに二時間ほどいましたね。誰かと会っていたんでしょうか」

誰にともなく訊くような口調だったが、私は何も答えなかった。

「公園から出ると自分が住んでいる寮に戻っています」

「わかりません。忘れ物でも取りに帰ったのか……すぐに仙台駅に戻って先ほど上野にやってきました」

「そうか。どうして上野なんかに行ったのか心当たりはないのか？　おまえは飯山のことをいろいろと知ってるんだろう」

「わかりませんね。ただ、その住所を調べてみたら、ネットカフェがあります」

「ネットカフェ？」私はとぼけた。

「時間的に考えて今日はそこで泊まるつもりかもしれません。新幹線を使えば仙台から一時間半ほどで来られます。あなたが言っていたチャンスがきましたね」

「新幹線に乗るのはリスクが高い。さっき聞いたニュースによれば、警察に高藤文也と向井聡が同一人物だと知られている。鉄道警察にもおれの顔写真が手配されているにちがいない。仙台からバスを使って東京に向かう」

「また行き違いになってしまうかもしれませんよ。あなたは本当に飯山を殺すつもりがあるんですか？」やつが訝しむような口調で言った。

「おれが警察に捕まってしまえば、そもそも飯山を殺すことはできなくなるんだぞ」

やつは黙っている。

「何のために」

「夜中まで東京行きのバスはない。明け方にそちらに着ける。おまえが言うとおりネットカフェに泊まっているなら飯山と接触できるだろう」

「しかたありませんね」

「上野に着いたら連絡する」

私はそう言うと、やつの言葉を待たずに電話を切った。

受話器を持った手を離せないまま、こんな時間稼ぎがいつまでもつだろうかと不安に襲われている。

だが、他に方法はない。こうやってわずかばかりの時間稼ぎをしている間に、何としてでもやつの手がかりを探さなければならない。

私は自分に強く言い聞かせると電話ボックスを出た。仲御徒町駅から日比谷線に乗って北千住に向かう。

北千住に着くと地図を頼りに小森の家を探した。駅前の繁華街の中に葉書に書いてあった建物を見つけた。

だが、五階建ての雑居ビルを見上げながら、私は何とも言えない違和感を抱いた。とても人が住むようなところには思えなかったからだ。

私はとりあえずビルの中に入ってみた。葉書にある四〇一号室には表札が出ていない。他の部屋を見てもほとんど表札が掲げられていない。いくつかあったものはだいたい金融関係やマッサージ店などだ。

五階建てだというのにエレベーターがついていない。薄暗い階段を上って四階に行くと四〇一号室に向かった。スチール製の黒い扉にも何も書かれていなかった。

何度かノックをしてみたが反応がない。しかたなく階段に向かおうとしたときに、隣の部屋のドアが開いた。中から男が出てきた。

「あの、すみません」

私が呼び止めると、男がこちらに目を向けた。私と同年代に思えるが目つきが鋭く、かたぎのようには思えなかった。

「こちらに住んでいるかたのことでお訊きしたいのですが」

私が言うと、男が怪訝そうな顔をした。

「こちらに住んでいる小森さんをご存じですか」

「住んでるって……こんなところに住むやつがいるわけないでしょう」男がそう言って薄笑いを浮かべた。

「でも、葉書の宛先がここになっているんです。個人名で」私はポケットから葉書を取り出して男に見せた。

「私書箱だよ」

嫌な想像が当たってしまったと、暗澹《あんたん》たる思いになった。

「ここの営業時間はご存じですか？　何時頃であればここの人はいるんでしょう」

私書箱ということは契約者の連絡先を控えているにちがいない。

「さあねえ。ほとんど見かけたことがないよ。何か後ろ暗いことに利用されているのか、たまにあんたみたいに血相を変えた人が訪ねてくるからね。ほとんどいないようにしてるんじゃないの。郵便物を受け取って転送するだけで稼げるなんてまったく羨ましいね。こっちはリスク背負ってもたいした稼ぎにはならないっていうのに」

鼻で笑って階段を下りていく男の背中を呆然と見送るしかなかった。

やつにつながるかもしれない最後の手がかりを失ってしまった——

どうしようもない絶望感を噛み締めているが、同時にひとつだけはっきりしたことがあった。

小森勉を名乗って飯山と門倉に手紙を送っていた人物こそが、やつか、やつの協力者であるということだ。

小森勉という人物は実在するのだろう。だが、手紙を送っていたのは別人にちがいない。

門倉や飯山と小学校の同級生だった男に、殺人を犯してまで伸子に協力する理由は見当たらない。

門倉や飯山が殺されることになれば、住所を偽って手紙を送り続けていた小森自身が疑われることになる。

伸子はふたりが出所したときの居場所を知るために、小学校の同級生を調べて、困ったことがあればいつでも連絡するようにという手紙を送ることにしたのだろう。そして伸子が死んだ後には、誰かがその役割を引き継いだのだ。

小学校での付き合いでしかなかったけど、私にとって飯山くんはいつまでも心に残る大切な友達だったから——

飯山に送られてきた葉書を読むかぎり、ふたりは小学校を卒業してから会っていないようだ。四十年経っていれば、別人だと気づかなかったとしても不思議ではない。

何とかあそこに侵入して小森の正体を調べることはできないだろうか。

すぐに無理だろうと悟った。私には鍵を開ける技術などない。仮にそれができたとしても、契約した人間が正直に自分の素性を伝えているかどうかわからない。何か後ろ暗いことに利用されているようだと言われるところなのだ。

もう私には何をすることもできない。ただ、幸江が飯山と連絡を取れるのを祈るしかない。

私は居ても立ってもいられなくなって公衆電話を探した。電話ボックスを見つけると急いで駆け寄った。幸江の携帯に連絡してみる。

「もしもし……」

幸江の声が聞こえた。

「わたしです。昼間にお会いした……」

偽名を使ったように覚えているが、何と名乗ったのか忘れてしまっている。

「わかってます。高藤さんとおっしゃるんでしょう」

尖《とが》った口調だった。

「すみません。偽名を使ってました」私は詫びた。

「さっき家に帰ってきてからニュースを観ました。あなたは十数年間も他人の戸籍で生活していたと……それに奥さんとお子さんがいらっしゃることも」

尖った口調の理由を察した。

「ええ。今、その報いを受けています」

「厳しいことを言うようですが、あなたと話をしているというだけで虫唾《むしず》が走る思いです」

何も言葉を返せない。

「先ほどわたしに言ったようにたとえ人を殺していなかったとしても、あなたはとても罪深い人です。わたしが電話に出るのは飯山さんのためと、奥さんとお子さんのためであって、あなたのためではありませんので……それだけどうしても言っておきたかった」

「わかっています」

「飯山さんとはまだ連絡が取れません。そのことが訊きたかったんでしょう」

「そうですか……」私は落胆の溜め息を必死に押しとどめた。

私以上に悲嘆に暮れているであろう香と帆花のことを思い出してしまったからだ。

「それをお訊きしたかっただけでなく、ひとつお話ししたいことがありました」私は気を取り直して言った。

「何でしょうか」

「先ほどお聞きした、飯山さんに靴をプレゼントした友人のことがわかりました。小森勉という飯山さんの小学校の同級生です。ただ、本当の同級生ではないでしょうが」

「どういうことでしょうか」意味がわからないというように幸江が言った。

「飯山さんはある罪を犯して長い間刑務所に入っていました」

私が言うと、幸江が息を呑んだのがわかった。

「刑務所の中で飯山さんはずっとその小森勉と手紙のやりとりをしていました。飯山さんは刑務所での日々を綴《つづ》り、小森は飯山さんが出所したら力になるからと励ましの手紙を送り続けていたんです。ただ、葉書に書かれていた小森の住所を訪ねたら私書箱でした」

「どうしてあなたが飯山さんに来た手紙を持ってらっしゃるんですか？」

もっともな質問だ。

「また罪を犯してしまいました。ただ昔のような後悔はありません。わたしと、わたしの家族と、飯山さんの身を守るためです」

しばらく沈黙があった。

「本当の同級生ではない何者かが、小森さんという同級生を騙《かた》って飯山さんに手紙を書いていたということですか？」

「そうだと考えるのが自然でしょう。小森さん本人であったなら、私書箱を使う必要はありませんから。その人物が飯山さんにGPSを仕込んだ靴をプレゼントしたのでしょう。この靴を履きつぶすぐらい仕事を頑張れと励ますようなことでも言って」

「その人が門倉という人を殺し、あなたに飯山さんを殺させようとしているんですか？」幸江が訊いた。

「そこまではわかりません。ただ、今回の事件に関わっていることだけはたしかでしょう。飯山さんはあの靴をどのようにプレゼントされたんでしょう。送られてきたんでしょうか？」

「そういえば……靴の話をされる前にひさしぶりに東京に行ったという話をしていました。新宿で友人と飲んで楽しかったと……」

「どこで会ったかというのはわかりませんか？」私は訊いた。

「そこまでは……新宿で中華料理を食べて、その後おしゃれなバーに連れて行ってもらったと……それぐらいしか」

「店の名前や特徴などは？」

「何か聞いたかもしれませんが……覚えていません」

「そうですか」私は唇を嚙んだ。

飯山が友人と会っていた場所がわかれば、小森につながる手がかりを得られるのではないかと思っていたが。

「飯山さんはその小森という人と一緒にいるということはありませんか？　もしかしたら、すでに……」

幸江の声音が震えている。

「それはないでしょう。やつはわたしの手で飯山さんを殺させようとしているんです。やつが自ら飯山さんに手を下すようなことはないでしょう。飯山さんが友人と会ったときのことを何か思い出されたら教えてください。また連絡します」

「わかりました」

私は幸江に礼を言うと電話を切った。電話ボックスを出て、これからどうするべきかを考えた。

ホテルやサウナやネットカフェで夜を明かすのは危険だと感じている。かといって、このまま街中を歩いていれば、いつ職務質問に引っかかってしまうかわからない。

私はデイパックから地図を取り出して身を隠せそうな場所を探した。少し行ったところに荒川がある。

この時間の河川敷にはほとんど人などいないのではないか。それにホームレスに成りすまして段ボール箱の中で寝れば、誰にも気にされることなく束の間の休息を取ることはできる。

夜明けまでには上野に置いたＧＰＳを回収して、新たな時間稼ぎの手段を考えなければならない。

私はそこまで考えると荒川に向かって歩き始めた。

寝る場所も段ボール箱も確保できないまま河川敷を歩いているうちに雨が降ってきた。

私は少し先に見える高架橋に向かって走りだした。高架橋の下にたどり着くのと同時に雨脚が激しくなった。しばらくここで雨宿りをするしかなさそうだ。

あたりを見回してみたが薄暗くて何も見えない。薄闇の中で雨音だけが耳に響いてくる。

私はその場に座り込むと、先ほどコンビニで買ったおにぎりを取り出した。食欲はまったくなかったが、何か食べておかないとからだがもたないと、無理やり口の中に入れる。

背後からがさっという音が聞こえ、私はびくっとして振り返った。

何かが動いている気配を感じているが、それが何であるのかまではわからない。

「ここはおれの縄張りだぞ。勝手に入ってくるな」

しわがれた男の声が聞こえた瞬間、視界が真っ白になり、私は眩《まぶ》しさに目をそらした。

しばらくすると目が慣れてきて、少し離れたところから懐中電灯をこちらに向けている男の姿が浮かび上がってきた。肩まで髪を伸ばしてひげを生やした小柄な男で、年齢ははっきりしない。ただ声の感じで私よりは年上だろうと思った。

「ここにいたいならショバ代をよこせ」男が言った。

公共の場所にいるだけでショバ代をよこせなどと言われる筋合いはないが、かといって文句を言う気も起きなかった。

「いくらですか？」私は訊いた。

「いくらでもいい。酒が飲める金額だ」

私は残ったおにぎりを口に入れると立ち上がった。男に視線を据えながらゆっくりと歩み寄っていく。

私が感じていた以上に年配のようだ。七十歳前後というところだろうか。老人は私に何かされると思ったのか、後ずさりした。

私は財布から千円札を三枚抜き出した。

「これでいいですか？」

老人に差し出すと、意外そうな目を私に向けた。

ここに来たときにはわからなかったが、老人のまわりにはいくつかの段ボールハウスと日用品が散乱している。

「ずいぶんと羽振りがいいな」

老人が受け取った札をダウンジャケットのポケットに入れてにんまりとした。

「あなた以外に誰か住んでるんですか」私は訊いた。

「今はおれだけだよ。ここは寒いからな」

「一晩ここに泊まらせてもらえませんか」

「公共の場所だ。断る理由はない。好きな段ボールを使え」老人が段ボールハウスを顎でしゃくった。

「ありがとう」

「おれはこれから酒を買ってくる。何か欲しいものはあるか」

「この雨の中、わざわざ酒を買いに行くんですか？」

「雨が降ったら酒が飲みたくなくなるわけじゃあるまい」

「じゃあ、煙草を買ってきてください」

そういえばしばらく煙草を吸っていないのを思い出した。

「銘柄は何でもいいので。あとライターも。金は後で払います」

老人はシャフトの曲がったビニール傘を持って歩いていった。遠ざかっていく老人の背中を見つめながらかすかな不安が芽生えている。

三千円を渡して段ボールハウスに泊まらせてくれないかという私に不審を抱いて、警察に駆け込むようなことはないだろうか。

だが、三十分ほど後にはその不安は杞憂《きゆう》だったとわかった。

老人は煙草だけでなく私のぶんのカップ酒も買ってきた。すぐに寝るつもりでいたが、私は一杯だけ老人に付き合うことにした。

中村《なかむら》と名乗った老人は話し好きだった。よほど退屈な生活を送っていたのか、こちらが訊きもしないのに、自分のことをいろいろと話した。

若い頃に失業したことがきっかけで空き巣を働いてしまい警察に捕まり、数年後に刑務所を出たが前科があることでなかなか働き口が見つからず、ふたたび空き巣に手を染めて刑務所に逆戻りしたらしい。

「それから三年前まで刑務所を出たり入ったりの人生だったよ」中村がカップ酒をうまそうに飲みながら言った。

「三年前からこの生活を？」

私が訊くと、中村が頷いた。

「昔は刑務所にいることのほうが楽に感じてた。とりあえず衣食住の心配をすることもないからね。それに表に出ればいろいろとしんどいこともあるだろう。だけど、この生活を知ってからはこっちのほうが楽だと気づいた。それに塀の中にいちゃ酒が飲めないしな」

それからも中村は話を続けた。だが、自分のことを話すだけで、私のことはいっさい訊いてこなかった。

「私のことが気になりませんか」私は思わず問いかけた。

「別に気になりはしないさ。おおかた警察かやくざに追われてるんだろう」

図星を指されて、私は押し黙ったままカップ酒に口をつけた。

「おれが興味があるのは酒と、それを買うための金だけだ」

中村から漂ってくる臭いに、不思議と懐かしさを感じていた。私も若い頃の一時期、こんな生活をしていたことがあったのを思い出している。

やくざを刺して逃げ回っていたときだ。横浜周辺でホームレスに混じって段ボールハウスで寝泊まりしながらやくざから身を隠していた。

あの頃はやくざに殺されると怯えながら身をひそめ、今は警察から逃げ回りながら同じように恐怖に打ち震えている。すべてはあのときの――

そこまで考えたとき、頭の中に閃光《せんこう》が走った。

真壁――

もしかしたら、今回のことは真壁が関わっているのではないか。

やつはどうして伸子が知らないはずの私の過去の罪を知っていたのかと、ずっと疑問に思っていた。

だが、刑務所で知り合い、出所してからも一緒に悪事を働いていた真壁であればそのことを知っている。

それに私に向井聡の戸籍を売ったのは真壁だ。私が向井聡の戸籍を買ったことは伸子も知っているが、それ以外には真壁しかいない。

だが、真壁には私に門倉や飯山を殺させようとする理由がない。それ以前に、真壁は伸子のことも、私が交わした約束のことも知らないのだ。

真壁が関係しているなどありえないと、自分の思いつきを軌道修正しようとしたとき、あのときの光景が脳裏によみがえってきた。

私は三人のやくざを刺して無我夢中で逃げ出してきた。ナイフは……そのときのナイフはどうしただろうと必死に記憶をたどっていく。

持っていなかった。

「どうした？」

中村の声に、私は我に返って目を向けた。

「いや……ひさしぶりの酒だったんでちょっとぼうっとしてしまって……」私は視線を落とすとふたたび思索を続けた。

やくざのひとりは私が目を刺したことによって失明したという。組織は血眼になって私のことを捜していた。私と関係があった真壁にも追及の手が伸びたかもしれない。

真壁がやくざに、私に戸籍を売ったことを話したとは考えられないだろうか。やくざに脅されてか、自らその情報を売り渡したのかはわからないが。

やくざを刺したナイフにはとうぜん私の指紋がついている。すべてはあのときのやくざが仕組んだ私への復讐だと考えれば筋が通る。だが、ひとつだけわからないのはやくざと伸子をつなぐ線だ。

私は真壁に伸子のことは話していない。とうぜん、伸子と交わした門倉と飯山を殺すという約束も知らない。

だが、絶対にありえないとは言い切れないだろう。

真壁から戸籍を受け取ったのは伸子のアパートの近くだった。私の後をつけて、伸子と交流を持っていたことを知ることはできるだろう。

伸子が他人に私と交わした約束の話をするとは考えづらい。それでも真壁から聞いたやくざが伸子のことを監視し続けていて、福岡で私と会ったときにその話を知ったという可能性は完全には否定できない。

私の居場所がわかっているのであればすぐに捕まえて殺すだろうという思いもある。その一方で、それでは簡単すぎると考えることもできた。

誰にとっても死は等しく辛いことだろう。だが、あの頃の私と今の私とでは自分の命の価値というのはちがっているように思う。

今だから思うことだが、あの頃の私は自分の命や人生というものを軽んじていた。それは愛する人も守るべき存在もいなかったからだ。だが、今はちがう。私には愛する人も守るべき存在もある。

死にたくないという気持ちはあの頃と変わらないだろうが、それ以上に、愛する人たちを失うことを最も恐れているのだ。

楽に死なせはしない――

失明したやくざは死ぬまで不自由を抱えながら生きていくことになる。たとえどんなに時間がかかろうと、私にとって最も苦しいやりかたで、私への復讐を果たそうとしたとすれば……

すべては想像でしかない。だが、その可能性に思い至ってしまった以上、このままではいられない。

簡単ではないだろうが、何とかして真壁を捜し出そう。

「ひとつ頼みたいことがあるんですが」

私は中村に目を向けると、ためらいがちに口を開いた。


午前四時になると私は段ボールハウスから出た。あたりはまだ闇に包まれている。

少しでも休息を取るつもりで段ボールハウスに入ったが、けっきょくほとんど眠ることができなかった。

私は中村から借りた懐中電灯をつけて隣の段ボールハウスに向かった。

「時間です。起きてください」

段ボールハウスを手で叩きながら言うと、中村がのっそりとした動作で出てきた。

「もうそんな時間かい」中村があくびを漏らしながら言った。

「ええ。あまり時間がないので行きましょう」

私は懐中電灯を向けながら闇の中を歩きだした。河川敷から離れて大通りに出るとタクシーが通るのを待った。

「タクシーに乗るのかい？」

中村に訊かれて私は頷いた。

ここから上野まで歩いたら時間がかかって計画に支障が出てしまう。

しばらく待っていると空車のタクシーがやってきて、私は手を上げた。

中村と一緒にタクシーに乗り込むと、運転手が露骨に顔を歪めたのがわかった。

「上野までお願いします」

乗車拒否をされる前にそう告げて、私は眠ったふりをした。

上野でタクシーを降りるとネットカフェがあるビルに入っていった。エレベーター脇にある公衆電話に近づくと、台の裏に手を差し入れてＧＰＳを取り出した。

「これをずっと持っていてください」私はＧＰＳを中村に渡しながら言った。

「何だいこれは」

「私を縛りつける鎖です」

「何だかよくわかんないけど、これを持って一日ぶらぶらしてればいいのか？」

「いくつかお願いがあります。これだけは絶対に守っていただきたい。でなければ、五万円はパーです」

「五万円くれるっていうんなら何だってするけどさあ」

「まずここを出たらすぐに上野駅に向かってください。上野駅から始発電車に乗ってどこでもいいからできるだけ遠くに行ってください」

「ああ、わかったよ」

「そこからは中村さんの自由です。どこに行ってもかまいません。ただ、三十分以上同じ場所に留まらないでください。眠くなったら電車に乗ってとにかく移動し続けてほしいんです。電車だけでなく、バスやタクシーを使ってもいいですから、できるかぎり広範囲に移動してください。以上がお願いです」

「電車はともかくタクシーはなあ……」

先ほどの運転手の迷惑そうな顔が気になっているようだ。

「上野から遠くに行ったら風呂でも入って服も買い替えたらどうですか。これは支度金です」私はそう言って財布から三万円を取り出して渡した。

「この金で飲み食いしてもいいのかい」

「ええ。ただ、三十分以上同じ場所にいないでください。ひとつの場所を出たらできるかぎり遠くに行ってください」

「いつまでぶらぶらしてればいいんだい」

「できれば明日のこの時間まで。明日の朝五時にここで落ち合うというのはどうですか。厳しいですか？」

老人に酷なことを言っているのはわかっている。

「まあ、電車の中で仮眠を取れるんなら大丈夫だろう」

「明日ここで会ったときに約束の五万円を渡します」

「わかった」

中村が頷いてビルの出口に向かっていく。

私は中村の背中をじっと見つめながら、説明したとおりに行動してくれるのを願っていた。知り合ったばかりの人間に自分の運命を委ねるのは恐ろしくもあるが、中村のことを信じるしかない。


一時間後、私は上野駅の近くにある電話ボックスからやつに連絡をした。

「もしもし……」

やつの声が聞こえた。

「おれだ。上野に着いた」私は言った。

「タッチの差でしたね。一時間ほど前に飯山は上野から出ました。今は大宮にいます」

「わかった。これから大宮に向かう。大宮に着いたらまた連絡する」私はやつにそう言って電話を切った。

できるだけ早く真壁を見つけ出さなければならない――

はやる気持ちを抑え切れずに電話ボックスから出たが、真壁のことを捜すといっても簡単ではないと感じている。

真壁と交流があったのは十六年も前のことだ。当時、私は真壁と一緒に住んでいた。刑務所を出た私は他に行き場所もなく、真壁が借りていた亀戸の雑居ビルの一室に転がり込んだのだ。

真壁がいまだにそこに住んでいるとは考えにくいが、とりあえず亀戸に行ってみることにして駅に向かった。

上野駅から山手線に乗って秋葉原に行き、電車を乗り換えた。ところどころ席が空いていたが、私は人の視線を気にして、ドアの横に立ったまま窓外に顔を向けた。徐々に明るくなっていく窓外の光景を見つめながら、激しい焦燥感を噛み締めている。

真壁を捜すといっても、私に残された時間はそれほどないだろう。

中村は明日の朝五時まではGPSを持って移動すると約束してくれた。その間はやつと連絡を取り合いながら、飯山を捜していると思わせておくつもりだ。だが、いつまでやつを騙し続けられるだろうかと不安だった。

飯山を何度も取り逃がしたとなれば、そのうちやつから不審に思われてしまうかもしれない。

錦糸町駅に着くと、横に座っていた男性が立ち上がった。新聞を網棚の上に置いて電車を降りていく。

ドアが閉まると、私は網棚の新聞を手に取った。捜査の状況が気になっている。

新聞を広げて社会面に目を通したが、私が容疑者となっている事件のことは載っていなかった。宇都宮のネットカフェの異臭騒動についても記事はない。

先ほどのやつとの電話で、飯山はまだ警察に捕まっていないと思っていたが、そのことについてもこれから注意を払わなければならない。

私はデイパックの中から携帯ラジオを取り出すと、イヤホンを耳につけてダイヤルを回した。

ニュース番組はやっていなかったが、イヤホンをつけたまま次の亀戸駅で電車を降りた。駅を出て見覚えのある光景が目に入ると、あの頃の記憶とともに、胸の奥から嫌な感情がせり上がってきた。

私はこの街で一年近く過ごしていた。その間、私は真壁や仲間たちとさまざまな悪事に手を染め、ナイフの切っ先のような鋭い感情を周囲にぶつけながら、この街を我が物顔で闊歩《かっぽ》していたのだ。

この街で、何人もの人間に因縁をつけては痛めつけた。もちろん、その頃の私にはそうする理由があった。

私の顔を見て嘲笑したり、ぎょっとしたり、憐《あわ》れむような表情を浮かべたりする人間を目にすると、どうにもその暴力的な衝動を抑えられなくなったのだ。

私は頭の中に渦巻く忌まわしい記憶を振り払うようにして歩きだした。しばらく歩いて目当ての場所にたどり着くと、私は重い溜め息を漏らした。真壁が住んでいた雑居ビルはそこにはなく、代わりに大きなマンションが建っていた。

想像できたことではあったが、実際に変わり果てた光景を目の当たりにして、これから私がやろうとしていることの困難さを思い知らされるようだった。

私は唇を嚙み締めながら腕時計に目を向けた。そろそろ、やつに連絡しなければならないだろう。

公衆電話を探すと、やつに電話をかけた。

「もしもし……」

やつが電話に出た。

「おれだ。今、大宮に着いた」私は言った。

「飯山はすでに大宮にはいません」

「どういうことだ？」

「あなたが電話をかけてきたときには大宮にいましたが、それから三十分ほどしてちがう場所に移動しました」

「今どこにいるんだ」

「どうやら電車か何かで移動しているみたいですね」

「そうか……」

「この状況ではあなたにどこに行けという指示は出せません。どうしたものでしょうね」

「一時間ほどしたらまた連絡する。それでどうだ」

「わかりました」

やつがそう言って電話を切った。

これからどうする――

受話器を下ろしながら、私は考えた。

真壁が馴染みにしていた飲み屋やクラブなどは隣の錦糸町に何軒かある。実際、刑務所を出て私が初めて真壁を訪ねたのは、錦糸町にある『エス』というバーだった。

窃盗団の仕事に興味があるならそのバーを訪ねてこいと真壁に言われ、私は出所してすぐにその店に行った。

私が訪ねたときに真壁は店にいなかった。カウンターに座ると、バーテンダーは注文を聞く前にどこかに電話をかけた。

すぐに真壁が店にやってきた。どうやら真壁から私の特徴を聞かされていて、私がやってきたら連絡するよう言われていたようだ。

バーテンダーは菅井《すがい》という、私よりもふたつ年上の男だった。今から考えるとカクテルのレシピもいい加減で、とてもバーテンダーを名乗る資格などないが、真壁とは切っても切れない関係だとしばらくしてわかった。菅井はまったく繁盛しない店をやりながら、裏では盗品の買い取りを生業《なりわい》にしていた。

私は菅井のことが好きではなかった。いや、好きではないという言葉では足りないほど、心の底から憎悪していた。

真壁をはじめ窃盗団の仲間たちは、少なくとも私に対して最低限の敬意を払ってくれていた。それは私が、彼ら以上の仕事をしていたからだ。

私はその凶暴さから、警備員を痛めつけることや、従業員を脅して目当ての物の在《あ》り処《か》を吐かせるなどの汚れ仕事を一手に引き受けていた。

だが、菅井は私と顔を合わせると、いつも鼻で笑うようなしぐさをした。そればかりか、私がいないところでは、私のことを『ビースト』と呼んでいたのを知っている。

ビースト――野獣という意味だ。

いつも菅井の顔面を思いっきりぶちのめしてやりたいという衝動に駆られていたが、私に仕事と居場所を与えてくれた真壁にとって大切な仕事仲間であるということで、ずっと我慢してきた。

真壁は今でも菅井と組んで仕事をしているかもしれない。

『エス』が開店するのは夜中だ。酒の作りかたと同様に営業時間もいい加減だったが、だいたい夜の十時頃に店を開けて、朝の五時頃に閉める。この時間であれば、店を閉めてからまだ酒を飲んでいるかもしれない。

あの店は目立たない雑居ビルの地下にあった。たとえ菅井がいなかったとしても、ドアの鍵を叩き壊して店内を物色すれば、菅井が住んでいる場所や真壁につながる手がかりを得られるかもしれない。いずれにしても、夜中になるまで時間をつぶせるほど、今の私に余裕はない。

私は電話ボックスから出ると、駅に向かって歩きだした。

錦糸町駅に降り立つと、私は『エス』が入っているビルを目指して歩いた。

飲み屋や風俗店が連なる通りを抜けて、記憶を頼りに路地を何度か曲がった。

まわりの風景は少し変わっていたが、記憶の中に残っていた建物がそこにあった。地下に続く階段の前に出された看板を見て、私は戸惑った。

『エス』ではなく『舞姫』という店名の看板だ。リラクゼーションマッサージと書かれているが、風俗ではないかと思われるものだった。

菅井が店を変えたのだろうか。それとも、菅井とは関係のない店に変わってしまったのか。

私はとりあえず階段を下りてみることにした。逡巡しながらドアを開けると、ベルの音が鳴った。

店内は怪しげなピンク色の明かりで照らされている。目の前に小さなソファがあり、その奥はカーテンで仕切られている。

「いらっしゃい」

しばらくするとカーテンが開いて、私と同じぐらいの年に思える女性が出てきた。イントネーションからあきらかに日本人ではないとわかる。

「お客さん、はじめて？」

女性が私の顔を覗き込むようにして訊いてきた。

「いや……客じゃないんです。ちょっと訊きたいことがあって」

「座って」

女性は私の言葉があまり理解できないようで、手を握ってきてソファに座らせようとする。

「いや、そうじゃなくて……菅井さんはいますか？　この店のボスは菅井という男の人じゃないですか？」

私は何とか訊きたいことを伝えようと、ボスという言葉と菅井という名前を特に強く言った。

「スガイ？」女性がわからないと首をひねった。

どうやら菅井とは関係のない店のようだ。

「失礼しました」私は女性の手を振りほどくと、踵を返してドアを開けた。

「待って。すぐにできるよ」

淫靡《いんび》な笑みを浮かべながらカーテンの奥のほうに連れて行こうとする女性の手を力任せに

振り払って店から出た。

意味はわからないが罵声《ばせい》らしきものを背中に聞きながら階段を上っていくと、私は足早にビルから離れた。

何とかして、真壁を捜す手がかりをつかまなければならない。

私は錦糸町の繁華街をさまよい歩きながら、入った記憶のある飲食店を手当たり次第に訪ねていった。だが、いくら従業員に訊ねてみても、真壁のことを覚えている者はいなかった。

十六年も前のことだからしかたがないのかもしれない。だからといってあきらめることもできず、今度は亀戸に戻って真壁の情報を求めることにした。

公衆電話でやつに連絡を入れてから住んでいたあたりを歩いていると、ラーメン店の看板が目に入った。真壁と暮らしていたビルは取り壊されて大きなマンションに変わり、周辺の光景は大きく変わっていたが、その店は昔と変わらない佇まいだった。

私は店内に足を踏み入れた。

「いらっしゃいませ――」

昼前ということもあってか、店内に客はいなかった。

食事をせずに話だけ訊くつもりでいたが、厨房で立ち働いている老夫婦の姿が目に入って思わずカウンターに座った。

「何にしますか」

主人が私の前にやってきて注文を訊いた。十六年経ってさらに白髪が増えたように思えるが、温和そうな顔はあの頃と変わっていない。

私は毎日のようにこの店に来ていた。この周辺の飲食店で唯一私の来店を迷惑がらなかったからだ。

「タンメンを」

私が注文すると、主人がラーメンを作り始めた。

食欲はまったくと言っていいほどなかったが、私は時間をかけてタンメンをすべて平らげた。

「あいかわらずここのタンメンはおいしいですね」

主人に声をかけると、嬉しそうに微笑んだ。

「以前にも来てくださったことがあるんですか?」

「ええ。よく来てました」

「そうでしたか。お客さんのことはけっこう覚えているつもりだったけど、すみませんねえ」主人が詫びた。

「いや、十六年近く前のことですから。真壁さんというかたを覚えてらっしゃいませんか」

「真壁さん……」主人が首をひねった。

「この近くに住んでいたんですけど、その人からうまい店だと聞いて来るようになったんです」

「けっこう来てくださってるかたなら顔を見ればわかるんだけど、名前だけだとちょっとねえ……」

「こういう言いかたはアレなんですが……顔に特徴のある男の人とよく一緒に来ていたと思うんですけど」

　そのほうが記憶に残っているかもしれないと思い、自分のことを切り出した。

「顔に特徴？」

「ええ。たしか高藤という名前だったと思うんですけど、何て言うんでしょう……顔中に痣があって……」

「ああ。その人なら覚えてますよ」店主がそう言って顔をしかめた。

　穏やかさから一変したその表情が、私の心に突き刺さった。

「その人のお知り合いなんですか？」店主が探るように訊いてきた。

「いや、知り合いというわけでは……真壁さんの知り合いということで顔は知っていましたけど」

　私は戸惑いながら答えた。

「そうですか。客商売なのにお客さんに対してこんなことを言うのはよくないのかもしれないけど、わたしらにとっては迷惑な人ではありましたね。なあ?」主人がそばで話を聞いていた奥さんに顔を向けた。

「そうだったわねえ。毎日のように来てくれて、本当はありがたいと思わなきゃいけないんでしょうけど……まわりのお客さんを威嚇するような感じで……怖いっていうか、薄気味悪いっていうか、あの人がいるときには他のお客さんが入ってこなくなっちゃったしね。一年ぐらい通っていたけど、来なくなってほっとしたっていうか」

　老夫婦は目の前にいる私こそがその男であるとは思いもよらないのだろう。

「その男とよく一緒に来ていた人が真壁さんです。最近はいらっしゃってませんか?」私は老夫婦の反応にショックを受けながら話を続けた。

「いや……その人はだいたいひとりで来てたけど。なあ?」

　主人が訊くと、奥さんが「そうだったわねえ」と頷いた。

「そうでしたか?」

　私は問いかけながら、あの頃の記憶を思い返した。

自分ではすっかり忘れていたが、そういえばたしかに、私は誰かと食事をすることがほとんどなかった。

真壁も他の仲間たちも、私に対してはそれなりに敬意を払ってくれているように思えていた。だが、きっと私と顔を突き合わせていては食欲が失せるから、一緒に食事をすることだけはそれとなく避けられていたのだろう。

私はふと、以前に帆花が言っていたことを思い出して切なくなった。

帆花の同級生のモンスターとあだ名をつけられた少年の話だ。少しばかり前に聞いた話のはずなのに、はるか遠い記憶のように思えている。

帆花はその少年を友達と一緒にスケートに誘い、心を開かせようと努めたという。だが、その帆花は父親が殺人事件の容疑者ということで、学校に行くことも友達と遊ぶことも叶わなくなっているのだろう。

「そういえば……何度か若い男の人と一緒に来たことがあったわね。十代ぐらいに思えたけど、その人が真壁さんというかたかしら」思い出したように奥さんが言った。

それは真壁ではない。鉄也《てつや》という男だ。

奥さんが言うように、あの頃はまだ十代だったと記憶している。暴走族上がりで、街中でいきがっているときにやくざと喧嘩になり、痛めつけられていたところを私が助けたのが縁で、真壁に仲間として加えさせたのだ。

助けられたという恩義があったからか、鉄也は私のことを慕っていて、たまにふたりで食事をしたことがあったのを思い出した。

あの頃、私と一緒でも、うまそうに飯を食っていた唯一の人物だった。

鉄也は今頃どうしているだろう。あのときは十八、九歳だったから、今では三十代半ばになっている。

たしか、実家は浅草界隈《かいわい》で酒屋をやっていると聞いたことがあった。子供の頃から家業を継げと言われ続けてきた反発から非行に走り、家を飛び出したのだと語っていた。

私があんな仕事に引き入れたせいで、鉄也がそれから後ろ暗い人生を歩んでいないことを願っている。

鉄也のことを考えているうちに、私はひとつのことに思い至った。

鉄也は現在の真壁のことについて何か知らないだろうか。浅草界隈で酒屋をやっているということは、鉄也の実家を探すのはそれほど難しいことではないだろう。鉄也の苗字《みょうじ》は冨田《とみた》という。

鉄也が実家に戻っているかどうかはわからない。それに、鉄也がいまだに犯罪に手を染めているのだとしたら、実家に行っても鉄也の居場所を知ることができないかもしれない。

もし、私の願い通りにあんな仕事から足を洗っていたとしたら、真壁の現在の消息もわからないだろう。

それでも訪ねてみる価値はある。

「ごちそうさまでした。おいしかったです。また来ます」

私は言葉とは裏腹に、苦々しい思いを嚙み締めながら財布を取り出した。


電話ボックスに入ると、私はタウンページを取り出して浅草界隈にある酒屋を調べた。すぐに鉄也の実家らしい酒屋を見つけた。私はペンとメモ帳を取り出して『冨田酒店』の電話番号と住所を控えた。

腕時計に目を向けると、十一時半だった。先ほど、やつに連絡を入れてから一時間近く経っている。さっきの電話では、GPSを持った中村は千葉の船橋にいるとのことだった。

私はペンとメモ帳を上着のポケットに入れると受話器を持ち上げた。

「もしもし……」

やつの声が聞こえた。

「おれだ。今、船橋に着いた」

私は言ったが、しばらく言葉が返ってこない。

「どうした」私は問いかけた。

「飯山は三十分ぐらい前に船橋を出ていきました」

「またか……」

私は演技で、やつに聞こえるような大きな溜め息を漏らした。

「いったい飯山は何をしているんですかね。早朝に上野を出てから大宮に行き、それから所沢、府中、渋谷、川崎、新橋、そして船橋と……まるで測ったかのように三十分ごとに移動を繰り返しています」

機械で加工された声だが、あきらかに苛立っているのがわかる。

「どう思いますか？」やつが訊いてきた。

「おれに訊いたって飯山が考えていることなんかわからない。おれは飯山を追うだけだ」

「たしかにそうですね。こうしませんか。わたしもずっと飯山の場所を確認し続けるのはちょっと疲れましたので、夜の九時まで連絡はけっこうです。それぐらいの時間になれば、飯山もどこかで身を落ち着かせるのではないでしょうか」

「そうかもしれないな」

夜の九時まで連絡を取らなくていいというのは私にとってもありがたい。

「では、夜の九時に――」

電話を切ると、私はボックスから出てポケットからメモ帳を取り出した。

何とかして、やつに次の連絡を入れるまでに真壁を見つけ出したい。

私は祈るような思いで歩きだした。


冨田酒店は浅草寺の裏手に当たる浅草三丁目にあった。店構えを見ただけで、何代も続いている歴史のある酒屋だと察した。

鉄也に兄弟がいるかどうかは知らないが、もしいないのだとしたら、親が口やかましく店を継がせようとしたのも頷ける。

「いらっしゃいませ――」

店に入ると、女性の明るい声が聞こえた。

レジに目を向けると、三十代前半と思《おぼ》しき可愛らしい感じの女性が微笑みかけてきた。

「あの……少々お伺いしたいのですが」私は女性に近づきながら言った。

「何でしょうか」

「こちらに鉄也さんはいらっしゃいますか」

「主人でしたら配達に出ておりますが……」

目の前の女性が鉄也の妻だとわかって、胸の中で安堵と落胆の思いが同時にこみ上げてきた。

鉄也は犯罪から足を洗って幸せに暮らしているのだろうという安堵と、そんな鉄也は真壁の現在の行方など知らないのではないかという落胆だ。

「実は、わたしは鉄也さんの昔の友人でして」

「そうなんですか」

目の前の女性の表情がさらに明るくなった。

「ずっと疎遠になっていたのですが……浅草にやってくる用事がありまして、そういえばご実家は浅草で酒屋さんをやられていると聞いたのを思い出しまして、もしかしたらと……」

「何でしたら携帯で呼び出してみましょうか？」

「いや、お仕事中に申し訳ないので……何時頃に戻られますか？」

「一時間ほどで戻ってくると思います」

「それでしたら、ちょっと浅草寺をぐるりとしてまたお伺いします」

私は鉄也の妻に軽く頭を下げるとドアに向かった。

一時間半後に、私はふたたび冨田酒店を訪ねた。

店内に入ると、奥の冷蔵庫に酒を補充している男性の背中が目に入った。客の気配を感じたのか、男性がこちらを振り返った。

「いらっしゃいませ」

すぐには十六年前の記憶と重ならなかったが、しばらく視線を交錯させて、鉄也だとわかった。

当たり前の話だろうが、鉄也は私のことがわからないようだ。

酒を選ぶわけでもなく、じっと鉄也のことを見つめている私に、ただの客ではないという警戒心を抱いているようだ。

「何をお探しでしょうか？」鉄也が探るような眼差しを向けながら訊いた。

「いや……買い物ではないんです」

私の声を聞いてもまだ気づかないようだ。

「もしかして、先ほどぼくを訪ねてらっしゃったかたでしょうか？」

私は頷いた。

「ぼくの昔の友人だとおっしゃったそうですが、申し訳ありませんけど、あなたのことは……大変失礼ですが、どちらでお会いしましたか？」

言葉は丁寧だが、顔中に遠慮のない訝しさを滲ませている。

「わからないのも無理のない話だ。高藤です」

鉄也が私の目をじっと見つめながら近づいてきた。やがて、息を呑んだように大きく目を見開いた。

「高藤って……まさか……」

私が頷くと、鉄也が信じられないというように絶句した。

「ひさしぶりだな。元気そうで何よりだ」

私は微笑みかけたが、鉄也の表情が急速に強張っていく。

「おれほどではないけど、おまえもあの頃からそうとう変わったな。顔を見てもすぐにはわからなかった」

「どうして……どうしてここに……」鉄也が声を震わせている。

私と再会した喜びなど微塵《みじん》もないのかもしれない。脛《すね》に傷を持つ過去を知っている人間がいきなり現れたら、私が逆の立場であったとしても同じような反応を示すだろう。

「いきなり訪ねたりしてすまなかった。少しだけおまえと話がしたかったんだ。話が済んだらすぐに出ていく」

ドアが開く音に、私は振り返った。年配の男性が店に入ってきた。

「いらっしゃいませ」

鉄也は笑顔を繕って男性に言うと、私に目を向けて「外へ」と顎をしゃくった。

「キョウコ——ちょっと出かけてくるから店番を頼む」

レジに行って奥の部屋に呼びかける鉄也を見ながら、私は店を出た。

外で待っているとすぐに鉄也が店から出てきた。私に目を向けることもなくそのまま歩いていく。

「どこに行くんだ」鉄也の後についていきながら、私は訊いた。

鉄也は何も答えない。店から五十メートルほど離れたところにある建物の前で立ち止まった。シャッターを半分ほど上げて中に入っていく。

私も鉄也に続いてシャッターをくぐって中に入った。酒屋の倉庫になっていて、ビールのケースなどがたくさん積み上げられている。

「あんたの立場じゃ喫茶店ってわけにもいかないだろう。かといって、このあたりじゃ人目につかない場所なんかほとんどない」

鉄也はそう言いながら、苛立たしさをぶつけるように乱暴な手つきでシャッターを閉じた。

「知ってたのか」

「さっきまでは単なる同姓同名だと思ってたよ。犯人の顔写真はまだ出てないからな。だけど、ニュースで犯人は整形手術をして、十数年間他人に成りすまして生活していたって言ってた。あんたがあの事件の犯人なんだろう」

私は黙ったまま、鉄也を見つめた。

「まったく、何だって今さらおれのことを訪ねてきたんだ。あんたと一緒にいると知られたらこっちだって迷惑だ」

「警察に突き出すか？」

「あんたには一度だけ助けられたことがあった。話だけなら聞く。だけど、金の無心なら他を当たってくれ。共犯者にはなりたくない」鉄也が私を睨みつけるようにして言った。

「ありがとう。安心してくれ。金の無心なんかじゃない」

「じゃあ、いったい何だよ」

「真壁が今どこにいるか知らないか」

「真壁？」

すぐにその名前を思いつかないというように、鉄也が首をひねった。

「覚えてないか？　十六年前、おれたちの仕事のボスだった男だ」

「そういえばそんな名前だったな」鉄也が思い出したように答えた。

すぐに名前が思い出せないほどの存在でしかないということか。

「真壁のことを捜してるんだ。今は付き合いがないだろうが、何か知っていることがあったら教えてほしい」

「どうして真壁さんを……逃走の手助けでもしてもらおうっていうのか？」

「そうじゃない」

「じゃあ……」

「こんなことを言っても信じてもらえないかもしれないが、おれは人を殺してなんかいない」

鉄也がその言葉の真偽を見極めようとするように、じっと私の目を覗き込んできた。

「殺してないっていうなら、どうして警察に追われてるっていうんだ。被害者を刺したナイフにはあんたの指紋がついてたってニュースで言ってたぞ」鉄也が言い返した。

「嵌《は》められたんだ」

「嵌められた？」

「ああ……誰かがおれの指紋がついたナイフで殺したんだ」

「いったい誰が……」

「わからない」

「そんな話を信じろっていうのかよ」鉄也が鼻で笑うように言った。

「たしかにおまえも知ってるとおり、おれはさんざん悪事に手を染めてきた。たくさんの人を傷つけてきた。だけど、十六年前に戸籍と顔を変えてから、おれは生まれ変わったんだ。

おまえと同じように結婚して、子供もいる」

「子供……あんたに？」

昔の私を知っている鉄也には信じられないようだ。あの頃の私は、子供という存在など邪魔くさいものとしてしか見ていなかった。

「ああ。小学校三年生の女の子だ」私は言った。

「うちと一緒か。うちは男だけど」

「そうか」私は思わず微笑んだ。

「真壁さんがあんたを嵌めたっていうのか？」

束の間の穏やかさを打ち切るように、鉄也が話を戻した。

「そこまでは言い切れない。だけど、今回の事件と関係している可能性がある。少なくともおれはそうじゃないかと考えている」

「真壁さんがあの事件に関係しているかもしれないって……あの事件の被害者と真壁さんは知り合いなのか？」

「ちがう」

「それじゃ、どうして真壁さんが……あんたの言っていることの意味がわからねえよ」

「簡単には説明できない複雑な話なんだ」

「簡単じゃなくても説明してくれよ。そこまで言われたら気になってしょうがない」

「おれは十六年前に坂本という女性とある約束をしたんだ。知っているかもしれないが、おれは十六年前にやくざに怪我を負わせて逃げ回っていた」

私が言うと、鉄也がそのときのことを思い出したように顔を歪めた。

「おれたちのところにもそのやくざの仲間っていうのがやってきたよ。あんたがどこに隠れているのか教えろってさ。隠すとろくなことにならねえぞと、さんざん脅された」

「そいつらからひどいことをされたのか？」私はためらいながら訊いた。

「ご想像にお任せするよ。ここまでして吐かないのなら、本当に知らないのだろうというぐらいのことはされたよ」

先ほどからの憎悪に満ちた眼差しの理由を思い知らされた。

「すまなかった」私は頭を下げた。

「あのときはあんたのことをひどく憎んださ。だけど、今の幸せがあるのはあの経験があるからだとも言える。あんなろくでもない世界から早く足を洗おうと思うきっかけになったからな。おれはあのことがあってすぐに実家に戻った」

「そうか」

「それで、その約束っていうのは何だよ」

「やくざから逃げ延びるためにおれは金が必要だった。新しい戸籍を手に入れて、あの顔を整形するための金が。坂本という女性が憎んでいる人物を殺すという約束をして、おれはその人から金をもらったんだ」

「憎んでいる人物を殺す？」

「ああ。そのひとりが、おれが容疑者となっている事件の被害者の門倉という男だ」

「どうして坂本という女性はその男を……」

「坂本のお嬢さんは門倉ともうひとりの男に殺されたんだ。ふたりは警察に捕まって無期懲役の判決が下された。だけど、坂本はその判決に納得していなかった。ふたりが出所したら殺したいと思うほど憎んでいたが、坂本は末期がんに侵されて余命わずかだった。男たちが出所するまでとても生きられないから、おれにその男たちを殺してほしいと……」

「それで、あんたはその約束を呑んだってわけか？」鉄也が呆れたような表情になった。

「ああ。何とも馬鹿な男だろう。だけど、あの頃のおれには他に選択肢がなかった。あのままではやくざに見つかって殺されていただろう。男たちが出所するといってもそうとう先の話だ。それにそんな約束など果たす必要もないと考えていた。だけど、少し前におれのもとに坂本の名を騙って手紙が送られてきた。あのときの約束を果たさなければ、娘に危害を加えると」

最後の言葉を聞いて、鉄也の眼差しに少しばかりの同情の色が浮かんだ。

「手紙だけではなく、電話でも脅迫された。もっとも声は機械で加工されていたが……だけど、そんな脅迫を受けながら、おれは警察に相談することができなかった」

「自分の過去を家族に知られたくなかったってわけか」

私ほどではないが、同じ脛に傷を持つ身だからわかるのだろう。

「だけど、今まで話したことと真壁さんと、いったいどういう関係があるっていうんだ」鉄也がわからないというように訊いてきた。

「おれは十六年前から向井聡という別の人間として生きている。その新しい戸籍は真壁が用意してくれたものだ」

その話を聞いて、鉄也が意外そうな顔をした。初めて知ったようだ。

「真壁から聞かなかったか？」私は訊いた。

「ああ。真壁さんも例のやくざからそうとう脅されたようだ。あんたのことを一番よく知っていたからな。恨んでも不思議ではないのに、あんたを逃がすために手を貸したなんて……」

鉄也の言葉を聞きながら、私は真壁に対する疑念をさらに募らせた。

やはり、真壁はやくざから脅されて、私を売ったのだろうか。

「真壁が誰にもその話をしていないとすれば、おれが向井聡として生きていることを知っているのは真壁と坂本のふたりだけだ。だけど、坂本はもうこの世にはいない」

「坂本が誰かに話したのかもしれないじゃないか。身内か、あるいは自分の親しい人に……それでその人が代わりにあんたを脅しているのかもしれない」

「おれを脅している人物は、坂本が知らないはずの、おれが過去に犯してきた罪を知っているんだ」

「だけど、どうして真壁さんがそんなことを……」

「やくざはおれに復讐しようと考えていたはずだ。やくざから脅されて、おれから連絡が来るのを待っていたのかもしれない。そして新しい戸籍のことを話したんじゃないかと。もちろん可能性のひとつでしかない。だから真壁に会って確かめたい」

「さっきも言ったけど、真壁さんが今どこで何をしているのかは知らない。かなり昔だったけど、十年ぐらい前かな……新聞に真壁さんのことが載ってたのを見たことがある」

「新聞に？」私は訊き返した。

「窃盗で捕まったって記事だったよ」

「他の仲間のことは何か知らないか？」

さらに訊いたが、鉄也は知らないと首を横に振った。

「そうか……」私は重い溜め息を漏らした。

「そういえば……菅井さんのことは何度か噂《うわさ》で聞いた」

鉄也の言葉に、私は顔を上げた。

「菅井の噂？」

「ああ。綾瀬のほうでバーをやってるって聞いたことがある。あまり評判のいい店じゃない。厳《いか》ついやつらがたむろしているらしいし、強い酒を無理やり勧められて泥酔させられてぼったくられるってさ。それで済めばいいほうだけど。酒の代金も強引に踏み倒すって仲間内じゃ有名だよ」

あいかわらずの外道《げどう》のようだ。

「まあ、昔おれたちが入り浸っていた『エス』も、傍《はた》から見ればそんな店だったんだろうけどさ」

あの男の顔を見ると想像しただけで吐き気がこみ上げてきそうになるが、会わないわけにはいかない。

「菅井がやっているという店の名前はわかるか？」私は訊いた。

「仕事仲間に訊けばわかる」

菅井がやっている『ゼロ』というバーは、綾瀬駅からかなり離れたところにあった。

遠くから足音が聞こえてきて、私は雑居ビルのほうに目を向けた。

薄闇の中で、金髪の男がビルに向かって歩いてくる。男はビルの前で立ち止まると、『ゼロ』がある地下への階段を下りていった。

この場所からでは菅井かどうかはっきりとわからなかったが、四時間以上待ってようやく現れた『ゼロ』の関係者だ。

私は少し時間を空けてからビルに向かった。

地下に続く階段を下りて、正面にあるドアを開けた。カウンターの奥にいた金髪の男がこちらを向き、視線が合った。

十六年前から風貌はかなり変わっていたが、間違いなく菅井だ。

「いらっしゃい」

菅井がぶっきらぼうに言って、すぐに視線をそらした。

足を踏み入れてドアを閉めると、普段行っているバーでは嗅ぐことのない独特の臭いが鼻を突いた。どうやらこの店は酒を売るだけではなく、大麻か、いかがわしいハーブなども提供しているらしい。

カウンターに向かいながら、さりげなく店内を見回した。八人掛けのカウンターと、テーブル席がふたつの、小ぢんまりとした店だ。一応、ショットバーのような体裁になっているが、テーブルの代わりにゲーム機が置かれている。

私は隣の席にデイパックを置いて、カウンターに座った。

「とりあえずビールを」

菅井が面倒くさそうな表情で冷蔵庫から缶ビールを取り出した。こちらに背を向けるようにしてグラスに注ぐと私の目の前に置き、すぐにカウンターの端に置いてあるパソコンに向かった。パソコンでテレビを観ていたところだったようだ。

私はビールを飲みながらカウンターの奥に並べられた酒瓶を眺めた。酒の種類はそれほど多くない。一番上の棚には客のボトルらしい酒瓶が並べられている。

私はそれらのボトルをゆっくりと眺めていたが、一本のボトルが目に入って視線を止めた。ワイルドターキーのボトルを注視する。ラベルに『マカベ』と書かれていた。蛇がのたうったような筆跡にも覚えがある。

「この近くの人？」

ふいに声をかけられ、私は目を向けた。

菅井がパソコンの前から私のことを見据えている。

もし、真壁があの事件に関わっているとすれば、私の正体をさらすべきではないだろう。

「いや、人の紹介で」私はそう答えた。

その言葉に興味を持ったように、菅井が近づいてきた。私のことをじっと見つめながら、どうにも不快な薄笑いを浮かべている。

私が高藤文也だということに気づいているのだろうか。それとも人を不快にさせるその薄笑いは、あくまでも菅井の癖なのか。

「こんな店を紹介してくれる人がいるなんてね。いったい誰？」菅井が探るように訊いてきた。

「真壁さんっていう人です」

「真壁？」菅井がとぼけるように首をひねった。

「真壁さんには昔お世話になって……そのときにこの店の話を聞いたんです。ちょっと相談したいことがあって会いたいんですが、あいにく連絡先を知らなくて」

「真壁なんていう客は知らないなあ」

「そんなはずはないでしょう。あれは真壁さんのボトルだ」私はワイルドターキーのボトルを指さした。

「ああ、あの客かあ……」

しらじらしく、今思い出したというように、菅井が答えた。

「どうしても会って相談したいことがあるんです。悪い話じゃない。いや、むしろ真壁さんにとっては実にうまい話ですよ」私は菅井に微笑みかけた。

真壁が今どんなことをして生活しているのかは知らなかったが、こんなところに出入りしているということは後ろ暗い世界から足を洗っていないのだろうと察した。

「あんた、名前は？」

菅井に訊かれ、私はどう答えるべきか迷った。

「鈴木《すずき》です。まあ、ぶっちゃけて言うと、それ以外にもいくつか名前を使い分けているけど」

「鈴木さんねえ……それでいったいどんな話なの？」菅井がカウンターに両肘を乗せて私の目を見つめてきた。

「それは真壁さんに会ってから話します」

菅井は視線をそらさない。蛇のような粘着質な目で舐め回すように私を見ている。

「あんたとどこかで会ったことがあるかな？」菅井が両肘をカウンターから離して起き上がりながら言った。

「いや」

「そうか……そうだよなあ。あんたみたいな色男と知り合ってたら手を出さないはずがない」

菅井は薄笑いを浮かべながら私の前から離れるとカウンターから出た。

店の奥にあるトイレに入っていく背中を見つめながら、菅井が男色家だったのを思い出した。

『エス』をやっていたときに、若い男の一見客がやってくると、酒で酔いつぶして無理やり手込めにしたのだ。

しばらくすると菅井がトイレから出てきて、カウンターに戻った。

「おれも真壁さんと飲みたいんだけど、ここしばらくずっと店に来ないんだよなあ」菅井がわざとらしく言った。

「真壁さんの連絡先や住んでいるところなんかはわかりませんか?」

「知らないねえ。ただの客とバーテンの関係だから」

そんなはずはない。真壁がこの店に来ているということは、ふたりはいまだに切っても切れない間柄なのだ。

「この店にはどれぐらい来てないんですか」

「もう三、四年来てないよ」

ワイルドターキーのボトルを見つめながら、嘘だと確信した。

「真壁さんの知り合いならあんたも知ってるだろうけど、あの人はいろいろうるさいからね。いくら長いこと来てないといっても勝手にボトルを処分したら文句を言われちまうから」

私の疑念を察したように菅井が言った。

「どうする？　ここにいたって真壁さんが来るかどうかわからない。チェックするかい」

このまま帰るわけにはいかない。何とかして菅井に真壁の居場所を吐かせなければならない。たとえどんなに強引なやりかたであったとしても。

「同じのをもう一杯もらおうかな」

こちらに背を向けた菅井の姿がぐにゃりと歪んだ。

しまった——と、私は目の前のグラスに目を向けた。視界がぐるぐる回っている。

先ほどのビールに、睡眠薬か、何か変な薬をもられたようだ。

激しい睡魔とからだのだるさに襲われながら、必死に目を開けようとした。背後でドアが開く音が聞こえる。

「いらっしゃい」

菅井の声が聞こえたが、頭の中がくらくらしていて振り返ることもできない。

「どうしたんだ、この客は？」

野太い男の声が耳もとで反響した。

「好みの一見客が来たんで楽しもうと思ったんだが、妙なことを言い出しやがって。真壁さんに昔世話になって、うまい話があるんで相談したいってさ」

隣の席に置いたデイパックがどかされ、男がそこに座った。

「見たことねえやつだ」

私は何とか隣に首を巡らせた。視界はぼんやりとしていて男の人相ははっきりとしないが、真壁でないことだけはわかった。

私のデイパックを漁っているようだが、手を伸ばして止める力も湧いてこない。

「向井聡。住所は川越か」

財布の中から私の免許証を取り出したようで、男の声が聞こえた。

「さっきは鈴木って名乗ってた」

「きさま、何者だ?」

男に胸ぐらをつかまれた。歪んだ視界の中で男がカウンターの奥にもう一方の手を伸ばしたのが見えた。何かをつかむと私の顔に近づける。

アイスピックだとわかって、私は両手で男の手をつかんだ。だが、押し返すだけの力が出ない。

「正直に言え! きさま、何者だ。真壁さんにいったい何の用だ」

アイスピックの先端がすぐ目の前まで近づいてきて思わず目をつぶりそうになったが、必死にこらえた。ここで目をつぶってしまったら、意識が落ちてしまうだろう。

「ほら、早く言えよ。じゃねえと、マジできさまの目ん玉を突き刺すぞ」

嘲笑う男の声が聞こえる。

私は最後の力を振り絞って、男が握ったアイスピックの先端を下に向けた。そのまま下ろして自分の太腿に突き刺した。

激烈な痛みとともに、途切れかかっていた意識が呼び覚まされた。

呆気にとられたのか、力が緩んだ手からアイスピックを奪うと、男の左手をつかんでカウンターの上に乗せ、すぐにその上からアイスピックを振り下ろした。

男が絶叫しながらアイスピックの柄をつかんで必死に引き抜こうとする。だが、手のひらを貫通してカウンターの板に打ちつけられたアイスピックはびくともしない。

私は男の顔面に拳を叩きつけた。

椅子に座った男のからだが大きく仰け反った。アイスピックを突き刺した手が引っ張られさらに大きな悲鳴を発した。

アイスピックの柄をつかんでいた右手が離れ、近くにあった酒瓶を手にすると、私のほうに振り下ろしてきた。

とっさに手でかばったが、激しい衝撃とともに椅子から転げ落ちて目の前が真っ暗になった。

すぐに起き上がって目を開けると視界が赤かった。

男がこちらに向けて割れた酒瓶の切っ先を突き出してくる。酒瓶を手で払い、男の顔面にふたたび拳を叩きつけた。

カウンターに釘づけにされた男の顔面を狂ったように何度も叩きつける。男は失神してカウンターの上に突っ伏した。

人の気配に振り返った瞬間、右腕に鋭い痛みを感じた。カウンターから出てきた菅井にナイフで斬りつけられた。

「何なんだ、てめえは！　ぶっ殺してやる！　かかってこいよ！」

威勢のいい言葉とは裏腹に、菅井が怯えたような表情でナイフをこちらに向けている。

太腿の痛みに耐えながら、私は少し後ずさりして菅井と距離をとった。

「ナイフを捨てろ。おとなしく真壁のことを教えれば痛い思いはしない」

私はそう言いながら、ちらっとカウンターで失神している男を見た。

「ふざけんじゃねえぞ！　本当にぶっ殺すからな。ここできさまを殺してもいくらでも処分のしようはあるんだ」

「おまえにおれは殺せねえよ」私は言った。

根っからのクズだが、人や武器を頼りにしなければ何もできない小心者だということは誰よりも知っている。

「いつかおまえのことをなぶり殺しにしてやりたいとずっと思っていた。だが、おとなしく真壁のことをしゃべるなら、また今度の機会にしてやるよ」

そう言うと、菅井は意味がわからないというような表情を浮かべた。

「おれのことをなぶり殺しにしたい……？」

私は頷いたが、菅井はまだその意味を理解できないようだ。

「わけのわかんねえことをぬかしてんじゃねえッ！」

ナイフを向けてこちらに突っ込んでくる菅井をかわした。瞬時にナイフを持った手をつかみ、菅井の首もとに手刀を打ち、手を逆向きにひねった。

菅井は悲鳴を発しながら床の上に転がり、簡単にナイフを放した。

仰向けになったからだの上に乗ると、菅井が抵抗するように手足をばたつかせた。失神されては困るので手加減しながら顔面を数発殴ると、菅井は観念したように動かなくなった。

「真壁はどこにいる」

菅井を射すくめながら訊いた。

「居場所なんか知らねえよ。本当だ……真壁とは三、四年会ってない」菅井がからだを震わせながら言った。

「じゃあ、どうしてあの男を呼んだ」

私はカウンターで寝ている男に目を向けた。

「あの男は真壁の知り合いなんだろう」

すぐに菅井に視線を戻した。

「あいつはたしかに真壁の知り合いだ。だけど、おれはもう何年も真壁とは会っていない。さっき言ったことは本当だ」

「じゃあ、あのボトルは？」

「さっきも言っただろう。昔来たときに……」

「あのボトルは数ヶ月前のものだ」

私は菅井の言葉を遮って言った。

「去年、ワイルドターキーのラベルはそれまでのものから変わったんだよ。あれは新しくなったラベルだ」

私がそう言うと、菅井がしまったというように視線をそらした。

「バーテンダーなのにそんなことも知らなかったのか」

菅井の顔にぽたぽたと血が滴り落ちた。私は額のあたりを痛まない左手で押さえてから、手のひらに目を向けた。真っ赤な血がこびりついている。

「血を見ると昔を思い出してからだがうずうずしてくる」

私はそう言いながら、この男に斬りつけられてじんじんと痛む右手を伸ばした。床に放られたナイフを握ると、菅井の頬に刃を添わせた。

「おまえのそのにやけた面を切り刻んでやりたいという衝動に襲われる」

「どうしておれが……おれがあんたに何をしたっていうんだ。さっきのことは謝る。治療費や慰謝料だったらちゃんと払うから……」

「ビーストだ」

私が言うと、菅井が怪訝な表情を浮かべた。

「高藤文也という男を覚えていないかな」

その名前を聞いて、菅井が愕然としたように目を見開いた。

「高藤……まさか、あんた……」菅井がこちらに視線を据えながら、信じられないというように呟いた。

「これからいくつか質問させてもらう。納得のいかない答えなら、その都度おまえの顔を切り刻む。昔のおれのようになりたくなかったら正直に答えるんだな」

菅井が怖じ気づいたように小刻みに頷いた。

「真壁は今どこにいる」私は訊いた。

「どこに住んでいるのかは知らない。ただ、千住のほうに工場を持ってる……」

「工場？」

「ああ。自動車整備工場だ。カワモトモータースって名前だ」

「住所は」

「詳しい住所は知らない。千住新橋って大きな橋のすぐ近くだ。荒川沿いにあってグラウンドが目の前にある」

「真壁はそこで何をしてる。まさか改心して整備士におさまったわけではあるまい」

「表向きは普通の自動車整備工場だが、裏では盗難車を扱ってる。盗んできた車のナンバープレートや色を変えたり……あと、自動車以外に扱っている盗品の倉庫にもなってる」

脅しが効いたのか、本当のことを話しているようだ。

「十六年前、おれがやくざから追われていたのを知ってるよな」

菅井が頷いた。

「そのことについて真壁は何か言っていたか？」

「何かって……あんたのせいでひどい目に遭わされたとぼやいてた。あんたの居場所を知っているだろうとやくざに脅されたと……」

「それで、真壁はおれのことをやくざに話したのか」

菅井が首を横に振った。

「シラを切りとおしたって言ってた」

「本当か？」強い口調で訊いた。

「ああ……そう言ってた。やくざに捕まったらあんたは間違いなく殺されるだろうからって新しい戸籍も探してやったと。あんた、何だって真壁のことを捜してるんだ。最初から高藤だって言っていればおれだって怪しんだりはしなかったのに……」

「真壁の口から坂本伸子という名前を聞いたことはないか」

「坂本……？　そんな名前は聞いたことがない」

「おれのことがあってから、真壁の身に何か変わったことはなかったか。ちょっと羽振りがよくなったり、おれを追っていたやくざと付き合うようになったりとか」

「変わんねえよ。それにあんたを追っていたやくざと付き合うってどういうことだよ……自分をさんざん脅していたやくざとどうして付き合う必要がある」

菅井が嘘をついているようには思えない。だが、真壁自身が菅井にそのことを話していないだけかもしれない。

「あんた、いったい何なんだよ。何だってこんなことをするんだよ。昔の仲間にこんなことしやがって……」菅井がまくし立てるように言った。

「おまえは仲間じゃなかった」

私は菅井の顎に一撃を入れた。菅井の頬を叩いて気絶したのを確認すると起き上がった。

足を引きずりながらカウンターの中に入ってあたりを見回した。ふたりの手足を縛るロープを探したがなかったので、パソコンのコードを引き抜いてナイフで三本に切った。水で湿らせたダスターと、洗い場と棚からあるだけの食器拭きを手にした。カウンターから出ようとしたときに酒棚が目に入った。ウオッカのボトルを一本つかんでカウンターから出た。

カウンターに突っ伏している男の両手首をコードで縛り、ダスターを口の中に突っ込み食器拭きで押さえて猿ぐつわをかませた。菅井の両手首も後ろ手に縛り、両足も縛って、男と同様に猿ぐつわをかませる。

私はデイパックを開けて中から帽子を取り出した。カウンターの上に置いた食器拭きとウオッカを手にしてトイレに向かった。

ドアを開けると正面の鏡に映った自分の姿を見てぎょっとした。

顔の右半分が血でまみれている。まるで昔の自分を思い起こさせるおぞましい顔つきだった。

私はとりあえず洗面台で顔についた血を洗い、鏡で額の傷を確認した。ウオッカのふたを開けて傷口に注ぐと、激しくしみて思わず呻き声を上げた。傷の上に小さく畳んだ食器拭きをあてがい、すぐに帽子をかぶった。

右腕の痛みに耐えながらコートを脱いだ。菅井に斬りつけられた右腕のあたりが血で染まっていた。シャツのその部分を引きちぎると、ざっくりと開いた傷があった。頭の傷とちがって、こちらはかなり深い。血が止まることなくあふれ出ていた。

傷口にウオッカを注いで食器拭きできつくしばった。とりあえずの応急処置をしてコートを羽織るとトイレから出た。

床で失神している菅井に近づいて服のポケットを漁った。さらにカウンターの棚の引き出しを探して鍵を見つけた。床に落ちていた免許証を拾って財布とともにズボンのポケットに入れると店から出た。

外から鍵をかけ、『OPEN』の掛札を『CLOSE』にひっくり返すと階段を上った。

地図で千住新橋の場所を確認すると、薄闇の中を歩き始めた。

時間が経つにつれて右腕の痛みが激しくなっていく。さすがにこのまま放っておくわけにはいかない。自分の手で傷口を縫うことなどできないだろうが、何とかして止血をしなければならないだろう。

ドラッグストアを探しながら歩いていると、少し先にある電話ボックスが目に入った。

しまった——と、腕時計に目を向けた。夜の十時を過ぎている。

九時に連絡すると約束していたが、真壁の居場所を捜すことに気を取られていて忘れていた。

私は電話ボックスに駆け込むと受話器を取った。

「もしもし……」

やつの声が聞こえた。

「おれだ」

「約束は九時だったと思うんですが」

機械で加工されているが、あきらかに不機嫌そうな声音だった。

「すまない。公園のベンチで休んでいたら寝てしまった」私は言い訳した。

「何とも緊張感がないですね。本当に飯山を捜し出す気があるんですか?」

「何日も寝てないから……これからは注意する。それよりも飯山はどこにいるんだ?」

「新宿です。あなたは今どこにいるんですか」

「船橋だ」

私はその前に連絡したときにいると言った場所を告げた。

「あれからずっと船橋にいたということですか」

「そうだ。へたに動き回れば危険だからな。これから新宿に向かう」

「あなたのためにも少しでも早くいらしたほうがいいですよ」

含みを持たせるような言いかたが少し気になったが、私は「わかった」と答えて受話器を下ろした。

電話ボックスから出るとふたたび薄闇の中を歩き始めた。

ドラッグストアの看板を見つけて立ち寄った。止血に必要なガーゼや包帯などを探し、それらとともに消毒薬や鎮痛剤をかごに入れた。レジに向かう途中に背後から小さな悲鳴が聞こえて、私は振り返った。

若い女性が驚いたように口もとを押さえている。

女性の視線をたどると、床に点々と血がついていた。自分の右手に目を向けると袖口からかなりの量の血が滴り落ちている。

「大丈夫ですか？」女性が私に近づいてきた。

「ええ」

私は血が垂れ落ちないように右手を持ち上げると、心配げな女性の眼差しを振り切ってレジに向かった。

台の上にかごを置くと、店員も私の右手に目を向けながら唖然《あぜん》とした表情をしている。

「家の草を刈っていたら誤って手を切ってしまって」

とっさに苦しい言い訳をした。

「それだけ血が出ていたら病院で縫ってもらわなければまずいですよ」店員が心配そうに言った。

「とりあえず応急処置をしたら病院に行きます」

「この時間だったら普通の病院はやってないでしょう。救急車を呼んだほうがいい」

「大丈夫ですよ」

「ちょっと待っててください」

店員は電話をかけるためか、レジから出ていった。

奥のドアに向かっていく店員の背中を見て、私はかごを置いたまま慌ててその場を離れた。

店から出ると、太腿の痛みに耐えながら早足で歩いた。

千住新橋を背にして荒川沿いの道を歩いていると『カワモトモータース』という看板を見つけた。半分以上下ろされたシャッターの隙間から明かりが漏れている。

工場に向かいかけて、私は足を止めた。腕時計に目を向けると、十一時二十分を過ぎていた。

いったん、やつに連絡を入れておいたほうがいいだろう。

私はあたりを見回して公衆電話を見つけるとそちらに歩いていった。

やつの携帯に連絡すると、電源が切れているか電波が届かないところにいるのでつながらないというアナウンスが流れた。

何度かかけ直してみたがやはりつながらないので電話ボックスから出た。

私は『カワモトモータース』に向かっていき、シャッターの前で身をかがめて中の様子を窺った。かすかに何かの物音が聞こえるが、人の姿はなかった。

私は素早くシャッターをくぐると、近くにある棚の陰に身をひそめてそこから工場内を見回した。二台の車が置かれていて、壁際の一台の下から足が見えた。車の下にもぐって何か作業しているようだ。

少し先にドアがあった。外観から見た印象だと二階につながっているようだ。

私は足音を忍ばせながらドアに近づいていった。ノブを回してみたが鍵がかかっているようでドアは開かない。

菅井の話だと、この工場は盗品の倉庫もかねているという。

私は車にゆっくりと近づいた。車の横に立つと、ドアのあたりを手で叩いた。すぐに車の下から寝板に乗った男がびくっとしたように顔を出した。

真壁だとすぐにわかった。

「何だ、あんた……勝手に……」

真壁が驚いたように言って起き上がろうとしたが、胸もとに片足を乗せて動けなくした。

「真壁さん、あんたに訊きたいことがある」

真壁は何とかして起き上がろうと力を込めているが、私も譲らなかった。

「おれが誰だかわかるよな」私は真壁の顔を見下ろしながら言った。

「知らねえよ」

そう言った次の瞬間、真壁が車の下に手を伸ばした。何かの工具で私の足を叩きつけた。

一瞬真壁の胸もとから足を離したが、すぐに真壁の腹のあたりを踏みつけた。真壁が腹を押さえながら苦しそうに呻いた。

「次にやったら死ぬまでそこから出られないようにするぞ。おれが誰だか知ってるな」私はさらに訊いた。

「し、知らねえよ……」

「向井聡だ」

そう告げたが、真壁の表情は変わらなかった。

「おまえから戸籍をもらった男だ」

「そんなやつはたくさんいるけど、おまえに会ったことはない」

「高藤文也と言えばわかるかな」

私が言うと、真壁が目を見張った。

「高藤……うそだろう……」真壁が食い入るような目で私を見つめてくる。

演技には思えない。

「どうしておまえがこんなところに……どうしておれにこんなことを……」

真壁がそこまで言って、何かを思い出したように口を閉ざした。

「またおれに助けてもらいたいのか。人を殺して警察に追われてるってニュースで観たぜ。それならそうと早く言えばいいものを」

「そうじゃない」私は冷ややかに言った。

「おまえのことだろう。高藤文也っていう名前でおれよりも三つ年下だ。そうだ、思い出した。そいつは向井っていう人間をずっと騙って生きてきたって言ってたな。おまえ以外の誰だっていうんだ。昔のよしみだから少しだったら匿《かくま》ってやってもいいんだぜ」

だから腹に置いた足をどけろと目で訴えかけてくる。

「たしかにおれは殺人の罪で警察に追われているが、人なんか殺しちゃいない」

「殺してない？　じゃあ、どうして警察に追われてるっていうんだ」

「嵌められたんだよ。おまえのせいでな」

「何言ってんだ、おまえ」

真壁が、意味がわからないと首を横に振った。

「あんた、おれに戸籍を売ったことを誰かに言っただろう」

「ああ、菅井には話した。覚えてるだろう。『エス』ってバーにいた男だ。それがどうした？」

「菅井にはおれに向井聡という人間の戸籍を売ったと話したのか？」

「いや、そこまでは言ってねえ。ただ、やくざに追われててこのままじゃ殺されちまうから新しい戸籍を用意してやったって。それだけだ」

「おれはある人物に嵌められて人殺しに仕立て上げられた。そいつはおれが昔の戸籍を捨てて向井聡という人間として生きているのを知っている人物だ。それはふたりしかいない。おまえと、もうひとり坂本伸子という女性だ。だが、その女性はもうこの世にはいない」

「なあ、もっとわかるように話してくれねえか」

「殺人の罪を着せた人物はおれに深い恨みを持っている人間にちがいない。あんた、おれを追っていたやくざに戸籍のことを言っただろう。おれが向井聡という人間として生きているということを」

「言うわけねえじゃねえか！　どうしてそんなことを言う必要がある」

腹に二回続けて蹴りを入れると、真壁が身をよじって呻いた。

私はその場を離れてあたりを見回した。作業台の上に携帯用のガスバーナーとライターを見つけると、それをつかんでふたたび真壁のもとに向かった。腹を押さえて身をよじっている真壁の上に乗った。

「そいつはおれに人殺しの罪を着せたうえに、さらにもうひとり殺せと脅している。そうしなければおれの娘に危害を加えると言ってな」

私はガスバーナーに火をつけるとライターを投げ捨てた。真壁の胸ぐらをつかみながら上半身を起き上がらせる。

「本当のことを言え！　世話になったからできればあんたは傷つけたくない。おれの戸籍の話をやくざに話したこと自体は別に責めやしない」

私はそう言いながら、白いものが混じった真壁の髪にバーナーの炎を近づけた。

「おれは自分を嵌めたやつの正体がわかればそれでいいんだ。本当のことを言えッ！　どこの何ていうやくざにおれのことを話した！」

真壁の悲鳴を聞きながら、鼻腔《びこう》に髪が焦げる臭いが漂ってくる。

「知らねえよ！　誰にもおまえのことなんか話してねえよ。クソ野郎！　おれの右手の指を見やがれ！」

真壁の言葉に、右手に目を向けた。小指と人差し指が欠けている。

「おまえが逃げ回っているときに居場所を吐けと拷問されてやられたんだ。それでもおれはおまえから連絡があったことも戸籍を用意してやったことも言わなかった。横浜で会ったことも だ！」

私は真壁の顔に視線を戻してバーナーの炎を止めた。

「覚えてねえのか。おまえに戸籍を渡したとき、おれの手はこんなじゃなかった」

私は十六年前の記憶を手繰り寄せた。たしかにあのときの真壁の右手に変わったところはなかった。

「おれがやくざに捕まったのはたしかにおまえに戸籍を渡した後だが、おまえのことを売るんであればこんなことをされる前にとっくに吐いてる！」

私は胸ぐらをつかんでいた手を離した。

次の瞬間、真壁が私の顔に唾を吐きかけてきた。

「命がけでおまえを守ってやったっていうのに、たいした恩返しだな」

「すまない……」

私は袖口で顔を拭いながら立ち上がった。

「娘の命と引き換えにされて見境がつかなくなっていた」

「外見は人間に変わったが中身は獣のままか」

私はシャッターが開かれたほうに向かって歩きだした。途中、作業台の上に置いたテープに気づいた。

私はズボンのポケットから財布を取り出すと一万円札を数枚置いてテープを持った。

「せめてもの詫びの気持ちだ。あと、このテープをくれ」

その言葉に反応したように真壁が立ち上がって私のほうに向かってきた。

「こんなものいらねえよ！」

札をつかむと私の顔に向けて投げつけた。

「そのテープで昔のように女の手足と口をふさいで愉《たの》しもうっていうのか」

真壁の侮蔑の言葉に、私は何も言えないまま背中を向けた。

「おまえを恨んでるのはやくざだけじゃねえだろう！　おれと知り合う前にどれだけの人間を傷つけてきた！　殺人の罪を着せられたと言ってたが、そのときの報いを受けているだけじゃねえのか！」

反響する真壁の言葉から逃れるように工場から出た。

当てもなく歩いているうちに公園を見つけて中に入った。

ベンチに座るとコートを脱いだ。薄闇の中でも傷口を巻いた布が血で湿っているのがわかる。その上から何重にもテープを巻きつけて血があふれ出ないようにした。

しばらく何も考えることができずにベンチに留まっていたが、ふと公園の外の電話ボックスが目に入って、やらなければならないことを思い出した。

私はベンチから立ち上がると電話ボックスに向かった。

やつに連絡をしたが、つながらない。

いったいどうしたのだろう——

先ほどまで、やつが私からの電話に出なかったことはなかった。

そのことを気にしながらも、それ以上に真壁から投げつけられた言葉が私の胸を容赦なくなぶり続けている。

おれと知り合う前にどれだけの人間を傷つけてきた！——

たしかに私は真壁と知り合う前にも多くの人たちを傷つけてきた。やくざとはちがい、何も悪いことをしていない善良な人たちだった。

殺人の罪を着せられたと言ってたが、そのときの報いを受けているだけじゃねえのか！

——

その言葉を思い返したとき、もうひとつの可能性に思い至った。

あのやくざたちが関係していないとしたら、かつて私が傷つけた人たちの誰かが関わっているとは考えられないだろうか。

だが、その者たちは伸子と何のつながりもない。伸子と知り合いあの約束をしたのは、私がそれらの事件を起こした七年も後のことなのだ。

それはありえないだろうと、その想像を振り払おうとしたが、思考にこびりついて完全には離れない。

その者たちが伸子と関わりがなかったとは言い切れないのではないか。

伸子は横浜で仲間とともに犯罪者への厳罰を求めるビラを配っていたという。仲間というのはおそらく伸子と同じように犯罪の被害に遭った人たちなのだろう。

私がそれらの事件を起こしたのは、当時根城にしていた川崎市内だった。横浜とはそれほど遠くない。

犯罪被害者として伸子と行動をともにしていたとしても不思議なことではない。

あの頃の私は一度見たら忘れられない顔をしていた。それに被害者にとって私の名前は忘れようもないだろう。

もし、伸子とその被害者の誰かの間で私の話が出たとすれば——

しかし、仮にそうだとしても、二十年以上も経ってなお人殺しの罪を着せられるだけの恨みを抱かれているとは信じられない。

ビルの近くの物陰から窺っていると、上野駅のほうから中村がこちらにやってくるのが見えた。

中村は私に気づかずビルの中に入っていく。それから十分ほどあたりを窺っていたが、誰かが中村をつけてきたような気配はない。

私はそれを確認すると物陰から出てビルに入っていった。

「よお」

公衆電話の横に立っていた中村が私に気づいて声をかけてきた。

「あんたの言ったとおりにしてやったよ」

中村がそう言ってＧＰＳを差し出してきた。

「一日中ずっと移動していましたか」私はＧＰＳを受け取りながら訊いた。

「ああ。さすがに疲れた。足なんかぱんぱんだ」

「何か変わったことはありませんでしたか。特に夜の十時頃から」

あれからやつと連絡が取れなくなっている。

ＧＰＳの動きを不審に思われ、中村がやつに捕らえられたか、後をつけられたのではないかと考えていた。

「特に変わったことはねえなあ。深夜は終電が終わるまで山手線をぐるぐる回って、その後はタクシーを使いながら適当に移動してた」

「そうですか……」

「それよりもあんた、用心したほうがいいぜ」

中村の言葉に、私は首をひねった。

「新聞を見てないのかい」

「新聞？」

「昨日の夕刊にあんたの顔写真が載ってたよ」

心臓が激しく波打った。

「この顔ですか？」私は自分の顔を指さした。

「その顔以外にどの顔があるんだい。まあ、載ってたといってもそれほど大きな写真じゃない。そこらへんにいる人間なら誰も気にかけはしないだろうがな」

中村はそう付け足したが、何の慰めにもならなかった。

「訳ありだとは思っていたが、まさか殺人だとはな……悪いことは言わねえ。自首を勧めるよ」

「できないんですよ」

「別にそれを知っても通報するつもりなんかないが、逃げ続けていると罪がどんどん重くなるだけだよ」中村が諭すように言った。

「私が警察に捕まったら娘の身が危うくなる」

私がそう言うと、中村が眉を寄せた。

「さらに訳ありってわけか。事情を聞いてやりたいところだが……」

「もう別れたほうがいい。一緒にいるとあなたに迷惑をかけてしまうかもしれないし、これからすぐに行かなきゃいけないところがあるので」

私はズボンのポケットから財布を取り出した。

「これ、約束の……」

一万円札を五枚抜くと中村に渡した。

「今度会ったときでいいよ」中村が突き返した。

「でも……」

「ひさしぶりに風呂にも入れて新しい服も買えた。しばらくあそこにいるつもりだから余裕ができたら差し入れに来てくれ」

「ありがとう」

私は中村に頭を下げてビルから出た。ポケットからマスクを取り出してつけると駅に向かった。

新聞に私の顔写真が載っていると聞かされて怯む気持ちがあったが、川崎に行かなければならない。タクシーで行こうかとも考えたが、電車がある時間に距離がある川崎まで向かえばかえって怪しまれてしまうかもしれない。

始発直後の電車は乗客がまばらだった。たくさんの人の視線にさらされないで済むという安堵とともに、そのほうが私の存在がより目立ってしまうのではないかという恐れに苛まれた。

少し離れた座席で新聞を読んでいる男がいる。新聞から時折あたりに目を向ける男の視線に気が気ではなかった。


川崎駅から出た瞬間、背中がぞわっと粟立った。

寒さのせいもあるが、見覚えのある街の光景に心に冷気が吹きつけてきたのだ。

私は二十歳のときにこの近辺で起こした四件の強盗事件で警察に捕まった。

施設にいる頃から窃盗や傷害を繰り返して少年院を出たり入ったりしていたが、最後に出てきたときには身元引受人もおらず、それまでとはちがう施設に一時的に保護された。そこにいる間に寮がある建築関係の仕事を得たが、長続きはしなかった。いつものように自分を蔑むような同僚のひとりを殴り飛ばしてそこから逃げ出したのだ。

宿無しの生活をしながら金に困ると強盗に入った。ひとりで帰宅する派手目の女の後をつけて、部屋に入る寸前を狙って押し入った。女性を縛り上げて金目のものを物色し、ナイフをちらつかせてカードの暗証番号を白状させると逃げる。そんなことを繰り返し四件目の事件で足がついて逮捕された。

たしかにあの頃の私はとんでもない悪党だった。からだには危害を加えなかったつもりだが、彼女たちの心には大きな傷をつけてしまったにちがいない。だがその中の誰かが、私に人殺しをさせようとするほどの恨みを抱いているとは思えない。

しかし……

私は二十三年前の記憶を手繰り寄せながら歩きだした。


時計に目を向けると三時を過ぎていた。

記憶を頼りに私が押し入った場所を三軒回ってみたが、何もわからなかった。

一軒はすでに建て替えられていてちがうマンションになっていた。他の二軒のマンションは部屋を訪ねてみたが、それぞれ住人は若い男女で、私が襲った人物ではない。二十三年前に住んでいた人の消息を訊ねてみたが、知るはずもなかった。

公衆電話が目に入って私は足を止めた。近づいていって受話器を取るとやつに電話をかけた。

やはりつながらない。

いったいやつはどうしたのだろうか。

もしかしたら不慮の事故にでも遭って、電話に出られない状況にあるのではないか。

そうであることを願いながら受話器を下ろしたときに、もうひとつの可能性に思い至った。

やつは警察に捕まったのではないか。

飯山が幸江に連絡を入れ、私が伝えた話を聞いて警察に駆け込み、小森勉を名乗っていた人物を警察が確保したとは考えられないか。

私ははやる気持ちを抑え切れずに幸江の携帯に電話をかけた。

「もしもし……」

幸江が電話に出た。

「わたしです。飯山さんと連絡が取れましたか」私は訊いた。

「いえ……あいかわらず電話に出ません」

「そうですか……」

期待していたぶん、落胆が大きかった。

「ひとつ思い出したことがありました」

その声に、私は顔を上げて「何ですか？」と訊いた。

「飯山さんが友人と行ったという店のことです。何かの手がかりになるかはわかりませんが」

「教えてください」

「そういえばお店に剝製《はくせい》があったと言ってました」

「剝製ですか？」私は訊き返した。

「そうです。カウンターの後ろに鹿の頭の剝製が飾ってあったと」

「新宿のバーですね」

「ええ」

「ありがとうございます」

新宿にあるバーで鹿の剝製を飾っているとなればかなり絞られるだろう。

私は電話を切ると駅のほうに向かって歩きだした。

しばらく歩いて覚えのある光景に足を止めた。あたりを見回しているうちにやはりここだと確信した。何かに引き寄せられるように記憶を手繰りながら歩いていくと、古びたアパートにたどり着いた。

私が押し入った最後の場所だ。

ここに押し入った私はナイフを忘れて逃げ出したことがきっかけで逮捕されることになった。

他の三人の被害者の名前は曖昧だったが、この被害者の名前だけはしっかりと覚えている。佐藤秀美《さとうひでみ》という二十一歳の女性だ。

私は導かれるようにアパートに入ると廊下を進んだ。一〇三号室のドアの前で立ち止まった。

あの日の夜、私はこのドアを開けた秀美の口を後ろからふさぎ羽交い締めにしながら部屋に押し入った。

騒ぐと殺すぞと秀美を脅して床に突き飛ばし電気をつけた瞬間、ベッドで寝ている子供が目に留まりぎょっとしたのを思い出した。

私は表札に目を向けた。『白石』となっている。

ここに彼女が住んでいるわけがない。それに彼女が私に対して恨みを抱いているはずもない。

そう思いながらも、私はベルを鳴らした。

きたいのですが」

「突然申し訳ありません。実は、こちらに以前住んでらっしゃったかたのことについてお訊きしたいのですが」

女性の声が聞こえた。

「はい――」

「はあ……」

「二十三年前にこの部屋に住んでらっしゃった佐藤秀美さんとご関係はありますか？」

「いえ。わたしは一年前にここに移ったので」

「そうですか。こちらのマンションの大家さんを教えていただけないでしょうか」

「伊原《いはら》さんというかたです。ふたつ隣にあるお米屋さん」

「ありがとうございます」

私は礼を言うと廊下を進んでアパートを出た。ふたつ隣の米屋に向かいながら、心の中で何をやっているのだと自分を諌《いさ》めた。

殺人事件の容疑者として自分の顔がさらされているというのに、不必要な訪問などするべきではない。そんなことはわかっている。だが、もしわかるのであれば彼女のその後を知りたいという欲求に抗《あらが》えなかった。

彼女とその子供がそれから幸せになっているのかどうかを――

「いらっしゃいませ」

店に入ると年配の女性が声をかけてきた。

「あの……あちらにあるアパートの大家さんでしょうか」私は訊いた。

「そうですけど。ごめんなさいね。今、空きがないの」

「いえ、そうではないんです。二十三年ほど前にあそこに住んでらっしゃったかたのことをお訊きしたくて」

私がそう言うと、女性が首をひねった。

「一〇三号室に住んでらっしゃった佐藤秀美さんというかたなんですが、ご記憶にありますか？」

女性は記憶を辿るように一瞬目を伏せたが、すぐに視線をこちらに向けて「ええ」と頷いた。

「そのかたならよく覚えてますよ。それが……」

「二十三年前にアパートの向かいのマンションに住んでいまして、そのときに佐藤さんと仲良くさせてもらっていたんですよ。お子さんがいらっしゃったでしょう。わたしも年の近い子供がいたので、それがきっかけでしてね」

「そうだったんですか」

「ただ、地方に転勤することになってお別れをと思っていたんですが、何か事件でもあったのか警察が……それから会えなくなってしまって……」

私の話を聞きながら、女性が表情を曇らせた。

「たまたま仕事でこの近くに来ることになって、ひさしぶりに昔住んでいたところを歩いていたらそんなことを思い出しましてね。彼女やお子さんがお元気なのかと知りたい一心で、不躾《ぶしつけ》ながらこちらにお伺いしてしまったんです」

「そういうことだったんですか」

女性は私の嘘を信じたように相槌《あいづち》を打った。だが、私を見つめる眼差しに嫌な予感を抱いて息苦しさを覚えた。

「残念だけど、彼女は自殺してしまったの」

その言葉に、胸が締めつけられた。

「彼女の部屋に強盗が入ってね、暴行されて……おそらくそのショックだと思うけど……」

あの事件が原因ではないとわかっているが、私は何も言葉を返せなかった。

「小さな子供を抱えて仕事も頑張っていたのに……まったく不憫な……孫と同い年で家に上げてたまに一緒に食事するような仲だったから、わたしもショックで……」

「お子さんは？」私はようやく言葉を絞り出した。

「引き取り手がなかったから施設に預けられることになってね……だけど……」女性の表情がさらに暗く沈んだ。

「何かあったんですか？」

「十七歳のときに人を殺して少年院に入ったって噂で聞いた」

恐々と私のことを見つめる幼い瞳を思い出しながら、胸に苦いものが広がっていく。

「コウヘイくんも二十三年前の事件の被害者よね」

その名前に反応した。

「あんな事件が起こらなくてお母さんと一緒にいられればそんなことには……」

サトウコウヘイ――

「コウヘイくんの漢字はどう書くんですか？」私は訊いた。

「たしか公平に分け与えるの、公平よ」

まさか。私の知っている佐藤公平がこの事件に関わっているなどありえない。

「ありがとうございます……」

私はどうにも息苦しさに耐えられなくなって店から出た。

単なる同姓同名だ。公平が門倉を殺し、私を脅し続けているなど考えたくない。門倉や飯山の同級生を騙れるなら、小森に成りすましているのは五十歳前後の男だ。それにもしあのときの子供が私の知っている公平であったとしたら、私のことをそれほど恨むはずがない。

そう思い込もうとしたが、頭の中にそれらに対する反論が次々と浮かんでくる。

あのとき部屋にいた子供は二、三歳ぐらいだったから、そのときの状況をきちんと把握していたかどうかはわからない。あくまでも罪状的には私は母親の部屋に押し入り暴行したことになっているのだ。それに門倉たちと同世代の小森が主犯だとはかぎらない。それぐらいの年の男に協力を求めれば済む。

公平であればカウンターで使っているナイフを一時すり替えることはできるだろう。私がカウンターから離れた隙に、自分の指紋を拭った同型のナイフを置いておいて、私が使った後に気づかれないように回収することも。

伸子の手紙が届いてからの私は疲弊していたので、一時ナイフが替わっていたとしても気づかなかっただろう。

公衆電話が目に入り駆け寄った。受話器をつかんで落合の携帯に連絡する。

「もしもし……」

耳もとに落合の声が響いた。

「おれだ。向井だ」私は言った。

「どうした」

「公平は近くにいるか？」

「いや、いない」

「オーナーにひとつ頼みがある。公平に連絡を取って緊急の用事だと言って呼び出してほしい」

「どういうことだ？」落合が訊いた。

「もしかしたら……もしかしたらなんだが……おれを脅しているやつの正体は公平かもしれない」

落合が絶句した。

「おれは二十三年前にある罪を犯した。その被害者の子供が佐藤公平という」

「嘘だろう……」

「おれも単なる同姓同名だと信じたい。でも……」

長い沈黙が流れた。

「わかった。公平がそんな事件に関わっているとはおれも信じられないが、一応呼び出してみる。手分けして帆花ちゃんを捜しているところだ」

「帆花を捜してるってどういうことだ？」私は驚いて叫んだ。

「二時間ほど前から帆花ちゃんがいない」

「どういうことだ！」

「わからない。しばらく外に出たらいけないと言い聞かせたんだが、目を離している隙にいなくなってしまった。ずっと家に閉じ込められて塞《ふさ》ぎ込んでいたから、友達と遊んでいるだけならいいが……」

私は暗澹たる思いで電話を切った。

帆花がいなくなった——

嫌な予感を抱いて、やつに電話をかけた。

胸を締めつけられながらコール音を聞いていると、「もしもし」と機械で加工された声が聞こえてきた。

「おれだ」

私が告げると、やつが鼻で笑ったのがわかった。

「おひさしぶりですね」

「どうしてずっと電話に出なかった」私は言った。

「あなたのことをこのまま信用していいのか迷いましてね」

「どういう意味だ」

「わたしが渡したスマートフォンが壊れたというのは本当なんでしょうかね」

「本当だ」

「それは残念です。先ほどそのスマートフォンにあなたが今最も気になっているものを送っておいたんですがね」

「いったい何だ」

「見られないならそれに越したことはありません。あなたとの取引はこれで終了です。これから逃げ回るなり警察に捕まって門倉を殺した罪を償うなり好きにしてください」

電話が切れた。

「おいッ！　もしもしッ！」私は受話器に向かって叫んだ。

スマートフォンに送ったものとはいったい何なのだ。

もしかして、やつは帆花のことを——

最悪の想像が頭の中を駆け巡り、慌ててポケットからスマートフォンを取り出すと電源を入れた。たしかにメールが届いている。

メールには何も書かれていない。

添付ファイルを開けようとして画面に添えた指が激しく震えている。何度か深呼吸を繰り返して添付ファイルを開いた。

画面に写し出された写真を見て、私は息を呑んだ。

場所はどこかわからないが、目を閉じた帆花が写っている。

いきなり握っていたスマートフォンが震えて背中が粟立った。

「もしもし――」

私は電話に出た。

「やっぱり壊れたなんて嘘じゃないですか」

嘲笑うような声が聞こえた。

「帆花は――帆花はッ！」私は叫んだ。

「ご安心ください。寝ているだけですよ」

その言葉を聞いて胸を縛りつけていた恐怖が少しだけ緩んだ。

「でも、あくまでも今のところは、です。嘘や妙な小細工は二度とやめてください」

「わかった。おれはどうすればいい……」

「これから川越に来てください」

「川越……」

「大好きな街で最後の思い出を作ってあげようというわたしなりの心配りです。川越に着いたらわたしに連絡をください。ただ、警察やあなた以外の存在を少しでも感じ取ったら二度と帆花ちゃんには会えません。あなたは自分の愚かさを嚙み締めながら明日の新聞を見ることになるでしょう」

「おまえは……」

私が知っている佐藤公平なのか――

喉まで出かかっていたが、訊くことができなかった。

私が正体を知っているとわかったら、やつがどんな行動に出るのかまったく予測できない。

「わかった……川越に着いたら連絡する」


川越駅に着くとやつに連絡を入れる前に公衆電話を探して落合の携帯にかけた。

「もしもし……あれから公平に連絡しているがつながらない。それに帆花ちゃんも見つかってない」

電話に出るなり落合が言った。

「わかってる」

私が答えると、落合が「どういうことだ？」と切迫した声になった。

「帆花はやつと一緒にいる」

「やつって……おまえを脅してる人間か？」

「そうだ」

「警察に報せたほうがいいな」

「それはやめてくれ。やつは警察やおれ以外の存在を少しでも感じ取ったら帆花を殺すと言っている」

「じゃあどうするんだ！」

「犯人を説得するしかない」

私は落合の次の言葉を遮るように電話を切った。ポケットからスマートフォンを取り出してやつに連絡する。

「もしもし――」

やつの声が聞こえた。

「おれだ。今、川越に着いた」

「ようやく着きましたか。川越駅の西口に『ドリームイン』というコンビニがあるのをご存じですね」

「ああ」

「コンビニの前に黒い自転車が停めてあります。公衆電話の台の裏に鍵を貼りつけておきましたので、自転車に乗って神明町交差点のほうに向かってください。わたしはあなたのことをずっと監視しています。くれぐれもひとりで来てくださいね」

「わかった」私は電話を切ると駅前のコンビニに向かった。

コンビニの前に数台の自転車が停まっている。公衆電話の台の裏を手で探るとたしかにテープで鍵が貼りつけられている。黒い自転車の鍵を外して乗ると神明町交差点に向かって漕《こ》ぎだした。

十分ほど自転車を漕いで、もうすぐ神明町交差点に着こうかというときにスマートフォンが震えた。

「交差点を右に曲がったら次の信号で左に曲がってください」

それから何度かやつの誘導を受けているうちにあたりの景色が寂れたものに変わっていく。街灯の乏しい薄闇の中を進んでいくとスマートフォンが震えた。

「その近くに昭和スクラップという工場があるでしょう。人はいませんから中に入ってください」

電話が切れると、私はあたりを見回した。

通り沿いに塀が続いている。自転車から降りてスタンドを下ろした。人の気配も車の通りも少ない道を塀に沿って歩いていくと門があった。プレートが掲げられていてかろうじて『昭和スクラップ』と読み取れた。鉄製の門は閉ざされている。

私は格子状の門の隙間から中の様子を窺った。やつが言う通り人はいないようだ。

この中に入ってしまえばもはや自分には為《な》す術はなくなるだろうが、どこからやつが見ているかわからないから助けを呼ぶことはできない。

人の気配は感じなかったが、一応周囲に視線を配って門に足をかけて乗り越えた。

敷地の中は表よりもさらに闇が深かったが、積み上げられている車の残骸がかすかに確認できて、自動車の解体工場だと気づいた。

足もとに気をつけながらゆっくりと歩いていくと、ポケットの中でスマートフォンが震えた。取り出すと闇の中で光が浮かび上がった。

「もしもし……」

スマートフォンを耳に当てると、ふたたび闇に包まれた。

「逃亡犯のわりにはいい身なりをしていますね」

その声に、私はあたりを窺った。やつはこの近くに潜んでいる。

「約束通りひとりで来た。警察にも通報していない。帆花を解放してくれ」

「約束はまだ果たしてもらっていませんよ。そのまま前に進んでください。あちこちガラクタが転がっているみたいなので足もとに気をつけてくださいね」

私はゆっくりと足を踏み出した。

「そこで止まって、十歩ほど右に移動してふたたび前に向かってください」

言われた通りにすると、放置された一台の車が見えてくる。

「そこでいいです」

車のすぐ目の前まで来るとやつが言った。

「車のトランクを開けてください」

スマートフォンを持っていないほうの手で探りながらトランクを開けると、中で何かが動いているのを感じて身を引いた。

思わず帆花と叫びそうになったが、トランクの中にいるのはもっと大きな男だった。口にガムテープを貼られ、両手と両足を縛られた男がもがいている。

「飯山……」私は男の正体を察して呟いた。

「そうです。昨日、ようやく助けを求めてきて新宿で会うことができたんですよ。あなたのためにも早くいらしたほうがいいと忠告したでしょう。約束通りに新宿に来ていればあなたの苦痛は昨日で終わっていたというのに」

飯山と会ったことで私の細工に気づき、それで電話に出なくなったのか。

「助手席にナイフが置いてあります。それで約束を果たしてください。若い女性を力ずくで犯し、人間としての尊厳をさんざん踏みにじり、死に至らしめた……あなたと同様、生きていく価値のない人間です」

私はその言葉に弾かれてあたりを見回した。どこにいるかわからないやつの気配を必死に探している。

「おれはたしかにひどい人間だった。おれは若い女性を狙って強盗を重ねていた。家に押し入って縛り上げれば性的な暴行をされたとまわりから思われたくなくて警察に通報するのをためらうんじゃないかと……そんな浅はかな考えで悪事を重ねてきた。それは事実だ。だけどおれは誰にも暴行は加えていない。信じてくれ！　二十三年前のことをよく思い出してくれ！　おれはおまえと一緒に押し入れの中に隠れていたんだ」

「何をわけのわからないことを言ってるんです。早く飯山を殺しなさい。そうすれば帆花ちゃんの命は助けてあげましょう」

「お願いだ！　信じてくれッ！」

「今、帆花ちゃんの首もとにナイフを突きつけています。鬼畜にも劣るふたりの命と、何の罪も汚れもない少女の命と、どちらが重いでしょうか。あと十秒で決めてください。十……九……八……七……六……」

私は為す術もなくカウントダウンを聞いている。

「五……四……三……二……」

「わかった」

私は叫んで助手席のドアの前に向かった。ドアを開けるとシートの上に置いてあったナイフを手に取った。

「おまえの言う通りにする。ただ、ひとつ……頼みがある」私は言った。

「何でしょう」

「おまえの正体を教えてほしい。おれの前に顔をさらしてくれないか」

公平の目を見ながら、私が言っていることが嘘ではないことを直接訴えたい。それしか残された道はない。

長い沈黙が流れた。

ガタンとドアの開く音がして少し離れた場所の車から明かりが漏れた。車内のライトに照らされ浮かび上がった男の顔を見て、私は愕然とした。

落合――

落合が素早く回り込んで助手席の横に立った。

意味がわからずそちらのほうに近づいていくと、落合が「それ以上近づくな」と、助手席の窓に手を入れた。助手席に座ったまま動かない帆花がいる。

「どうして……どうしておまえがこんなことを……」私は声を絞り出した。

「どうして？　おれの大切な人を奪ったからだ」

十五年の付き合いで初めて見せる峻烈な眼差しだった。

「大切な人……佐藤秀美さんのことか？」

「そうだ。おまえがあの事件を起こしたとき、おれは彼女と付き合っていた。おれの今までの人生で知り合って唯一愛した人だ。結婚の約束もしていた。彼女とは働いていたイタリアンレストランで知り合った。子供を抱えながら必死に生きている彼女に惹かれたが、なかなかおれの想いは受け入れてくれなかった。あの事件が起きる少し前にようやく彼女はおれと一緒になると言ってくれた。結婚してふたりの店を出そうと夢を語って……彼女の子供と一緒に幸せな家庭を築くはずだったんだ」

「公平のことか？」

私が訊くと、落合が「そうだ」と言ってかすかに視線をそらした。

「面接のときから気づいていたのか」

「ああ。もっとも公平はまったく気づきもしなかったみたいだが。偶然ってのは残酷なものだな。これから坂本さんとの約束とおまえへの復讐を果たさなければならないから雇うことを反対したっていうのに……」

「おれへの復讐を果たすために一緒に店をやらないかと持ちかけたのか」私は信じられない思いで訊いた。

「他にどんな理由がある」

落合の言葉を聞いて、全身から力が抜けた。

「秀美はおまえに蹂躙《じゅうりん》されたショックで自殺してしまったというのに、おまえにはそれに見合うだけの罰は与えられなかった」

親に捨てられ施設で育ち、おまけに顔に痣があるためにまともな職場も見つからないと、私の弁護人は必死に情状酌量を求めた。私は長い間刑務所に入れられてもいいと覚悟していたが、それらの訴えが裁判官の同情を引いたのだろう。

「施設に入れられた公平にしばらくの間は会いに行っていたが、おれが近くにいたらいつまで経っても母親のことを、おまえが引き起こしたおぞましい事件を忘れられないのではないかと危惧して会うことをやめた。おれは何年経っても彼女のことを忘れることができなかった。その苦しみを誰にもわかってもらえず、生きている意味を感じられないまま過ごしていたときにあの人たちと出会った」

「坂本伸子か？」

「そうだ。犯罪被害者の団体を通じてな。特に坂本さんはおれの辛い気持ちを理解してくれた。自分のお嬢さんをふたりの男に凌辱されて殺されたんだ。お互いに事件のことや犯人のことや、そして忘れようのない大切な人の話をしながら泣き崩れる日々を過ごした。だが、泣いてばかりいられないと団体の活動から離れて、公平を引き取れるぐらいの生活力を持てるようになろうと仕事に励んだこともあった。だが、秀美のことを忘れることができなかった。そんなときにひさしぶりに坂本さんから電話がかかってきた。おまえを見つけたと——」

「オーナーがこの計画を立てたのか」私はどうにも寂しい思いで訊いた。

「どちらからともなくだ。ひさしぶりに会った坂本さんは無念さに苛まれていた。お嬢さんを殺した犯人に対して憎しみを抱き、社会に戻ってきたらこの手で仇を討ちたいと切望していたのに、末期のがんに侵されてしまってその望みも果たすことができない。十年近くも犯人の同級生に成りすまして、自分がこの世で最も忌み嫌う人間に励ましの手紙を出し続けることまでしてきたというのに……」

「坂本伸子はどうして小森のことを知ったんだ」私は訊いた。

「横浜で犯罪加害者に厳罰を与えるための署名活動をしているときに、門倉と飯山と小学校のときに同級生だったという小森が話しかけてきたんだ。小学校のときにはいじめられていた自分をかばうような優しさを持っていたのに、こんなひどい事件を起こして無念だと。坂本さんは小森に小学校のときのふたりのことをいろいろと訊いた。そのときはどうしてそんなことを知りたいのかと不思議だったが、坂本さんとひさしぶりに会って刑務所に入ったふたりに手紙を出していることを聞いて納得した。坂本さんと話しているうちに、ふたりの無念……いや四人の無念を晴らせる計画を思いついた」

仲子が金と引き換えにふたりを殺す約束をさせて、落合が門倉と飯山が出所したときに私に実行させるという計画だ。

「もちろんためらいがなかったわけじゃない。いくら憎いといってもおまえにふたりの人間を殺させるんだ。あんな醜い面でこの世に生み落とされて一片の同情もなかったわけではない。だけど刑務所を出てもいっこうに更生することのないおまえの姿を知って、ためらいはなくなった。坂本さんには両親の借金がもとでやくざに追われていると言ったようだが、おまえに親はいない。おおかたふたたび犯罪に手を染めて誰かから逃げていたんだろうと」

「坂本が亡くなったときに部屋のものを処分したのもオーナーか？」

「そうだ。そのとき坂本さんからふたつのものを譲り受けた。ひとつはおまえに料理の手伝いをさせたときに使ったという包丁だ」

「もうひとつは門倉と飯山に出し続けていた手紙だな」

私が言うと、落合が小さく頷いた。

「筆跡を真似なきゃならないからな」

「どうして一緒に店をやろうとおれを誘った？　オーナーにとっておれは最も憎むべき人間

だろう」

「おまえは堪え性がないからな」落合が笑った。

「どういうことだ」

「おまえはまったく気づいてなかったようだが、おれは店で知り合う以前からおまえの近くにいた。おまえは福岡にいる半年ほどの間だけで五回職を替え、ふたたび関東に戻った。顔や戸籍が変わってもふらふらしているおまえを見て、何とか自分のそばにいさせる方法がないかと考えた」

「それがおれたちの十五年だったのか？」

意識が遠のいていくのを感じながら私は訊いた。

「そうだ。二十三年前に秀美が死んだのと一緒におれの人生も終わった。おまえのことを憎み続けることでしか、おれは生きていくことができなかった。おまえのことは心底憎んでいたが、香さんや帆花ちゃんには恨みはない。おまえへの復讐を果たすことであのふたりを不幸にするのは気が引けたが……」

「だからおれの家族を避けていたのか」

「ああ。もっとも長い付き合いの中で、何度かおまえを許しそうになったことがなかったわけじゃない。そのたびに門倉と飯山に手紙を書いて、秀美の無念を呼び覚ました。おまえは自分が犯した罪を忘れ去っている。幸せな家庭を手に入れ、どんなに真面目に仕事をしていようが、おまえは心の底から更生していないとあの日に悟った」

「あの日？」

「一月十四日——おまえが秀美を襲った日だ」

落合の言葉を聞きながら、脳裏にチャイムの音が響き渡った。

あのとき、全裸で後ろ手に縛られ苦しそうに呻いている秀美のロープを解いてやろうと手を伸ばしたときに、部屋のチャイムが鳴った。

先ほどの男が出ていった直後で鍵は開けられたままだと、私はとっさに窓から外に飛び出した。

次の瞬間聞こえてきた男の叫び声を背中に聞きながら、私は真っ暗な住宅街を駆けた。

「秀美の人生を踏みにじった日だと知らせてやったのに、おまえはそのことにいっさい思いを向けることなく、鍋パーティーだの宇都さんがどうのと馬鹿な話をしながらにやついていた。挙句の果てには、何か嫌なことがあっても家族の顔を見ているだけで幸せになれるとほざいてな」

私はあの日の夜のことを思い出した。

「おまえに手紙を送ることにした引き金だ。そろそろ終わりにしようぜ。おまえにもおれにも明るい未来なんかあっちゃいけねえんだよ」落合が帆花の首もとにナイフを這わせた。

「待ってくれ。おれは何もしていない！　佐藤秀美さんの部屋に押し入ったのはたしかだ。だけど……」

騒ぐと殺すぞと秀美を脅して床に突き飛ばし電気をつけた瞬間、ベッドで寝ている子供が目に留まり私はぎょっとした。

騒ぎに気づき目を開けた子供が私を見て怯えた。その子供に見つめられたまま私は固まった。

チャイムが鳴って我に返り、私は秀美に目を向けた。

「誰だ？」と秀美に小声で訊くと、「たぶん彼氏だと思います」と答えた。

「おれは何もしないで出ていくからとりあえず彼氏を帰せ。じゃないとあのガキに危害を加えるぞ」

私はそう言って秀美のからだから離れるとベッドに行って子供にナイフを突きつけた。秀美が頷いて玄関に向かっていった。その様子を部屋のドアの隙間から見ていると玄関のドアが開いて厳つい感じの男が入ってきた。私はまずいと思い、子供の口を押さえて押し入れの中に入った。

「おれから逃げられると思ってんのか！」

外から聞こえる男の怒声を聞きながら、襖の隙間から部屋の様子を窺った。

「いい度胸じゃねえか！　二度とそんなことを考えられねえように思い知らせてやる！」

男は秀美を殴りつけながら言うと、床に押し倒して彼女の服を引きちぎった。そして男も服を脱ぐと秀美を無理やり犯した。いたぶるように殴りつけられながら蹂躙される秀美を見ているうちに助けたい気持ちが湧き上がってきたが、男の背中一面に彫られた刺青《いれずみ》を見て怯んだ。さらに男の発する言葉を聞いているうちにまともな人間ではないとおぞましさに支配され、立ち向かっていく気力を失った。

そのときの私は、母親の悲鳴を聞かれないよう子供の耳を両手でふさぎながら、早く男が立ち去っていくのを願うしかなかった。

ようやく男はことを終えると、「一生逃げられると思うな」と捨て台詞を吐いて部屋から出ていった。

私は押し入れから出ると哀れな思いで秀美に目を向けた。全裸で後ろ手に縛られたロープを解いてやろうと手を伸ばしたときに、部屋のチャイムが鳴った。

「ふざけるなッ！」

落合の絶叫に、私は口を閉ざした。

「そんなでたらめが信じられると思ってるのか！」

「本当だ」私は落合の目をまっすぐ見つめながら言った。

「部屋にはおまえが使ったナイフがあった。おまえが脅したんだろう」

「たしかにそのナイフはおれのものだ」

ナイフについていた指紋によって少年院に入っていたことのある私は逮捕されることになった。

「秀美は警察に通報しないでと頑なに言ったが、おれが通報した。秀美をあんな目に遭わせたやつをそのままにしておけなかったからな。秀美はおまえが犯人だと警察に言った。おまえの写真を見せられて間違いないと」

「そう言わなければならない理由があったからだ」

「ふざけるな！　じゃあ、おまえはどうして否認しなかった。自分がやってないのなら警察にそう言えばいいだろう。だけどおまえは秀美を暴行したとあっさり認めたそうじゃねえか」

あっさりではない。警察に捕まった私は家に押し入ったことは認めたが、暴行は認めなかった。だが、被害者である秀美が私に暴行されたと供述していると聞き、その言葉から彼女の切なる願いを感じ取ってしまった。

認めてしまうことで刑期が長くなるだろうが、あの頃の私にはどうでもよかった。こんな顔で娑婆《しゃば》にいても不自由をするだけだ。それならば三食くいっぱぐれることのない刑務所に少しでも長くいたほうがましだと思った。それに……

「彼女を犯していたのは実の父親だ」

私が言うと、落合が目を見開いた。

「彼女は子供の頃から実の父親に虐待されていたんだ。公平は実の父親との間に生まれた子供だ。妊娠した彼女は父親から逃げ出してあの部屋で公平と生活していたんだろう」

「そんな……」

落合のからだがぶるぶると震えだした。

「そんなことがあるわけねえだろう！」

私は首を横に振った。

男は秀美を犯しながら実家での快楽の日々を嬉々として語っていた。そして部屋に子供の洋服があるのに気づくと、「まさか産んだんじゃねえだろうな」と凄《すご》んだ。秀美が頑なに首を振った。男が「ガキはどこにいるんだ」と首を絞めつけると「育てられないから施設に預けた」と秀美は言った。

さらに部屋にあった恋人との写真に気づくと、男は「おまえのことは誰にも渡さねえからな。邪魔するやつはぶっ殺してやる」と秀美に凄んで部屋から出ていった。

「どうして彼女はおれに暴行されたと嘘の供述をしたのか……その理由に思い至っておれは罪を認めることにした」

「どうしてやってもいない罪を認める必要がある。おまえには秀美の家庭のことなど関係ねえだろう！」落合が叫んだ。

「そうだ。おれには彼女の事情など関係なかった。だけど子供のことを考えて認めることにした」

近親相姦によって生まれた子供だと世間に知られるようなことになれば、汚らわしい存在として一生生きていくことになるだろう。あのときの私のように。

「おれが味わってきたような苦しみをあの子供に……公平に味わわせたくなかった」私は落合を見つめて言った。

「嘘だ……そんなこと嘘だ……」

帆花に向けたナイフがぶるぶると震えている。

「本当だよ――」

声が聞こえた瞬間、落合が驚いたようにこちらに向けていた目を見開いた。

振り返ると、私の少し後ろに公平が立っている。

「公平……」私は呆気にとられて呟いた。

「マスターの言う通りだ」

公平が落合に向けて言ったが、落合はその場に固まったまま反応を示さない。

「お袋の復讐はおれが果たしたよ」

公平がさらに言ったが、落合は立ち尽くしたまま動かない。

「どういうことだ」私は公平に訊いた。

「お袋は遺書を隠していたんだ。落合さんとお袋とおれと三人で撮った写真を入れていた写真立ての中に。そこには子供の頃から実の父親にされてきたことや、おれがそんなおぞましい人間の子供だということが綴られていた。わたしは汚れているから落合さんと一緒に生きていくことはできない……ごめんなさい……遺書にそう書かれていた。お袋は落合さんのことを本当に愛していた。愛しすぎていたから、一緒になることも離れることもできずに自殺してしまったんだ」

「どうして遺書を隠していたんだろう」

私が言うと、公平が力なく首を横に振った。

「わからない……自分の気持ちを知ってほしいとも、知ってほしくないとも思っていたんじゃないかな。十七歳のときに写真立ての中の遺書を見つけて……それを知ってから……おれのからだにはそんな男と同じおぞましい血が流れているのかと考えると、自分が生きていていい人間なのかわからなくなった。だけど、自分が生きているうちにやるべきことのひとつだけはわかっていた」

「復讐って……少年院に入ったのは……」

私が訊くと、公平が頷いた。

「あの男を殺した」

公平は抑揚のない口調で言うと、私から落合に視線を移した。

「だけどね、落合さん……それをしても気持ちはまったく晴れなかった。むしろ、すべての感情を抜き取られてしまったみたいに心の中は空っぽだった。お袋みたいに死ぬことばかり考えていた。だけどその前にお袋がそれだけ愛した落合さんに会ってみたかった。落合さんの若い頃の写真しか手がかりがなかったから捜すのに苦労したけど……」

「秀美の遺書？」

それまで放心したように視線をさまよわせていた落合が公平に視線を留めて訊いた。

「ここにあるよ」公平がポケットから紙を取り出してかざした。

落合が車から離れてこちらに向かってきた。

私は落合の横をすり抜けて車に駆け寄った。助手席のドアを開けると帆花の顔に触れた。寝息を立てて頬をかすかに震わせている。怪我をしていないことを確認して安堵すると、落合がいるほうに目を向けた。

落合がナイフを持ったまま食い入るように手紙を見ている。

私は落合に近づいた。落合が私に気づいて顔を向けた。

すべての生気を抜き取られてしまったような悄然《しょうぜん》とした表情をしている。

「苦しめて悪かったな」

落合が言ったが、私は返す言葉が見つからなかった。

ただ、心の中は深い悲しみで満たされている。

『あなたの優しさと、まっすぐな愛がわたしを苦しめる。今までありがとう。ごめんなさい』

最後の文面をちらっと見て、私は落合に視線を戻した。

「おれが彼女を殺したのかな」落合が寂しげな笑みを浮かべた。

「警察に行ってくれるか。付き添う」

そう言って肩に添えようとした私の手を落合が振り払った。次の瞬間、落合がナイフを持った手を大きく持ち上げた。自分の胸に向けて振り下ろす。

私はとっさに落合の胸に向かってぶつかっていった。背中に衝撃を感じてそのまま地面に崩れ落ちた。

「マスター！」

公平の叫び声が聞こえたが、何が起きたのかわからない。

ただ、呆然とした表情で立ち尽くしている落合を見上げていた。

視界がかすんでその姿がおぼろになっていく。

「マスター！　大丈夫ですか！　しっかりしてください！」

真っ暗な闇の中で公平の声だけが耳に響いている。


「それで、あなたは病院に運ばれたわけですね――」

ベッドの横にいる刑事の言葉を聞いて、私は曖昧に頷いた。

それから先のことは記憶にないからわからない。

病院に運ばれて一週間が経つそうだ。今朝ようやく目を覚ましたときに、医師から一時は厳しい状況にあったと知らされた。だが、もう安心していいだろうとのことだ。

「今日はこのぐらいにしておきましょう。意識が戻ったばかりでからだもきついでしょう」

「あの……」

私が呼びかけると、病室を出ていこうとしていた刑事がこちらを向いた。

「落合は何と言ってるんでしょうか？」私は訊いた。

「あなたが今まで話したことと、おおむね同じような供述をしています」

「そうですか……」

「面会人が来てますので通しますね」

刑事がドアを開けて病室を出ていった。廊下にいる誰かに「どうぞ」と言ったのが聞こえ、私は緊張してドアを見つめた。

公平が入ってきたのを見て、私は少し落胆した。

「調子はどうっすか？」

公平が声をかけながらベッドの横に置いたパイプ椅子に座った。

「まあまあだ」

「そのわりに表情が冴えないっすよ」

「おまえにひとつ謝らなければならないことがある」

「どうしたんっすか。急にあらたまっちゃって」

「佐藤秀美さんの息子の名前を知って、おれはおまえを疑った」

公平が軽く笑った。

「まあ、しょうがないっすよ。別に気にしてないっすから」

「ひとつ訊きたかったんだが……」

「何っすか?」

「どうしておれたちがあそこにいることを……あんな状況になっていたことがわかったんだ?」

「ずっとマスターの様子がおかしかったから気になってたんですよ。一番弟子としてはね。スケートリンクで帆花ちゃんの写真を撮っている人間がいなかったかとか訊いてくるし、お客さんとの会話を聞いてもマスターが切迫した感じで誰かを捜しているんじゃないかと思えたし」

「それだけで……」

「最初のきっかけはワインの試飲会です」私の言葉を遮るように公平が言った。

「ワインの試飲会?」

「落合さんは広い会場だったからおれに会わなかったんだろうって言ってたけど、たしかに前年はかなり広い会場だったらしいけど今年はそんなに広くなかったんです。しかもおれは一日中会場にいたから落合さんに会わないなんてありえない。そのときはたいして気にも留めてなかったけど、後で門倉って人が殺された日だと知って……」

「そうか」

「決定的だったのは、マスターの家で香さんや帆花ちゃんのボディーガードをしているときに写真を見たことです」

「写真って……おれの昔の？」

　公平が頷いた。

「あのときおれは二歳だったけど、マスターの顔は記憶に残ってます。子供心に怖い顔だと思ってたけど、押し入れから出てお袋を見つめていたときのマスターは、ものすごく優しい目をしてた」

「強盗犯だぞ」

「そうだけど……でも、おれにとっては心優しい人だと、記憶に残っていたんだと思う。お袋の遺書を読んでその人が警察に捕まったって知った。お袋の事件の犯人であるマスターと落合さんが同じ店で働いているなんて普通はありえない。落合さんならきっと大切な人を傷つけた犯人の裁判を傍聴するはずだから」

「それで落合の様子を窺っていたのか」

「そうっす」

「どうして店に来たとき落合に秀美さんの子供だと言わなかったんだ？」

　私が訊くと、それまで笑みを浮かべていた公平が表情を曇らせた。

「そうっすよね……おれがもっと早くその話をしていれば、落合さんがあんなことをするのを止められていたんですよね」

がっくりとうなだれた公平に私は手を伸ばした。

「だけど、不安だったんです。本当の話をしたら自分のことを拒絶されてしまうんじゃないかって。施設に預けられてから、落合さんは会いに来てくれなくなったから。おれやお袋のことなんてとっくに過去のことじゃないかって。だけど落合さんがずっと独身を通してるって知って、落合さんにとってお袋は今でもかけがえのない大切な存在なんじゃないかって……だけどそう思えば思うほどさらに本当のことが言えなくなっちゃって。そんな大切な人の知られたくない秘密をさらしていいんだろうかって。社員にならないかって言われたときに思い切って本当のことを話そうかと決心したんだけど、やっぱりそれでいいのかって悩んで……第三者のマスターに相談しようと思ったんですよ」

公平の言葉に、いつだったか相談したいことがあると言われたのを思い出した。

あのときの私はそれどころではないと公平の誘いを素っ気なく断った。

「マスターも災難だったでしょうけど、一番かわいそうなのは宇都さんですよね。宇都さん、落合さんのこと本気で好きだったんです」

私は、そうだろうと頷いた。

「落合が捕まってから宇都さんと会ったか？」

「ええ。マスターが店からいなくなる少し前に告白したそうです。そしたら落合さん……『あなたや俊くんには未来があるけど、自分にはもう未来がないから』って断ったそうです」

「そうか」

「マスターはそんな風には思えないだろうけど、もしかしたら……」公平がそこまで言って口を閉ざした。

「もしかしたら？」

「マスターに飯山という人を殺させようとしたけど、落合さんはそれをさせたら門倉という人を殺した罪は自分で償うつもりだったんじゃないかなって」

そうかもしれないと思った。

もし私にふたりを殺した罪を着せようとしたのだとしたら、どんなに訴えたとしても落合は自ら顔をさらすようなことはしなかったのではないか。

それに……

おまえにもおれにも明るい未来なんかあっちゃいけねえんだよ――

あのときの落合の言葉を思い出しながら、公平を見つめ返した。

「そうだな」

私が言うと、公平が表情を緩めた。

「早く退院して店を開けてくれないとおれも生活が困っちゃうんだよなあ」公平が急に話題を変えて笑いながら頭をかいた。

「何言ってるんだ。落合もおれもいなくなるんだから開けられるわけないだろう」

殺人の容疑は晴れたといっても、私も戸籍を偽っていたことの罪に問われるだろう。

「まあ、その間おれと宇都さんとで気楽にやっていきますよ」

「さんざんワイドショーの舞台になった店だ。客が寄りつくわけないだろう」

「そうっすかねえ。おれは逆に今の二倍にチャージを上げても見物人であふれかえるだろうと踏んでるんですけど」

思わず笑うと、背中がずきんと痛んだ。

「それに、おれ、『HEATH』って店名が気に入ってるんですよ。最近知ったんだけど、スコットランドの荒地やそこに群生している背の低い植物のことなんでしょう？　厳しい気候なのに一年のうち一ヶ月だけは荒涼とした大地にヒースやアザミの花が咲き誇る。何かうちらにぴったりな店名だと思いますけど」

「おまえがやりたいんなら好きにしていいさ」

「じゃあ、そうさせてもらいます。意識が戻ったばかりで疲れているでしょう。そろそろ帰ります」

「なあ……香と帆花は？」

最も訊きたいが知るのが怖いことを問いかけた。

「一緒に面会に行きましょうって誘ったんだけど、まだ心の整理がつかないからマスターと顔を合わせられないって。これを預かってきました」公平が上着のポケットから封筒を取り出して私に渡した。

「離婚届かな」

「わかりませんけど……」

じっと封筒を見つめていると、公平に肩を叩かれて目を向けた。

「書いただけじゃ離婚にならないっしょ。まあ、これからじゃないっすか。自分の頑張り次第でいくらでも光が見えてきますよ」

「いつの間にか逆になったな」私は苦笑を漏らした。

「何がっすか？」

この青年を導いてやるつもりで雇ったはずなのに、今は私のほうが導かれている。

「店で待ってますから。早く約束守ってくださいね」

「約束？」

その言葉に、ぎょっとした。

「近いうちにマスターのごちで飲みに連れて行ってくれるって言ったじゃないっすか」公平がそう微笑んで病室から出ていった。

ドアが閉まると、私は手に持った封筒に視線を戻した。ためらいながら中に入っているものを取り出して、息を吞んだ。

涙があふれ出してきて、目の前に映る自分と香と帆花の姿がかすんでいく。

家族写真を裏返してみると、文字が書かれているのがわかったが、視界が滲んでいて読み取れない。

私は三人の楽しかった記憶をよみがえらせながら、涙が乾くのをじっと待った。

解説

沢田史郎

薬丸岳はしばしば、「罪と償い」を描く作家だと評される。或《あ》るいは、「償いと赦《ゆる》し」の関係を見つめ続ける作家だとも言われる。「償う」とはどういうことか？　罪を、または人を、「赦す」とはどういうことか？　それを問い続けてきたのが薬丸岳という作家だそうだ。本当にそうか？

いや、それはその通りなんだけどさ。僕自身は、彼の作品に描かれるもっと身近で普遍的な人間の姿にこそ、より強く惹きつけられてきた。

例えば、デビュー作である『天使のナイフ』（二〇〇五年）。自分の留守中に、生後間も無い娘の面前で妻が惨殺された。しかし、捕まった三人の犯人はいずれも十三歳。《十四歳に満たない者の行為は、罰しない》とする刑法四十一条により、彼らが犯罪者として罪に問われることはなく、主人公の桧山は悲しみや怒りをぶつける先を失ったまま、幼い娘を育てる為に懸命に前を向く。ところが事件から四年が過ぎる頃、三人の少年の一人が殺害された……。

《殺してやりたかった。でも俺は殺していない》という惹句が暗示するように、容疑者扱いされる桧山が真相のカモフラージュを一枚また一枚と剝《は》いでいく謎解きは、長い乱歩賞史の中でも出色と言っていい。

更に、そこに塗り重ねるようにして描かれるのは、「可塑性」なる尤《もっと》もらしい言葉を免罪符にして保護される加害者の人権と、逆に、救われることも癒されることもなく放置される被害者の感情であり、その理不尽さに、主人公とともに歯がみした読者は僕だけではないだろう。

《ごめんなさいと、和也があなたの前で泣きじゃくれば反省になったんでしょうか。そんなこと、口でならいくらでも言えますよ》という、或る人物のセリフが象徴するように、作中では「更生とは何か」、「償いとは何か」、そして「どうすれば人は赦し、赦されることが出来るのか」が、徹頭徹尾問われ続ける。

だけれども、それ以上に僕らの胸を打ったのは、真実を摑もうとなりふり構わず奔走する

たかっ
桧山の姿であり、彼の、大切なものを守りたいという、人として当たり前の願いではなかったか。

思い出して欲しい。《愛実、君に伝えたいことがたくさんあるんだ》という桧山の述懐を。そして桧山が、妻の形見と同じ万華鏡を見つけたあの名場面を。

その行間から立ち昇ってくるのは、翼を広げてひな鳥を庇う親鳥の如く、幼い娘の現在と未来を身を挺して守ろうとする父親の姿であり、そして、今は亡き妻が精一杯まっすぐに生きようとした証《あかし》を、両手で包み込むようにして慈しむ夫の姿ではないだろうか。

その描写にこそ僕らは胸を揺さぶられたのだし、その抒情性こそが薬丸岳の一番の魅力だと思うのだが、僕の言っていることは見当違いか？

ならば今度は、二〇一三年の『友罪』を読み返してみたい。屈折した青少年期を過ごした主人公が、おぼろげながらも初めて感じた友情。しかしその相手は、かつて日本中を震撼させた少年犯罪の加害者かも知れない……。仮にそうだったとしても、法の定めるところに従って罪を償い更生したからこそ社会に復帰している訳であり、現在の彼は「犯罪者」では決してない。

しかし、だからと言って、思い出すだけでも背筋が粟立つようなあの事件の「犯人」と、何事も無かったかのように親交を結べるのか？　という問題提起を脊梁《せきりょう》にして、主人公の胸中に楔《くさび》のように打ち込まれた子どもの頃の苦い体験や、「友人」を責め苛《さいな》み続ける自責の念を細密に描き、薬丸岳は本書でも「罪」と「償い」と「赦し」の関係を問いかける。

だが、ここでもやはり、僕らが真に胸打たれたのは、大切な人の為に、自らの未来を犠牲にしかねない行動に出る主人公の信念ではなかったか。いや、一人主人公のみならず、件《くだん》の「友人」にしろ、その同僚の女性事務員にしろ、作中で真摯に生き方を模索する誰もが、時に捨て身で大切な人を守ろうとする。

《きみをひどく傷つけてしまって、ごめんなさい》という一言を告げる為だけに懸命の思いで電話した、或る人物の悲しみと覚悟。

《今度こそ、友達を死なせたくないんです》と、決意を振り絞る或る人物の勇気と優しさ。

親友がかつての「少年A」だったら、あなたはどうしますか？　という問いを形にした『友罪』はしかし、大切な人を精一杯大切にしたいという、誰の心にも備わっているごく当たり前の感情を、その底に静かに堆積させた物語ではないだろうか。

更に例を挙げてみる。第三十七回吉川英治文学新人賞を受賞した『Aではない君と』（二〇一五年）は、少年犯罪の加害者側の視点で描かれるという点で、前出の二作と組みになる物語と言っていい。

中学二年生の息子が同級生を殺害して逮捕された。その暗澹《あんたん》たる現実に自失し、苦悶し、打ちのめされる父親の姿を追いかけながら、多くの読者は自問したに違いない。自分が父親の立場だったら、息子の罪をどう償っていけばいいのだろう？　と。そして親として、息子を信じ赦すことが出来るだろうか？　と。

《物事のよし悪しとは別に、子供がどうしてそんなことをしたのかを考えるのが親だ》、《更生というのは、二度と罪を犯させないというだけではありませんよ》などといったセリフの数々が、また、これらのセリフから滲み出る重い問いが、本書を最も象徴する因子だと考える人は多いだろう。罪と償いを描き続ける薬丸岳らしい文章だ、そう感じる読者も多いだろう。

だけど僕には、もっと強く心に響いた場面がある。終盤、自らの罪の重さに押し潰されそうになっている息子・翼を前に、主人公が胸中に誓うシーン。《世間の誰もが少年Aとして翼を憎んだとしても、自分だけは翼を愛し続けるしかない》。そして彼は翼の手を握り締め、静かにしかし決然と告げるのだ。《お父さんが人生の最後に考えるのは、翼のことだ》。

だからこそこの作品のタイトルは『Aではない君と』なのだろう。『君へ』でも『君に』でもなく、『君と』。これなのだ、薬丸岳の真骨頂は。人が、人を大切に思う気持ち。そして、大切な人を、精一杯大切にしたいという願い。それをこそ薬丸岳は紡ぎ続けてきたのだと、僕は強調せずにはいられないのだ。

ならばこの『誓約』は、一体どんな物語なのだろう。ってか、ここから漸《ようや》く本題です。前置きが長くてすみません。

主人公の向井聡は、川越に在るレストランバー《HEATH》の、経営者兼バーテンダー。開店から十四年、苦しい時期もあったが今では収支も安定し、妻と小学三年生の娘を養いながら、幸せを実感する毎日。ところが、捨てた筈の過去から届いたたった一行の手紙が、その平穏を叩き割る。

という序盤に続いて、向井の回想という形で明かされるのが、ごろつき同然の生活を送っていた若かりし頃。強盗や恐喝など様々な犯罪に手を染めた彼は、くだらない揉め事が元でヤクザに命を狙われる。遂にはホームレスにまで身をやつして逃げ惑うのだが、或る日、思いもかけない形で救いの手が差し伸べられる……。

未読の方の為にこれ以上の筋は伏せておくけど、この物語では「恨み」と「復讐」が前面に押し出される点が、意外に感じられるかも知れない。大切なものを奪われた人物が、奪った人間の大切なものを叩き潰す為に心血を注ぐ。鬼気迫る筆致で描かれるのは、「償い」や「赦し」とはおよそ対極に位置する「憎悪」――。『誓約』は、薬丸文学の異端なのか？　無論、答えは否、である。

例えば、娘の命をたてに脅迫される主人公が、家族の存在に思いを馳せる場面がある。

《今だから思うことだが、あの頃の私は自分の命や人生というものを軽んじていた。それは愛する人も守るべき存在もいなかったからだ》と。そして続ける。《だが、今はちがう》と。向井のこの述懐は、『神の子』（二〇一四年）に於ける《おまえが幸せにならなきゃ大切な人を決して幸せにはできない》といったセリフと大きく重なるということにも言及したいのだけれど、紙幅の都合で今は措く。

今は措くけど要するに、大切な人を得ることで向井は「幸せ」の何たるかを知った。知ったからこそ、かつて自分が罪も無い人々から奪った「幸せ」に、思いが及ぶようになったのだ。

《一度、罪を犯した人間は、幸せになってはいけませんか》とは単行本の帯の惹句《じゃっく》だけれど、恨まれ、復讐される主人公を描くことで、逆に「償い」と「赦し」を炙《あぶ》り出しのように浮かび上がらせてみせたのが、『誓約』なのではないだろうか。

と同時に、薬丸岳のエンターテイナーとしての手腕も、忘れずに紹介しておきたい。姿を見せずにスマホ一つで主人公を翻弄する犯人。その裏をかくべく知恵を絞る主人公。果たして相手を手玉に取っているのは、犯人なのか主人公なのか……？　まるでスパイ小説の如き緊迫感はタダゴトではなく、乱歩賞作家・薬丸岳の面目躍如といった風情である。

閑話休題。最後に、この作品のラストシーンについて触れておきたい。向井が最後に手渡されたメッセージ。そこに何が書かれていたのかは、読者である僕らには明示されないまま、物語の幕は静かに下りる。

僕自身は数ある薬丸作品の中でも傑出した美しさだと思っているのだけれど、今しがた読了された皆さんの目にはどう映っただろう？

恐らく、疑う者はいないのではないか。「人が、人を大切に思う気持ち」を描くのが薬丸岳だ、ということを。そして、「大切な人を、精一杯大切にしたいという願い」を、思い出させてくれるのが薬丸岳だ、ということを。それが証拠に、ほら、読了直後のあなたの胸には、きっと大切な人の笑顔が温かく浮かんでいるに違いないのだ。

――書店員

この作品は二〇一五年三月小社より刊行されたものです。

幻冬舎文庫

●最新刊
ナオミとカナコ
奥田英朗

望まない職場で憂鬱な日々を送る直美。夫のDVに耐える専業主婦の加奈子。三十歳を目前にして、受け入れがたい現実に追いつめられた二人が下した究極の選択とは？　傑作犯罪サスペンス小説。

●最新刊
竜の道　昇龍篇
白川　道

50億の金を3倍に増やした竜一と竜二。兄弟の狙いは、少年期の二人を地獄に陥れた巨大企業を叩き潰すこと。バブル期の札束と欲望渦巻く傑作復讐劇。著者絶筆作にして、極上エンターテイメント。

●最新刊
ゲームセットにはまだ早い
須賀しのぶ

仕事場でも家庭でも戦力外のはみ出し者たちが、ど田舎で働きながら共に野球をするはめに。彼らは人生の逆転ホームランを放つことができるのか。かっこ悪くて愛おしい、大人たちの物語。

●最新刊
ようこそ、バー・ピノッキオへ
はらだみずき

白髪の無口なマスターが営む「バー・ピノッキオ」に、連日、仕事や恋愛に悩む客がやってくる。人生に迷い疲れた彼らは、店での偶然の出会いによって「幸せな記憶」を呼び醒ましていくが……。

●最新刊
ふたつのしるし
宮下奈都

田舎町で息をひそめて生きる優等生の遥名。周囲に貶されてばかりの落ちこぼれの温之。二人の〝ハル〟が、あの3月11日、東京で出会った。出会うべき人と出会う奇跡を描いた心ふるえる愛の物語。

誓約《せいやく》

薬丸岳《やくまるがく》

平成29年4月15日　初版発行
令和5年7月20日　9版発行

発行人――石原正康
編集人――高部真人
発行所――株式会社幻冬舎
〒151-0051東京都渋谷区千駄ヶ谷4-9-7
電話　03(5411)6222(営業)
　　　03(5411)6211(編集)
公式HP　https://www.gentosha.co.jp/
印刷・製本―中央精版印刷株式会社
装丁者――高橋雅之

検印廃止

幻冬舎文庫

ISBN978-4-344-42601-6　C0193　や-37-1